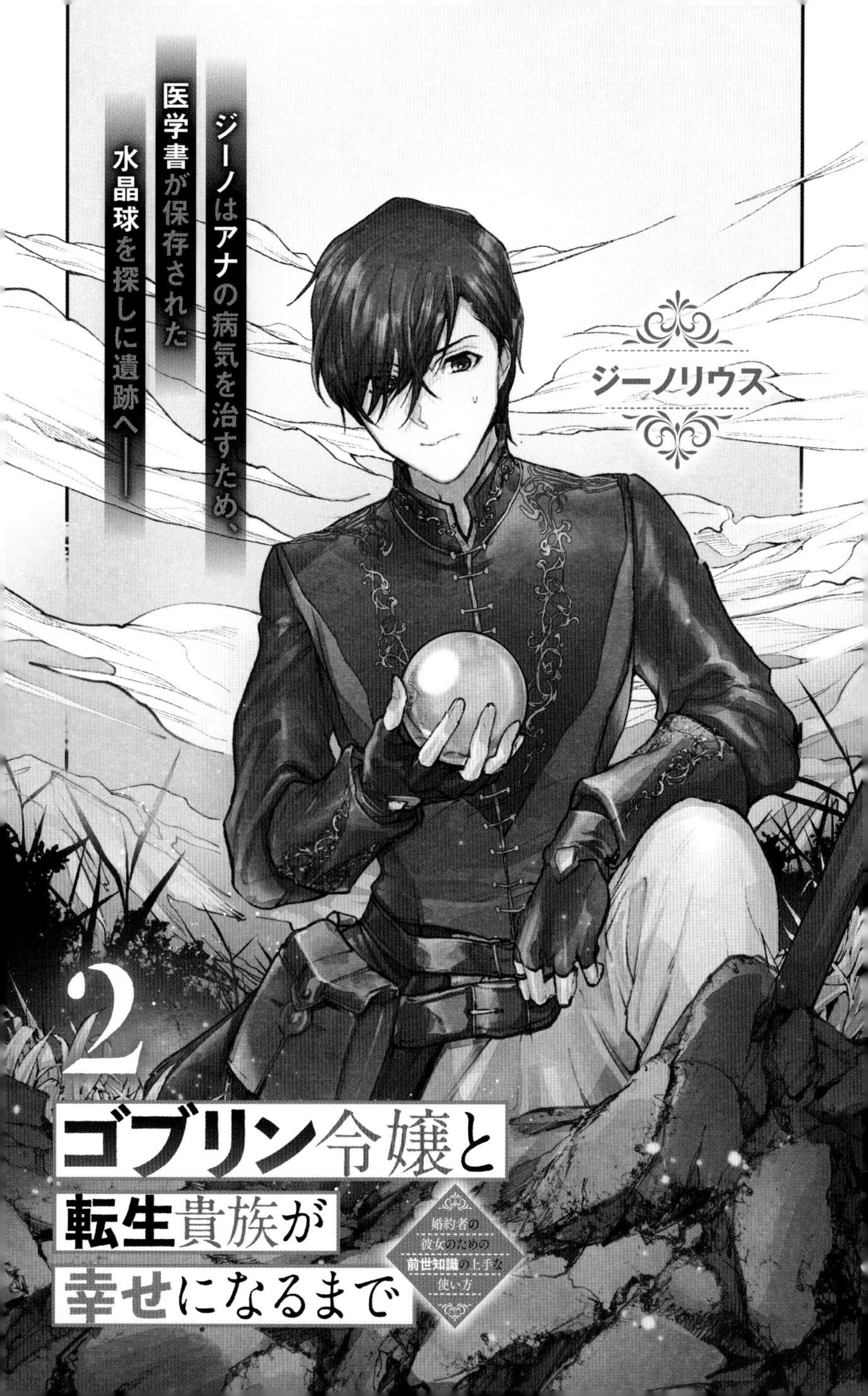
ジーノはアナの病気を治すため、
医学書が保存された
水晶球を探しに遺跡へ――
ジーノリウス
2
ゴブリン令嬢と転生貴族が幸せになるまで
婚約者の彼女のための前世知識の上手な使い方

「アナスタシア・セブンズワース嬢！
君との婚約を破棄する！」
ケイト

アナスタシア

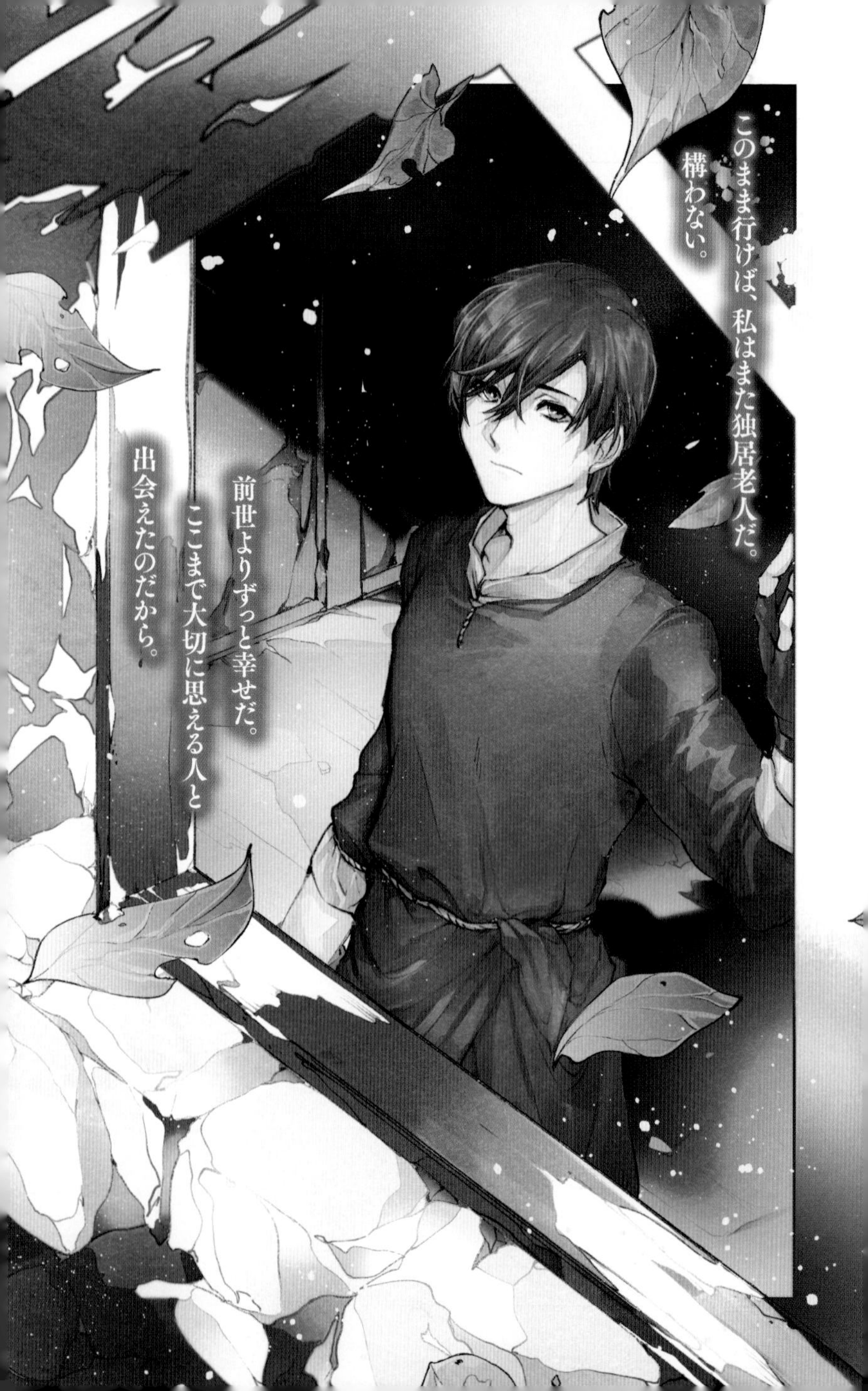
このまま行けば、私はまた独居老人だ。
構わない。
前世よりずっと幸せだ。
ここまで大切に思える人と
出会えたのだから。

新天新地

[イラスト] とき間

ゴブリン令嬢と転生貴族が幸せになるまで

2

Shinten-Shinchi PRESENTS

婚約者の彼女のための前世知識の上手な使い方

口絵・本文イラスト
とき間

装丁
AFTERGLOW

CONTENTS

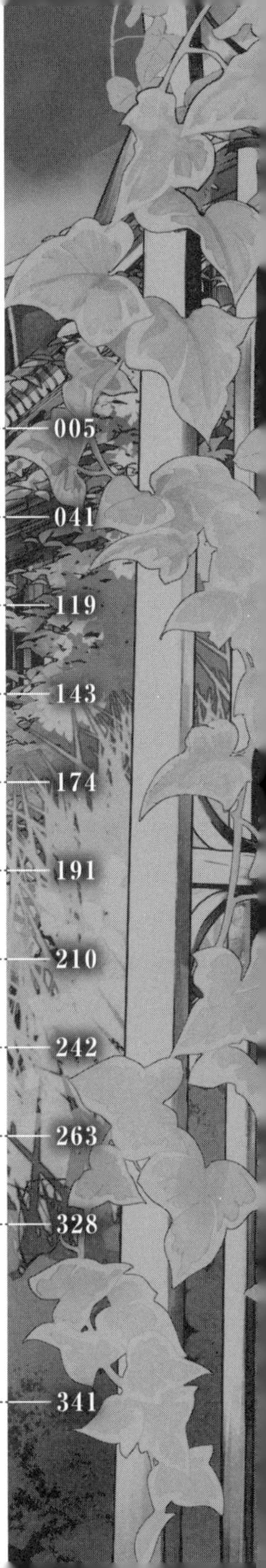

第一章　博物館デートで分かるこの世界の真実

◆◆◆ジーノリウス視点◆◆◆

人は自分が思っているほど幸福でも不幸でもない――とある偉人の言葉だが、間違いだ。異なる二つの人生を知る私はそう思う。

結婚出来ず孤独な老後となった前世と、優しく清らかな女性が側《そば》にいてくれる今世。論じるまでもなく後者の方が遥《はる》かに幸せだ。幸福と不幸は、偉人が言うように曖昧《あいまい》なものではない。愛する人が側にいてくれるかどうかで、残酷なほど明暗が分かれる。どちらの人生も経験した私はそう思う。

今日はこれから私の想《おも》い人――アナと共に博物館に行く。彼女を迎えに行く馬車の中で、つい昔を思い出してしまう。

アナことアナスタシア・セブンズワース嬢との出会いは、貧乏子爵家の我がアドルニー家に来たセブンズワース公爵家からの縁談だった。絶大な権勢を誇る筆頭公爵家が貧乏子爵家の四男に過ぎない私、ジーノリウス・アドルニーを指名した理由は二つある。一つは、私が設立した商会が急成長し、それによってセブンズワース家の後継者に相応《ふさわ》しい能力だと評価されたからだ。

もう一つの理由は、セブンズワース家の一人娘であるアナが呪《のろ》いを受けていたからだ。その呪われた容姿故に、アナは婚約者探しに苦労していた。

それまで縁談は破談続きだったアナだが、会ってみるとても素敵な人だった。良縁に喜んでいたら、アナから破談を申し入れられてしまう。自分と結婚させられるのは不幸だと、アナは考えていた。

『諦《あきら》めないで下さい！　顔が悪いくらい何だって言うのですか！　ただ顔の肉の付き方が人とちょっと違うだけでしょう？　たったそれだけのことで、何故《なぜ》あなたは全《すべ》て諦めたような顔をするのですか⁉　諦めるな！　幸せになることを諦めるな！　君は幸せになっていいんだ！　君だって、幸せを望んでいいはずなんだ！　全てを諦めたように笑うな！　君の人生はこれからじゃないか！』

前世では私も、醜い容姿で苦労した。過去の自分と彼女を重ね合わせてしまった私は、つい熱弁してしまった。勢いでプロポーズまでしてしまい、縁談はまとまった。

公爵家と子爵家では釣り合いが取れないため、私はバルバリエ侯爵家の養子になり、住まいもアドルニー領から王都へと移った。そしてアナと共に学園に通い始めた。

身分社会のこの国だが、学園だけは実力主義だった。王位継承権争いの影響だ。実力主義と言っても、成績だけで序列が決まるわけではない。外見の良《あ》し悪し、話の面白さ、積極性……成績を基礎としつつこういった要素も加味され、生徒間で自然に序列が決められていた。実力主義定着のため、学園は各家からの干渉を最小限に抑えている。幼い頃《ころ》から実力主義を教え込まれた子供たちの、外部の干渉が最小限だった教室は、身分社会から隔離された子供たちだけの世界だった。

控えめな性格のアナの地位は、決して高くはなかった。悔しくて堪《たま》らなかった。こんな素敵な女性が何故正しく評価されないのか。

私はアナの地位向上を図った。その結果アナの成績は学年二位になり、更に在学研究生にも抜擢《ばってき》された。アナの地位が上がると周囲も変わり、アナの周りに人が増えた。アナもまた変わっていった。授業では滅多に発言をしなかったアナが次第に発言するようになり、重要な役割も積極的に担当するようになった。

アナを軽んじる者がいなくなっても、フロロー嬢のグループだけは相変わらずアナを虐《いじ》め続けた。しかしアナは成長し、虐め問題も一人で解決してしまった。

『仕方ありませんわ。わたくしはこんな容姿ですから』

フロロー嬢たちに裁縫道具をいたずらされたとき、アナはそう言った。アナの笑顔が見たくて手を尽くしたつもりだった。だがその哀《かな》しい笑顔を見て、根本的な問題を解決出来ていないことを悟った。アナの呪いを解かなくてはならない。これまで以上にそれに力を尽くさなくてはならない。そう思った。

アナの呪いには心当たりがある。極度魔力過剰症——『魔導王』かそれに準じる莫大《ばくだい》な魔力を持つ人だけが罹患《りかん》するもので、肌の一部が緑になり石のような瘤《こぶ》が出来る魔力性疾患だ。調べてみるとアナは『魔導王』レベルの巨大な魔力の持ち主だった。

若返りの化粧水で得た莫大な資金を使い、解呪に関する情報を広範囲に集め始めた。ようやくその情報を得ることが出来た。『エリクサー』——そう呼ばれる伝説の神薬だ。この世界には旧世界の遺跡《ダンジヨン》があり、そこから摩訶不思議《まかふしぎ》な魔道具が発掘される。エリクサーも遺物《アーティファクト》の魔道具として存在するというのだ。

旧世界の遺跡《ダンジヨン》についての情報を調べるうちに驚くべきことに気付く。旧世界の遺跡《ダンジヨン》を写した絵は、前世の高層建造物に酷似していた。

私は異世界転生したのだと、これまで思っていた。だがもしかしたら、ここは前世の世界の未来なのかもしれない。それを確かめるために博物館に行こうと思い立った。これまで暮らしていたアドルニー子爵領に博物館はない。しかし、ここ王都にはある。

アナは変わった。呪いの影響で人と違う容姿のアナは、これまでは人前に出ることを嫌っていた。人前に出れば誰《だれ》もがその美貌《びぼう》を讃《たた》える義母上《ははうえ》とは、特に一緒に外出することが少なかった。だが最近は、親子の時間を取り戻すかのように義母上を誘ってよく外出している。

今はもう、アナは外出を嫌っていない。それなら、とアナを博物館に誘った。もちろん快諾してくれた。だから今日、私はアナと博物館に行く。

さて、そろそろセブンズワース家に着くな。ようやくアナに会える。早く顔を見たい。

◆◆◆アナスタシア視点◆◆◆

ジーノ様からお誘い頂いて、今日は博物館にご一緒させて頂くことになりました。

生まれ付きの呪いのため、わたくしには全身にいくつもの石のような瘤があり、お肌も大部分は緑色で、お耳だって尖《とが》っています。こんな容姿なので、皆様はわたくしを『ゴブリン令嬢』と揶揄《やゆ》されます。幼い頃から人前に出れば悲しい思いをしてばかりで、わたくしは屋敷から出なくなってしまいました。

でも、今は違います。

『アナ。私の言葉を、他の者ではなく私の言葉を信じてくれないか？　私は君が可愛《かわい》いと思う。その言葉を信じて、自分を可愛いと思ってくれないか？　君が自信を取り戻せるまで、私は何度でも言おう。何千回でも、何万回でも、何百万回でも言おう。アナ、君を可愛いと』

ジーノ様はそう仰《おつしや》って下さったのです。もう、自分を醜いと卑下したりはしません。ジーノ様のお言葉を信じて、自分を可愛いと思い続けます。ジーノ様さえ可愛いと仰って下さるなら『ゴブリン令嬢』という陰口をお聞きしても、もう平気です。

……思えば、ジーノ様のお陰でわたくしは随分と変わりましたわ。思い出しますわね。ジーノ様と初めてお会いしたときのことを。

それまでの縁談でお相手の方から頂くお言葉は、大変厳しいものでした。

『この縁談を望んでいるかだって？　もちろん不満だよ。君みたいなバケモノ、妻に望む男がこの世にいると思うかい？』

残酷なお言葉を何度も頂いているうちに、結婚を、幸せになることをいつの間にか諦めてしまっていました。ジーノ様との縁談のときもそうです。お父様やお母様がお認めになるほどの才覚をお持ちで、しかも『黒氷花《こくひようか》の君』と讃えられるほどお美しい方です。全てを持ち合わせたような方がわたくしをお望みになるとは思えず、今回も駄目だろうと思っていました。

『結婚してほしい。君を必ず幸せにすると約束する。だから、自分の幸せを諦めないでくれ』

それなのに、ジーノ様は跪《ひざまず》かれてわたくしの手の甲にキスをされ、そう仰ったのです。

現実とは思えませんでした。

今は、ジーノ様から頂いた『幸せを諦めない』というお言葉を心の指標にして、少しずつ自分を変えようと努力しています。ジーノ様が大切にして下さるから、わたくしも自分を変える勇気を持ことが出来たのです。

　ジーノ様はその後も、次々にわたくしを変えてしまわれました。

『もう一度はっきり言っておこう。たとえ何があっても、私はいつだって君の味方だ。何があっても、だ。たとえ君が大量に人を殺したとしてもだ。私、ジーノリウス・バルバリエは家名に懸けて誓おう』

　ジーノ様がそうお誓い下さったので、わたくしは孤立を恐れず自信を持って振る舞うことが出来るようになりました。周囲の目を気にせず創りたい刺繍《ししゅう》を創れるようになりました。お陰で刺繍コンテストでも優勝し、在学研究生にもなれました。授業でも積極的に発言するようになり、お友達も出来ました。

　灰色一色だったわたくしの世界は、きらきらと輝く色鮮やかなものへと変わりました。全てジーノ様のお陰です。

　昔を想い出していると、ジーノ様が到着されたとの連絡が入ります。浮き立つ心を抑えながらジーノ様がお待ちになっている玄関ホールへと向かいます。

「アナ」

　そうお声掛け下さるジーノ様は、いつもと同じくとっても素敵です。氷の芸術品のように涼やかな美貌をお持ちなのに、その眼差しにはお優しさと誠実さがあふれていらっしゃいます。

「赤いアウターは君の雰囲気とよく合っている。ジレやワンピースの配色も可愛らしい。リボンや首飾りのアクセントも良いな。とても似合っていて、とても可愛い」

　やりましたわ！　ジーノ様にお褒め頂けましたわ！

嬉《うれ》しくてついお顔が綻《ほころ》んでしまいます。ジーノ様に可愛いとお褒め頂きたくて、お洒落《しゃれ》を頑張ったのです。

以前のわたくしは、目立たないような服装や髪型を心掛けていました。醜いわたくしが人の目に留まれば皆様をご不快にさせてしまうと思っていたからです。ですが最近はお洒落にもチャレンジしています。ジーノ様が可愛いとお褒め下さり、着飾るわたくしをご覧になりたいと仰って下さるからです。


王都の繁華街でお忍び用の家紋の無い質素な馬車から降りると、ジーノ様と並んで街を散策します。最近はお母様とも外出するようになりましたが、行き先は美術館や王都の花庭園など貴族向けの場所です。繁華街にはほとんど来たことがありません。新鮮な景色《けしき》をジーノ様とご一緒に眺めるのはとても楽しく、とても胸が弾みます。

お美しいジーノ様はやはり人の目を惹《ひ》かれるようで、すれ違う女性の視線はジーノ様に釘付《くぎづ》けです。釣り合いが取れていないことを実感してしまい、つい俯《うつむ》いてしまいます。それに気付いて、すぐに背筋を伸ばしてお顔を上げます。

ジーノ様のお言葉を信じて、わたくしは自分を可愛いと思うことにしたのです。もう、わたくしは俯きません。容姿の劣等感になんて負けません。

「まあ、あれは何をされているのかしら?」

「大道芸だな。ここは大道芸人たちが集まる場所なのだ。あれはジャグリングという芸だ」

当家の劇場などに人をお呼びすることもありますが、管弦楽団や歌劇団などです。大道芸は平民のための芸と言われていますので、貴族が屋敷に演者を招くことはありません。観るのは初めてです。

「懐かしいですわね。昔よくやっていましたわ」

「ジャグリングが出来るのか？」

「はい。昔ブリジットと暗器であれをしていましたの」

ジーノ様には隠し事をしないとお誓いしました。暗器で遊ぶなんて、貴族令嬢にあるまじきはしたない振る舞いです。とても人様にはお話し出来ませんが、ジーノ様にだけは正直にお話しします。

「あ、暗器でジャグリングしていたのか？」

「遊びでブリジットの真似《まね》をしていただけですわ」

大層驚かれていましたけど、ご不快そうではありません。わたくしの怪我《けが》をご心配下さっただけで、はしたない振る舞い自体はお受け入れ下さいます。やっぱりジーノ様は素敵ですわ。わたくしを包んでしまうように全てをお受け入れ下さって、とても包容力のある方です。

「そろそろ昼食だな。何が食べたい？」

「月の花亭のハゼ料理なんていかがでしょうか？」

「そこにしよう。何故その店なのだ？」

「『暗殺者バイアーン』という小説の舞台なんですの。主人公はそこでハゼ料理を食べますのよ」

「君は本当に本が好きだな。どんな小説なのだ？」

ジーノ様とお喋《しゃべ》りしながらお店に向かいます。大した意味も無い、ですがとても楽しくて心に残るお喋りです。

出されたお料理を見て思わず怯《ひる》んでしまいます。ハゼの煮魚料理をお願いしたのですが、お魚の姿がそのままのお料理だったのです。しかもあまり可愛いお魚ではありません。

「ああ。アナは庶民向け食堂での食事は初めてだったな。貴族向けの魚料理は魚の原型を見せないよう切り身にして調理するのが普通だが、平民の魚料理はこうなのだ。自分で釣った魚などは小さいのが普通だからな。切り身に出来ないような小ぶりなものは魚の姿を残して調理するのだ」

「申し訳ありません。こんなお料理だなんて想像もしませんでした」

「問題無い。魚の姿は全く気にならないし、魚料理は好物だ」

「でも、お魚料理にしても、このお魚はグロテスクではありませんか？」

「気にならない。それに、見た目の悪い魚が不味《まず》いとは限らない。中には大変美味な魚もある。ハゼもそうだ。見た目に反して美味《おい》しい魚だ」

わたくしを安心させるように、ジーノ様は率先してハゼを召し上がります。そのご様子は本当にお嫌そうではありません。むしろ、美味しさに驚かれているご様子です。一先《ひとま》ずほっとします。

食事をしたら博物館見学です。

初めて見る博物館の『遺物』はへんてこりんな形の物ばかりで、何に使う物なのか見当も付きません。こんな物を使っていた時代が太古の昔にあったなんて、浪漫《ロマン》を感じてしまいますわ。その時代を想像するだけで楽しくなってしまいます。

博物館でのジーノ様は、いつもと違うご様子でした。『遺物』をご覧になって瞠目《どうもく》されたり、哀《かな》し気な目でじっと『遺物』を見詰められたりで、いつもよりずっと表情豊かでした。太古の浪漫に思いを馳《は》せたわたくしとは違うお気持ちで『遺物』をご覧になっていらっしゃったのだと思います。

◆◆◆ジーノリウス視点◆◆◆

これからアナと一緒に博物館に行く。そのためにセブンズワース家に来た。馬車を降りて玄関ホールへと入る。待っていると二階の階段の上にアナが現れる。私を見付けるとぱっと笑顔になる。

今日のアナは街歩き用のドレスだ。いつもの膨らんでいて足下が全く見えない豪奢《ごうしゃ》なドレスではない。あまり膨らんでいないワンピースのスカートは、白いレースを何枚も重ねた構造だ。ワンピースの上に黒を基調としたジレを合わせ、いくつかリボンの付いた赤の上着を羽織っている。首飾りは紫の尖晶石《スピネル》を真珠で繋ぎ合わせたものだ。希少色である紫で、しかもこれほど良質で大粒な尖晶石だ。おそらく値段は可愛らしくないだろうが、デザインはとても可愛らしい。

今日の装いの全てが、アナの可愛らしさを引き立たせている。気品あるドレスもよく似合うが、愛らしい服もアナはよく似合う。つい褒めてしまうと、アナは嬉しそうにはにかみ笑いをする。

可愛いっ！　圧倒的だ！

もう一度アナの服を見る。首飾りの尖晶石の紫は私の瞳《ひとみ》の色で、ジレの黒は私の髪色だ。嬉しくてつい笑ってしまう。アナは私の色を纏《まと》ってくれている。

「良いかアナ。陽《ひ》が沈むまでには絶対に帰って来るのだ。間違っても小僧を信じるなよ!?　男は皆オオカミだと思え。決して油断してはならんぞ」

いつもアナと会うときは屋敷の中だが、今日は外出だ。目の届く範囲から外れることが不安なのか、公爵も玄関ホールまで来てアナに長々と注意をする。アナも次第に鬱陶《うっとう》しそうな顔をし始める。

「気に入った店があったら儂《わし》に言うのだ。すぐにその店を買ってやろう」

「もう！　そんなはしたないことしませんわ！　ジーノ様の前で何を仰るんですの⁉」

アナに怒られて萎《しお》れた野菜のようになっている公爵を置いて、私とアナは馬車で繁華街へと向かう。

アナは義母上と外出するようになった。だが行き先は、前世で言うフラワーガーデンのようなところだったり美術館だったりだ。つまり貴族向けの場所だけだ。繁華街にはまだ行ったことが無い。

繁華街の大通りには、多くの大道芸人がいた。この国では芸の内容には規制を掛けていない。酒場で王族を批判したら捕まるが、吟遊詩人が歌で王族を皮肉るのは許される。大っぴらに貴族を批判出来る数少ない手段なので、吟遊詩人の歌は貴族を題材としたものが多い。

アナを題材にした歌が聞こえたので、アナの手を引いてすぐにその場を離れる。アナが在学研究生になったことを讃える歌だったが『ゴブリン令嬢』という言葉を使っていた。その言葉をアナには聞かせなくない。

「わあ！　クマさんのお面ですわ！」

屋台で売られてるクマのお面にアナは吸い寄せられて行く。アナはデフォルメされたクマが好きなのだ。そんなアナが可愛《かわい》くて、思わず笑顔になってしまう。

「それを一つ貰《もら》おう」

最初は遠慮していたアナだが、結局嬉しそうにお面を胸に抱えることになった。

財布を出して支払いをするとアナが驚く。通常、貴族自身が買い物で支払いをすることはない。従者がその場で支払うか、あるいは従者が紋章を見せて家に代金を取りに来るよう言い付けるかのどちらかだ。いずれにせよ従者の仕事だ。

アナの専属使用人であるブリジットさんからは上級貴族らしくないと注意された。だが、アナへのプレゼントの支払いは自分でしたいのだと言うと、ブリジットさんもそれ以上は言わなかった。

銀貨より小さい単位の通貨を見たことが無かったアナは、興味津々の目で私の財布の中を覗《のぞ》き込んでいる。可愛い。実に可愛い。

昼食はアナの希望を聞いて魚料理の店にした。ちょっと前に読んだ小説に出てきた店で、その描写がとても美味しそうだったのだとアナは言う。だが、あいにく平民向けの店だった。

貴族の食卓では、魚がそのままの姿で皿に乗ることはほとんど無い。切り身にされ、何の魚なのかよく分からないような状態で料理として出される。切り身に出来る大型の魚は貴族の魚で、それが出来ない小さい魚が庶民の魚だ。平民向けの店らしく、目の前の皿の上にあるのは魚の姿そのままだ。

アナは怯んでいたが、私は全く気にならない。前世では焼き魚も食べていた。嫌がっていないことをアナに示すために、率先して煮魚を口に入れる。食事を終えたら次はいよいよ博物館だ。

馬車を降り、繁華街から外れた静かなところにある博物館の建物をアナと二人でしばし眺める。

二階建てで煉瓦《れんが》造りの年代物だ。外壁には木材で作られた格子状のフェンスが立てかけられ、そこには朝顔が巻き付いている。紫色の花を咲かせる朝顔は屋根まで届くほど高く育っている。

「朝顔の選択は素晴らしいと思いますわ。時代を感じさせる建物と一年草の瑞々《みずみず》しい朝顔は、こうも調和するのですね。古い建物には多年草の蔓《つる》植物を合わせると時の流れを感じて良いですけど、こういう取り合わせも好きですわ」

アナはこの取り合わせを良いと言う。私もまた、古ぼけた建物とそれに寄り添う瑞々しい朝顔のアンバランスは、絶妙に調和していると思う。

前世で独居老人だった頃《ころ》、私の感性が十代の若者と合うことはほぼ無かった。だが、アナと私の感性は奇跡のように一致している。全《すべ》てアナのお陰だ。

アナの好きな絵、好きな刺繍、アナが感動した小説……アナのことが知りたくて、アナの好みに合ったものを片っ端から鑑賞し、経験した。不思議なことに、それまで何とも思わなかったものでもアナが好《よ》いと言うだけで私も好いと感じ、アナが佳《よ》いと言うものは私も佳いと思えるようになった。凝り固まって変えられなかった老人の感性が、アナと一緒にいるだけで面白いように変化する。

やはりそうだったか！

思わず叫び声を上げそうになってしまう。博物館にあるものは私の知っているものばかりだった。

「こんな小さなもので魔物を封じ込められるなんて。古代の方はすごい技術をお持ちだったんですのね」

アナが魔動炊飯ジャーを見て感心している。私も説明文に目を通す。

――本魔道具の用途について長らく議論されていたが、王国歴二百八十八年、双子の塔より発掘された文献により論争は決着する。文献に描かれていたのは、緑色の肌を持ち人語を解する魔物を本魔道具によって封印する様子だった。これにより、本魔道具は強力な魔物を封印するための魔道具だと判明した。現在この魔道具は、文献発見者であるロバート・ピッケル博士《はかせ》の名に因《ちな》んで『ピッケルの封印魔道具』と呼ばれている。また、文献の魔物には『ピッケル大魔王』の名が付されている――

……一体どんな文献を見たのだ。これは米を炊く魔道具だ。魔物の封印なんて、出来るはずがないだろう。

だが、学者が誤解するのは無理もない。私たちの時代には、取扱説明書は全てスマホなどの端末で閲覧する形になっていて紙の説明書はもう無くなっていた。漫画や小説も、紙の本を持っているのは相当なマニアだけだった。通信環境が無い今の時代、取扱説明書を読むのは困難だ。

これは、シャーク製のスマホだな。懐かしい……前世で母さんが使っていたものだ。使い方の分からない母さんに、私は何度も同じ説明をしたな。何度説明してもカメラが上手《うま》く使えず、自撮りするときは背面カメラを使っていたな。そのせいで母さんの顔は画像の隅にあることが多かった。

形見分けでこのスマホを貰ったので、ときどき電源を入れては母さんを想《おも》い出していた。

博物館には懐かしい物が沢山あった。もう逢《あ》えない人たちとの想い出が鮮明に浮かび上がるので、アナとの会話も途切れがちだった。それでもアナは嫌な顔一つせず、にこにこしながら隣にいてくれる。春風のように優しい女性だ。


「ジーノ様。お舟がたくさん浮かんでいますわ」

博物館見学を終えた私たちは、王都中央市場へ行くことになった。その途中の橋の上で、にここと笑うアナが感嘆の声を上げる。平民街を抜けるこの川は、王都物流の動脈だ。川は多くの舟が行き交っている。

この川は王都中央市場へと続いている。そこに向かうなら舟の方が早い。アナが舟に乗りたそうだったので馬車から降りて舟で向かうことにする。貸し舟屋で二人乗り用の小さな舟を借りてアナと一緒に乗り込む。

貸し舟は行き先で乗り捨て出来るもので、大荷物があるとき平民がよく使うものだ。貴族は舟をあまり使わない。王都内の移動は主に馬車だ。私も王都で貸し舟に乗るのは初めてだ。

この辺りは人口密集地だ。スペースが無駄なく使われている。川のすぐ横にも建物が建ち並ぶその光景は、前世のベネチアのようだった。舟から眺める街並みが新鮮なのか、アナはにこにこと楽しそうにきょろきょろしている。とても可愛い。

橋を潜《くぐ》るとき、橋の上の大勢の人たちが私たちの舟に目を向ける。以前のアナなら、多くの視線が向けられたら俯《うつむ》いて顔を隠してしまっていた。今のアナは違う。凛《りん》と背筋を伸ばし、周囲の視線など意に介さず穏やかに笑っている。本当に、どこまでも素敵な人になっていく。

「うふふ。想い出しますわね。以前湖にご一緒させて頂いたときも、こうやってボートに乗せて頂きましたわ」

舟を漕《こ》ぐ私に、アナはそう言って笑う。

「ああ。あのときは楽しかった。私の大切な想い出だ」

「わたくしもですわ。あの湖でのことは、わたくしの……一生の想い出ですわ……」

大切なものに触れるかのように、アナは左手薬指の指輪に指先を置く。あの指輪は湖に行ったとき私がアナに贈ったものだ。指輪を贈るときは気持ちも一緒に伝えるようにと、ブリジットさんに言われた。だが、自分の口で伝えられる自信が無かった。

だから私は、自ら創った指輪のデザインによって自分の想いをアナに伝えた。デザインはアナが好きな白紫双星花のモチーフで、その花の花言葉は『永遠に変わらない愛』だ。

顔が熱くなる。当時のことが脳裏に甦《よみがえ》る。ちらりとアナを見ると、アナもまた赤くなって俯いていた。私は黙々と舟を漕ぐ。


「まあ。見たことの無い果物ですわ」

王都中央市場に立ち並ぶ屋台で売られているフルーツ飴《あめ》の果物を見てアナは驚く。

「それは山査子《さんざし》で、メイフラワーの実だ」

「まあ。メイフラワーの実がお菓子になるんですの？」

「ああ。タンフールというお菓子で、姉上も好きだな。アドルニー家にいた頃、商会の帰りにこれを買って帰るよう姉上によく言い付けられていた」

山査子は、林檎《りんご》に似た形でプチトマト大の果物だ。アナが見ているそれは一つの串《くし》に六つの真《ま》っ赤《か》な山査子が刺され、その上に水飴《みずあめ》が掛けられている。

貴族にとって山査子は薬と酒の原料でしかないが、庶民にとってはデザートだ。と言っても、レモン並みに酸っぱいのでそのまま食べても美味しくはない。普通はこうして水飴を掛け林檎飴《りんごあめ》のようにして食べる。

「うーん」

小首を傾《かし》げて悩むアナは大変可愛らしい。何を悩んでいるのか尋ねる。

「こちらのタンフールにしようか、それとも先ほどのブリヌイにしようか悩んでいまして」

絶大な財力を誇るセブンズワース家の令嬢だというのに、どちらの食べ物を買うかで悩んでいたのか。だがアナはこういう人だ。高価な宝飾品を買うのも家の品格を考えてのことだ。自分のための買い物では無駄遣いをしない。食べきれないほどの量は買わないのだ。

「では、私がタンフールを買おう。アナはブリヌイを買えば良い。二人で分け合えば、どちらも食べられる」

ブリヌイとは、クレープのようなものだ。「先ほどのブリヌイ」とアナは言ったが、あれは魚卵と茸《きのこ》と燻製《くんせい》肉を具材としたブリヌイのことを言っている。この市場の名物料理だと、屋台の者が教えてくれた。

私がタンフールを、アナがブリヌイをそれぞれ先に半分食べ、残りを交換することになった。歩き食いは公爵令嬢のアナにはハードルが高すぎる。カトラリーを使わず手に持って食べるのだって大冒険だろう。休憩スペースのベンチに二人で腰を下ろす。

タンフールを口に含んでみる。山査子の林檎に似た瑞々しい歯応えと、水飴のパリパリとした歯応えは素晴らしい取り合わせだ。そして、林檎に近い独特の味で林檎よりずっと酸味が強い山査子と、普通のものよりずっと甘みが濃い水飴の調和もまた絶妙だ。

美味《うま》い。平民女性に人気なのも頷ける。

「美味《おい》しいですわ」

ブリヌイを一口食べたアナが感嘆する。名物料理に相応しい味だったようだ。細かく切られた茸と燻製肉を魚卵と一緒に発酵生クリームで和えた具材は、確かにかなり美味しそうだった。

お互い半分ほど食べたのでアナにタンフールを渡し、アナからブリヌイを受け取る。残り半分になったブリヌイを見てそこで気付く。

これは‼　もしかしてこれは！　か、か、間接キスではないのか‼

バルバリエ侯爵家の養子になる前のまだアドルニー子爵家の四男だった頃、市場《いちば》の散策を姉上とよくしていた。私が手に持つお菓子に齧《かじ》り付いたり、食べきれなかった軽食を私に押し付けたりということを、姉上はよくしていた。半分食べてからの交換も当たり前だったので、これほど重大な問題を引き起こすとは思いもしなかった。

「すまないアナ。危うく食べ掛けを食べさせるところだった。新しいものを買って来よう」

「……だ、だ、だ、大丈夫ですわ」

思い詰めたような表情のアナは、耳まで赤くなっている。

「無理をする必要は無い」

「……ジ、ジ、ジーノ様は……お義姉様《ねえさま》と……さ、されたんですよね？　……交換」

お義姉様とは、アドルニー子爵家にいる私の実姉のことだ。アナは姉上と文通を始め、いつの間にか家族としての呼び方で呼び合うほど仲良くなっている。

「ああ。幼い頃はよくしていたな」

「わ、わ、わ、わたくしも、し、し、しますわ！」

アナが買い直すことを拒否したので、お互い食べ掛けを食べることになった。

ブサメンだった前世では、私が視界に入ることさえ女性は嫌がった。気付けば私は、自分からも女性を遠ざけるようになっていた。前世で何十年もそうしてきたのですっかり癖になり、今世でも家族以外の女性を避け続けてしまっている。

そんな私だ。前世を含め、間接キスをするのはこれが初めてだ。本当のキスなら……しまった

……アナとの初めてのキスを想い出してしまった……。

恥ずかしくて顔が焼けそうだ。叫び声を上げて地面を転げ回りたい衝動を懸命に抑える。何故《なぜ》あんなことが出来たのか、今思い返しても不思議で仕方ない。とても現実とは思えない。幻覚でも見たのかと、後から何度も疑ってしまった。

気付いたらブリヌイを食べ終えていた。ベンチに並んで座る私たちに会話は無かった。アナがどんな顔をしていたのかは分からない。恥ずかしくて目を向けることも出来なかった。


バルバリエ家の自室に戻ってから、私は考え込む。多くの知っている製品があったのだ。やはりここは前世の世界の未来である可能性が高い。

考えてみれば、この世界の言葉は前世の言葉と発音が似たものが多くある。この国の長さの単位はメルト、キルロといったものだが、前世で広く使われていた単位はメートル、キロメートルだった。メルトとメートル、キルロとキロメートルで距離も同じようなものだ。スカイツリーがあることからして、リーベ国のカントール地方は、前世では関東地方と呼ばれていた場所だ。文字や言語は違う。だが発音が似た単語は多く存在する。

一日が二十四時間なのも、一年を十二の月に分けるのも前世と同じだ。形は少し違うが、ナイフやフォークなどの食器も似ている。文化にも多くの共通点がある。

もしここが前世の世界の未来なら、アナの呪《のろ》いが解ける可能性が一気に跳ね上がる。前世では極度魔力過剰症を含むほぼ全ての魔力性疾患の治療法が確立されていた。遺物の中には、アナの魔力性疾患の診断法や治療法が記された医学書もあるはずだ。大病院、医科大学、薬科大学、医療研究施設、大規模な図書館……そういった所なら魔力性疾患に関する資料は必ずある。

この国付近に土地勘は無いが、リーベ国のカントール地方なら土地勘はある。スカイツリーなどの座標は分かっているのだ。そこから地理を類推すれば、大学病院や医療系大学の埋没地点に当たりを付けられる。そこを掘り返せば、アナの治療法、つまり解呪方法を記した資料も発掘出来るはずだ。

だが、現段階でここが前世の世界の未来だと考えるのはまだ早い。前世の世界と重要な食い違いがいくつかある。異世界である可能性は、まだ残っている。異世界だった場合、カントール地方に行っても無駄足になる可能性も高い。その場合、また別のアプローチで解呪方法を探さなくてはならない。

異世界の可能性を示す証拠はいくつかある。先《ま》ず、スカイツリーのある場所だ。日本は島国だったはずだ。しかし現在スカイツリーがある場所は大陸と地続きになっている。

前世では、大陸プレートの移動によりいずれ日本は大陸と陸続きになると言われていた。しかし陸続きの理由が大陸プレートの移動だとは思えない。

日本は地震大国だったため、高層建造物には強い保存魔法を掛けることが建築基準法で義務付けられていた。世界的に見れば強力な保存魔法であっても、その耐用年数は長くて数万年程度だ。

大陸プレートの移動で陸続きになるには、億年単位の時間が必要だったはずだ。建造物の絵はどれも風化した様子は無く当時の姿そのままだった。保存魔法が効いているか、効力を失ってからそれほど経《た》っていないということだ。何億年という時間は経っていない。

……そうか。土の『魔導王』か。土の『魔導王』なら、我が国を大陸と地続きにすることだって出来るだろう。その気になれば、大陸そのものを土で埋めてしまうことだって可能だ。

なるほど。陸続きの原因は土の『魔導王』だと考えるのが合理的だな。それなら旧世界の遺跡《ダンジョン》のほとんどが地下に広がっていることも説明が付く。

旧世界の遺跡《ダンジョン》は地下施設として作られたものだと、これまで思っていた。しかし土の『魔導王』によって都市ごと埋められてしまい、背の高いビルだけが上層階のみを土中から突き出させているなら、地下に広がる施設ばかりなのも当然だ。前世では六百メートルを超える高さのスカイツリーが現世ではその半分程度しかないこととも整合する。

旧世界の遺跡《ダンジョン》が前世のビルなら、どの旧世界の遺跡《ダンジョン》も一層一層下りていく構造なのも説明が付く。前世のビルは、フロアを何層も重ねた構造だったのだ。

それから人種の分布の違いだ。前世では、この辺りは東洋人が住む場所だったはずだ。しかしこの国の人たちの顔立ちは西洋人に近い。脅されてアナの教科書を捨てたヒラー嬢は東洋人風の顔立ちだが、そういう者は少数派だ。

……ふむ。考えてみれば、前世の世界史でも二千数百年の間に何度かの民族大移動が記録されている。何千年あるいはそれ以上の月日が流れたなら、一度も民族大移動が無い方が逆に不自然なのかもしれない。魔物から逃れるための大移動がある分、この世界の歴史に記された民族大移動の回数や規模は前世のそれを遥《はる》かに凌《しの》ぐ。その過程で西洋人が東洋に来たのだろう。

最後に、異世界であることを最も強力に示唆する証拠が残っている。魔物だ。私がここを異世界だと疑わなかったのは、魔物がいたからだ。前世では魔物なんていなかったし、人類は地上の全《すべ》てを支配していた。だがこの世界では魔物がいて、そのために人類の支配が及ばない地域がある。自分たちの支配領域でさえ、人類は魔物に脅かされている。

魔物については知識不足だ。考察出来るだけの情報が無い。

私の商会は国内主要都市に拠点を置いている。拠点間で商品や代金をやり取りする際は当然魔物に襲われる危険がある。しかし王都周辺や主要都市を結ぶ道では、その危険は低い。流通が滞ると経済に大きな影響があるため、定期的に騎士団が魔物を討伐しているからだ。

私の商会の馬車が魔物に襲われることも何度かあったが、それも数ヶ月に一度だ。主要都市間を結ぶルートで魔物に遭遇するのは、運が悪い者だけだ。私が魔物に遭遇したのは、黒氷花《こくひょうか》を採取するために山に行ったときだけだ。

魔物についてもっと詳しく知る必要がある。魔物と言えば、冒険者ギルドだ。明日にでも行ってみよう。詳しく調べれば、ここが異世界なのかそれとも前世の未来なのかを確定出来る。解呪方法の捜索方針も、それによって決められる。


翌日、王都の冒険者ギルドを訪れた。冒険者ギルドと聞けば、荒くれ者の溜《た》まり場《ば》を想像する者も多い。しかし、ここの職員は皆かっちりした事務服を着て、机に座って黙々と仕事をしている。静まり返った室内で誰《だれ》もが机の上の書類に目を走らせる様子は、お堅い役場のようだ。

このギルドがこんな雰囲気なのは、王都近くには滅多に魔物が出ないからだ。仕事が無いため冒険者はここに寄り付かず、ただ本部業務を行う事務所になっている。

受付の女性に魔物に関する資料が見たいと伝えると、資料室まで案内してくれ、お茶と茶菓子まで出してくれた。サービスが良いのは、私が商人風の格好をしているからだろう。商人や貴族は、ギルドにとってお客様だ。

「おい。おまえら。そこの兄ちゃんと俺とで、待遇に差がありすぎじゃねえのか？」

資料室にいた冒険者風の男が、受付の女性たちに声を掛ける。彼にはお茶も茶菓子も出されていない。冒険者の扱いはそんなものだ。ギルドにとって彼らは下請け業者だ。

「そんなの、鏡を見れば理由は分かるんじゃないですか？」

「そうです。当然です」

苦笑いで苦言を呈する冒険者の男に、女性事務員たちは親し気な口調で冗談を返す。そのまま三人はギャーギャーと軽口を叩《たた》き合い始める。黙々と事務仕事をする様子からお堅い人たちなのかと思ったが、案外気さくな人たちのようだ。

魔物に関する資料を適当に数冊取って読み始める。ゴブリンやドラゴン、オークやオーガなど様々な魔物について生息地や素材部位、倒し方などが詳細に記されている。どの魔物にも姿絵が付いていたが、やはり前世では見たことが無い生物だ。

スカイツリーなどに付与された保存魔法を考えれば、どれほど時間が経過していても二万年は経っていない。たった二万年の間に、これだけ多種多様な新種の生物が生まれたとは考え難い。どうやらここは、前世の未来ではなく異世界のようだ。

「おい、兄ちゃん。どうした？　難しい顔して？」

椅子の背凭《せもた》れに凭れ掛かり腕組みをして考えていると、先ほど事務員と喋《しやべ》っていた冒険者の男が声を掛けて来た。三十代だろうか。角刈りの筋骨隆々とした大男であり、顔にはいくつもの傷がある。いかにも歴戦の冒険者といった風体だ。

「魔物について考えていました。そもそも魔物とは何なのかと思いまして」

「ふーん。難しいこと考えてんなあ。どうだい。兄ちゃん？　明日の試験で金級に昇格予定の俺に聞いてみる気はねえか？　まあ、冒険者に情報求めるんだ。もちろん有料だけどな」

中指と人差し指を親指と擦《こす》り合わせながら、男はそう言ってウインクする。彼が指でしているのはお金のジェスチャーだ。

明日昇格予定ということは、王都には昇格試験を受けに来たのか。では、今日は試験勉強のために資料室にいるのだろう。金級に手が届く位置にいるなら相当な実力者だ。休憩がてらに営業もするところからして、そちらでも実力者なのだろう。

ふむ。良い手かもしれない。実際に魔物を相手にしている者、しかも歴戦の冒険者の生の声が聞ければ、また別の手掛かりが得られる可能性がある。それに、ここが前世の未来であっても異世界であっても、アナの解呪は結局遺物《アーティファクト》の魔道具頼りだ。得るためには魔物と戦う必要があるのだから、魔物の情報を集めて損は無い。

「じゃあお願いします。魔物について知っていることを教えて下さい」

金貨を親指で弾いて隣のテーブルの冒険者に渡す。貴族相手ならコインを投げ渡したりはしないが、今は平民を装っている。だから私は平民の、それも冒険者の流儀に合わせる。

「お、おい兄ちゃん。金貨かよ？　こういうときは銅貨か石貨が相場だぞ？」

「知っていますよ。それから、冒険者は信用商売なので、高い料金を払えばそれに見合うだけの情報を出そうと努力することもね」

商会の馬車の護衛などで冒険者とは付き合いがある。それくらいは知っている。

「参ったなあ」

そう言って男は頭を掻《か》く。

「何から話そうか。兄ちゃんが考えてたのは『魔物とは何か』だったな？　じゃあ、魔物と動物の違いを知ってるか？」

「魔物は凶暴で、動物とは危険度が違うと習いました」

学園ではこの程度しか教えない。詳しく教える必要が無いのだ。学園は王宮に出仕する人材を育てる場だ。騎士を除き、王宮に勤務する者が魔物に遭遇することはほとんど無い。遭遇したとしても護衛が対処する。魔物についてしっかり学びたいなら応用授業を受講する必要がある。その手の授業を私は履修していない。

「じゃあ、どんな風に凶暴で、どんな風に危険なのか知ってるか？」

「具体的には知りません」

「じゃあそこから説明するか。魔物ってのはな、人を見掛けたら迷わず襲ってくるんだよ。動物でも肉食獣は人を襲うこともあるが、魔物のそれは全然違う。肉食獣が人を襲うのは、餌を求めてだ。満腹なら襲わねえ。だが魔物はな、人を見掛けたら満腹でも食事中でも怪我《けが》してても襲い掛かるんだよ。それだけじゃねえ。肉食獣が人を襲うのは、自分のテリトリーの中だけだ。テリトリーから離れ過ぎたら諦《あきら》める。他の動物のテリトリーに入ってそいつら刺激したら自分の身が危うくなるからな。だが魔物は違うんだよ。人を見付けたら縄張りを遠く離れても追い掛けてくるんだ。人を襲うためだけにな」

「人を襲うためだけ？」

「そうだ。魔物には人を食うやつもいるが、食わないやつもいる。草食型の魔物なんかは人を食わない。人を食わない魔物だって人を見付けたら即座に襲い掛かってくるんだよ。テリトリーから遠く離れたって延々と追い掛けて来るんだ。人を殺すためだけにな。この辺が動物と大きく違う」

知っている。そういう性質の生物を。前世での軍用戦闘獣だ。軍用ゴーレムは購入にも維持にも高額の資金を必要とするし、軍事魔法使いの養成は更に費用が掛かる。資金力に乏しくこれらが運用出来ない国向けの兵器が戦闘獣だ。子を産み増えていくため、餌代と時間さえあれば安価な投資で大きな戦力を持つことが出来る。

戦闘獣は、問題の多い兵器だった。オプション無しの標準型は、味方の識別信号発信機を持つ者を除く全ての人間に対して誰彼構わず襲い掛かってしまう。しかし敵対民族を根絶やしにしたいなら、手当たり次第に殺してくれる戦闘獣は低コストで有用な兵器だ。民族紛争が盛んな途上国で人気があった。

オプション無しの戦闘獣の性質は、まさに今聞いた魔物の性質と同じだ。敵兵に懐いてしまっては、軍用兵器たり得ない。マジック・バイオ・テクノロジーにより、そう作られているのだ。

だが、戦闘獣と魔物ではかなり違いがある。一つは外見の差だ。リンドブルム、マルコシアス、ウェアウルフ、牛頭《ごず》、リリパット……。前世の戦闘獣はどれも古い書物に描かれる伝説上の生物とよく似ていた。しかしこの世界の魔物には、伝説上の生物と似たものなどいない。

もう一つは戦い方の差だ。魔法が発達した前世では、戦闘獣もまた魔法で戦う兵器だった。例えばマルコシアスの背中の翼から撃たれる火炎散弾魔法は、岩を蒸発させるほどの熱量だった。対して、この世界の魔物は肉弾戦一本槍《いっぽんやり》だ。

魔法が発達した前世では、身体強化魔法を使えばその辺の女子高生だって馬より速く走れたし、魔法による遠隔攻撃だって出来た。人間より筋力があるとはいえ、魔法が使えないなら前世の女子高生にだって負けてしまうだろう。

およそ軍事兵器とは思えない弱さと、外見の大きな違いからこれまで両者を結び付けて考えたことが無かった。

「それでな。兄ちゃん。これじゃまだ金貨分には足らないから、特別に教えるんだが」

魔物と動物の違い以外にも色々と有益な説明をしてくれた冒険者の男は、座ったまま椅子ごと近付いて来て、私の耳元で声を潜めて言う。

「実はな、翼狼《よくろう》の森から生きて帰ってきた奴《やつ》を知ってるんだ」

「本当か！」

「静かにしろ。声がデケえって」

翼狼の森は、人類の生存圏外にある。冒険者といえどもそこまで行く者は稀《まれ》だ。普通の冒険者は、魔物の少ない主要都市周辺で活動する。これが上級冒険者にもなれば、活動区域は魔物の多い辺境になる。大群に襲われることもあるが、その分実入りも良い。

ちなみに、この世界で言う「辺境」は国の端のことではない。人類生存圏の端だ。翼狼の森周辺も、国土中央よりやや西でありながら「辺境」と呼ばれる。

上級冒険者でも辺境止まりだ。もし人類の生存圏外に行ったことがある者がいるなら、それは旧世界の遺跡《ダンジョン》の挑戦者だ。

是非、話を聞きたい。翼狼の森は有力候補のうちの一つだ。やはり金貨を払って正解だった。

「だがな。この情報は、金貨一枚じゃまるで足りない。追加料金が必要になるが、どうする？」

当然だ。攻略情報を漏らしたなら、自分たちより先に誰かが攻略してしまう危険がある。そう簡単には漏らさないだろうし、話すにしても情報料は高額になるはずだ。

セブンズワース家の図書館にあった資料にも「強力な魔物が存在する」としか書かれてなかった。どんな魔物がどの程度の規模生息するのかといったことや遺跡の内部構造など、攻略に有用な情報は滅多に表には出ない。

「払います。情報提供者には大白金貨一枚、仲介したあなたには白金貨一枚でどうですか？」

「だ、大白金貨だあああ⁉」

「しっ。声が大きいです」

「おっと。すまねえ」

今度は私が声量を注意する。大白金貨は、裕福な中級貴族の家が買えるほどの金額だ。商会主の収入ではとても払えない額だが、義母上《ははうえ》から毎月渡される化粧品の売上代金は国家予算規模だ。

男はその金額で了承してくれた。

「……あの……もしかして、お貴族様でしたか？」

急に卑屈な愛想笑いを始め、男は恐る恐るといった声で尋ねる。

「そうですが、ここには商人として来ています。敬語は使わなくても大丈夫ですよ」

そう言ったのに、男は恐縮しきりだった。敬語は使わないでほしいと男に懇願されたので、仕方なく敬語を使うのは止《や》めた。

その冒険者の手引きで、翼狼の森の生還者と会った。王都に住む杖《つえ》を突《つ》く男だった。冒険者業は引退し、今は実家の鍛冶屋《かじや》で手伝いをしているそうだ。鍛冶屋の一室に案内され、傾いた粗末なテーブルを挟んで男と私が座る。冒険者の男は外で待っている。彼にも聞かせられる話ではない。

「とても大白金貨に見合うお話は出来ないんですけど……」

男は申し訳なさそうに笑う。旧世界《ダンジョン》の遺跡に挑戦するほどの熟練冒険者だったのだ。報酬分の情報を提供する、という冒険者の価値観がすっかり染み付いてしまっているのだろう。

男は準備段階から詳しく話し始める。何とか金額分の話をしようと頑張ってくれているようだ。やはり「翼狼」の名前通りウィングウルフが多いようだ。彼の話は、パーティが全滅した場面に差し掛かる。

「遺跡に辿《たど》り着《つ》く直前にそいつが現れたんです。普通のウィングウルフは灰色ですが、そいつは黒くて背中に立派な白い翼がありました。その翼を開いたと思ったら、翼から炎の弾がいくつも撃ち出されたんです」

「何だと？」

思わず立ち上がってしまった。

私が王都近くの山で見たウィングウルフには翼なんて無かった。ウィングウルフの名の由来である、両側に広がる水平な突起が背中にあるだけだった。だが男は、そのウィングウルフには白い翼があったと言う。

そして、背中の翼から広範囲に広がる無数の火炎散弾！　マルコシアスと同じではないか！

魔法は簡単に使えるものではない。マルコシアスと同じような火炎散弾を使おうと思ったら、その魔物の気脈と魔力脈をマルコシアスと同様のものに調整しなくてはならない。

それだけでは足りない。知能が低い獣は、複雑な魔術回路を自分で組むことも、魔術回路に適合する混元魔力——魔力と『気』を練り合わせたもの——を練ることも出来ない。獣に魔法を使わせたいなら、予《あらかじ》め体内に魔術回路を組み込み、特定波長の混元魔力を生成する器官を作ってやらなくてはならない。マルコシアスの翼はまさにその生成器官だ。あの翼は飛ぶためのものではない。火炎散弾の発射器官だ。

偶然同じ発射器官を持ち偶然同じ魔法が使える、という可能性は極めて低い。魔物のウィングウルフは、戦闘獣マルコシアスの成れの果てなのか？　翼を持つウィングウルフは、先祖返りした個体なのか？

「驚きますよね。でも本当なんです。変異個体と言って、極稀に魔法を使ったり異常に身体能力が高かったりする個体がいるんですよ」

あまり知られていないが、人類の生存圏外には変異個体がいるらしい。正確には、強力な変異個体が長く居着くとそこが人類の生存圏外になるのだそうだ。

火炎弾を受けた痕《あと》を彼は見せてくれた。膝《ひざ》に近いところがケロイドになっていた。杖が必要なのは、ケロイドによる引《ひ》き攣《つ》れと筋肉の損傷のせいだった。

考え込んでしまう。マルコシアスの火炎散弾は一発一発が岩を蒸発させるほどの熱量だ。人体に直撃したら血が沸騰して死んでしまうはずだ。どれほど幸運でもケロイドで済むはずがない。

……そうか。メンテナンスか。メンテナンスをしないまま世代を重ねたからか。それで姿が変わり魔法発射器官の翼を失っただけではなく、脈や魔術回路まで劣化しているのか。戦闘獣にもメンテナンスは必要なはずだ。高額のメンテナンス料を問題視するニュースを見たことがある。

ふと、前世で同僚だった軍オタとの会話を思い出す。

戦闘獣の外見はどれも伝説上の生物とよく似ている。何故《なぜ》そうなのか彼に尋ねたら「その方が売れるからだよ」との答えだった。機能性を追求した結果ではなく、販売戦略上の理由でその外見に調整していたのだ。購買意欲を煽《あお》るために無理をしているのだから、メンテナンスをしなければその容貌《ようぼう》を大きく変えてしまうのかもしれない。

エンジニアはオタクの多い職種だ。彼らは自分の趣味の話になると饒舌《じょうぜつ》になり、いつまでも楽し気に語り続ける。その軍オタも同様で、軍事関連の話になると延々と楽し気に語り続けていた。前世では辟易《へきえき》していたが、今は彼の蘊蓄《うんちく》が役に立っている。人生、何が幸いするか分からない。

「それからこれを」

彼は革袋をテーブルに置く。翼狼の森の旧世界《ダンジヨン》の遺跡で拾った『遺物』だそうだ。『遺物』はその旧世界《ダンジヨン》の遺跡の構造を類推する資料となる。持ち帰れそうなものは持ち帰り次回挑戦の参考にするとのことだ。残念ながら、彼のパーティは壊滅してしまい次回は無かった。

彼は袋から『遺物』を一つ一つ取り出してテーブルに並べる。何かのアニメのフィギュアにアニメキャラのアクリルキーホルダー……そのビルにはサブカル系の店舗が入っていたのか、それともオタクの住む部屋でもあったのか。

「それは！」

思わず立ち上がってしまう。彼が取り出したのは本だった。

その本のタイトルの文字を、私は読めたのだ！

『人間合格』と書かれていた。

手に取って奥付を見てみる。発行は「株式会社丸川」だ。前世で聞いたことのある会社だ。発行者住所の「東京都千代田区」も知っている地名だ。冒頭を読んでみる。

この書き出し！　間違いない！　私も知っている作品だ！

小説『人間合格』は、不遇だった主人公が道化《トリックスター》というチートスキルを得て無双する俺ツエエ系の名作文学だ。登場当初は低俗と卑下された俺ツエエ系だが、歴史を重ねることで文学の仲入りをした。

和歌が文学の中心だった時代に書かれた小説『輝く源氏の物語』は当時低俗と卑下された。歴史的仮名遣いの文語小説が主流だった頃《ころ》、平易な口語で『吾輩《わがはい》はエコである』が書かれ、これもまた当時は低俗と評された。後世になって、これらは低俗な娯楽から高尚な文学へと変貌《へんぼう》を遂げた。俺ツエエ系の辿った道も同じだ。私がこの作品を知っていたのは、教科書に載っていたからだ。間違いない。知っている文学作品まであるのだ。ここは前世の世界の未来だ。

それにしても、魔物が軍用戦闘獣だったとはな。この世界の人たちは魔物に生活を脅かされている。大都市は街壁で街を囲い、農村も堀で村を囲い、魔獣を恐れて閉じ籠《こ》もるように暮らすことを人々は余儀なくされている。街の外では毎年魔物で人が死んでいて、騎士団や冒険者は命懸けで魔物と戦っている。人類が魔物で苦しむ原因がまさか、人類の自業自得だったとは……。

何《いず》れにせよ、ここが前世の未来ならエリクサーは迷信だろう。

魔法技術の進歩により数万年単位の保存が可能になっても、日本では建物を数十年以内に建て替えていた。建設業界は政権政党の有力支持母体だったため、彼らが仕事を失うことのないよう定期的な建て替えを法律で強制したからだ。スカイツリーなどが私の知っている形状だったということは、私が生きていた時代と文明が滅んだ時期は数十年程度しか離れていないことになる。

私が生きていた頃は万病に効く治療薬など存在しなかった。それぞれの病には、それぞれ対応する治療法や薬が必要だった。わずか数十年程度では、万能の神薬が開発されるほど医療は進歩しないだろう。

エリクサーは絶望的だが、同時にそれは大きな希望でもある。前世では極度魔力過剰症を含むほぼ全《すべ》ての魔力性疾患の治療法が確立されていた。旧世界《ダンジョン》の遺跡のどこかに、アナの治療法を記した資料があるはずだ。

旧世界《ダンジョン》の遺跡付近には変異個体もいるだろう。問題無い。身体強化魔法が使えない現代の冒険者にとっては脅威なのかもしれないが、魔法が使える私なら十分に対処可能だ。

何と言っても私にはゴーレム・エンジニアとしての長年のキャリアがある。魔物にも対抗可能な警備用ゴーレムだって設計から製造まで全て一人で出来る。

アナの呪《のろ》いを解く道筋を明確に見出《みいだ》せたことで、私はやる気を漲《みなぎ》らせた。

◆◆◆アナスタシア視点◆◆◆

ジーノ様とご一緒に登校して席に着きましたが、その直後にジーノ様はアンソニー様とお二人で教務室に行かれてしまいました。鞄《かばん》の中の本を机に移されている途中だったので、ジーノ様の鞄は開いていて中が見えます。

鞄の中には何冊かの本が入っていました。近頃の本は背表紙が付くものも増えて、鞄の中の三冊は背表紙が付いています。背表紙にはタイトルも書かれています。覗《のぞ》き見《み》なんてはしたないことをするつもりはありませんでしたが、見えてしまいました。

『目からウロコの雑談術　女性との会話もこれで安心』『女性との会話がスマートになる二十のレッスン』『カリスマ紳士が教える女性との会話のコツ』。

……ジーノ様は、女性との会話にお悩みなのでしょうか。

確かに、ご令嬢にジーノ様からお声掛けすることはほとんどありません。お声掛けがあれば会話には応じられますが、その会話も社交辞令の域を越えることはほとんどありません。クラスメイトの皆様は、異性のクラスメイトでも名前で呼び合っていらっしゃいます。ですがジーノ様だけは、ご令嬢のクラスメイトを家名でお呼びです。

ジーノ様が社交辞令抜きで会話される女性は、ご家族以外ではわたくしとブリジット、お母様くらいでしょうか。お母様に対しては、家族として接していらっしゃるのが分かります。

ジーノ様が他のご令嬢と親しくなられるのは嫌です。ですが、ジーノ様がお悩みでしたらわたくしも解決のためのお手伝いがしたいです。

「ジーノ様は今、何かお悩みのことやお困りのことはありますの?」

二人きりになった帰りの馬車の中、それとなくお伺いしてみます。

「大丈夫だ。アナが心配するようなことは何も無い」

ジーノ様は穏やかな笑みを浮かべられます。わたくしを安心させるためなのでしょう。

ジーノ様は大変な能力をお持ちです。編入試験では全教科満点の成績で、しかも数学の未解決問題まで解決されてしまいました。編入後もずっと学年主席の証《あかし》である『日輪獅子《しし》』のブローチを手にされ続けています。わずか十歳のときに商会を設立され、その卓越した手腕で商会を急成長させてしまわれました。今やジーノ様の商会は国内大手の一角になろうとしています。

わたくしなんて足元にも及ばないくらい優秀で、何でもお出来になります。きっとわたくしの助力なんて必要とされていないのでしょう。

でも、お教え頂けないのはやっぱり寂しいです。ジーノ様にご信頼頂けるように、もっと自分を磨かなくてはなりません。ジーノ様のお悩みをお聞き出来るような女性になりたいです。どうすれば良いのでしょうか……。

第二章　旧世界《ダンジョン》の遺跡攻略とヴィヴィアナの上京

◆◆◆ジーノリウス視点◆◆◆

　ここが前世の未来だと気付いてから五ヶ月が経《た》った。私とアナは学園の最終年次になった。

　ここのところずっと疲労が抜けない。バルバリエ家ではマナーや教養などの上級貴族教育を引き続き受け、セブンズワース家で公爵家運営を学びつつアナとお茶をしたりして、商会に顔を出しては報告を受け指示を出す、というのが今までの生活だった。

　ここにゴーレム製作も加わったのだ。

『ケルベロスの眠り』という睡眠圧縮魔法を使っているが、この魔法は長く使い続けると疲労感を覚える。辛《つら》いが、これはアナのためになる。だから私は頑張れる。

　ゴーレム製作のために郊外の屋敷を一つ買った。ゴーレムには様々な部品が必要になるため、必要な設備も多くなる。最初に用意した研究所では手狭で、追加で設備を置く余裕が無かったのだ。

　研究所を用意したときとは違って、今は化粧水の販売益がある。貴族向けの大きな屋敷だって即金で買える。その地下を魔法で拡張して、今はそこをゴーレム製造拠点にしている。

　地下施設には、空気穴があるだけで出入り口は無い。秘密保持のため研究所からの転移以外では入れないようにしている。セキュリティは郊外屋敷地下の方が遥《はる》かに堅牢《けんろう》なので、化粧水関連設備等も全てこちらに移してある。最初に買った研究所は、今やその地下施設の出入り口でしかない。

言うまでも無く、ゴーレム製作は医学書探しのためだ。潤沢な資金を惜しまず投資して計画を進めている。全てを自分の手で作るのではなく量産用機材を先に作っている。万が一の事態を考えて、ゴーレムは作り続けるつもりだ。

医学書のありそうな場所に当たりを付ける作業もしている。医療系機関の所在地が分かるだけでは足りない。大病院も医療系大学も施設は広大だ。敷地全部を掘り返していてはとても時間が足りない。施設内のどこに医学書があるのか、ある程度当たりを付けられる施設を選ばなくてはならない。土が大量に被《かぶ》っていそうなところも駄目だ。『魔導王』にとっては数百メルト積もった土砂なんて誤差なのだろうが、一般人からしたら大差だ。

こっそり撮影させてもらったセブンズワース家秘蔵の周辺国地図を見ながら、発掘予定地点を絞り込んでいく。

◆◆◆

「それでは行ってくる。アナ。体に気を付けて」

今日、私は学園の長期休暇を利用してリーベ国のカントール地方へと向かう。表向きは商会の用事で辺境に行くことになっている。旧世界の遺跡《ダンジヨン》は辺境の更に先にある。辺境を越えて行くのだから嘘《うそ》は言っていない。

行き先で辺境以外を言うことも出来なかった。安全な都市ならセブンズワース家の目が届いてしまう。いるはずの街に私が不在だと大騒ぎになる可能性が高い。危険なため訪れる人も少なくセブンズワース家の目も届きにくい辺境で、場所を転々とする行商が言い訳には都合が良かった。

アナには事前に相談しなかった。私が貧民街に行こうとしたとき、危険だからとアナは止めようとした。貧民街とは比べものにならないほど危険な辺境だ。間違いなく止めるだろう。だから商会の役員会で決まったこととして、アナには事後報告した。

悲しそうな顔をするアナに心が掻《か》き乱されたが、ここは乗り越えなくてはならない。アナの治療法を見付けるために、私は行かなくてはならない。それがアナの幸せに繋《つな》がる。

「ジーノ様こそ。どうか、どうかお気を付け下さいませ」

アナは目を潤《うる》ませている。現地で十分な数の上級冒険者を雇うとは伝えたが、それでもアナは心配してくれている。

「ああ。なるべく早く帰ってくる。土産《みやげ》を楽しみにしていてくれ」

別れの挨拶《あいさつ》を済ませて私は馬車に乗り込む。アナは玄関前ではなく門の前まで見送りに来てくれた。目を潤ませるアナが愛《いと》おしくて抱き締めてしまいたかったが、何とか我慢した。ここはセブンズワース家の正門前だ。世間体が悪過ぎる。

「ジーノ様。これを」

そう言ってアナが差し出したのは、刺繍《ししゅう》入りのハンカチだった。この国では、戦地に向かう騎士に無事を祈願して刺繍を入れたハンカチを渡す習慣がある。それに倣《なら》ったのだろう。

尋常ではなくアナを愛おしく感じてしまう。自制するのが大変だ。暴走してしまわないうちに馬車に乗り込む。

馬車に揺られながら貰《もら》った刺繍を広げて眺める。以前に貰ったハンカチ以上に凄《すご》い刺繍だ。アナの刺繍の腕前は目に見えて向上している。繊細で複雑な刺繍から、アナがどれほど手間を掛けてこれを創ったのかが窺《うかが》える。アナへの愛しさが胸いっぱいに広がる。

必ず君を幸せにしてみせる――心の中でそう誓う。

馬車で向かう体で出てきたが、最後まで馬車で移動するつもりはない。片道だけでも二、三ヶ月掛かってしまう。

この時代、アスファルトで舗装された道なんて無い。石畳が敷かれているのは大都市の大通りくらいで、街と街を繋ぐ道は人々が歩くことによって自然に踏み固められた道だ。整備されていない道だと馬車は酷《ひど》く遅い。私が今乗っている馬二頭で引くような普通の馬車で荷物もそれなりに積んでいると、太い木の根が道に張り出していたら、もう馬車は普通には進めない。馬車を降りてみんなで後ろから押したり、木の根の横に石を置いて段差をなだらかにしたりして、何とか木の根を車輪が乗り越えられるようにする。泥濘《ぬかるみ》も同じだ。泥濘の上に板を置いて車輪が嵌《は》まらないようにしなくてはならない。障害物がある度に止まって作業をするので、徒歩の方が断然早いのが普通だ。馬車の利点は、一度に荷物を大量に運べるということくらいだ。

だから馬車で行くのは王都から少し離れた街までだ。そこで馬車を預かってもらい、あとは魔法とゴーレムで陸路を移動する。最も早いのは空路だが、それは断念した。遠目にも目立ちすぎる。

三日ほど行った街の宿屋で馬車と馬を預かってもらい、そこから山の中へと入る。念のため宿屋から山の中までは隠形《おんぎょう》魔法で身を隠す。セブンズワース家やバルバリエ家がこっそりと私に護衛を付けている可能性がある。

山の中に入ってからゴーレムを召喚する。騎乗用として人型の上半身に蜘蛛の足を持つアラクネ型ゴーレム、護衛用として同型三機を呼んで移動開始だ。

魔物は想定通り弱かった。正面から戦えば、私一人でも圧勝出来るだろう。それでもゴーレムがいなかったら危ない場面が何度もあった。ゲームのように、パーティの正面に堂々と現れる魔物はいない。どの魔物もひっそりと息を潜めて忍び寄り、死角から襲い掛かって来る。しかも睡眠などでこちらが隙を見せているときだ。不意打ちの対処はゴーレムがいなければ大変だ。

王都近くの山を冒険者と登ったとき、彼らが不意を突《つ》かれることは無かった。足跡や糞《ふん》、体毛などから付近に魔物がいることを逸早《いちはや》く察して警戒態勢を取っていた。やはり彼らはプロだった。

王都を出て二十一日後、ようやく目的地である聖マリリン医科薬科大学の跡地に到着した。ここの病院には、腰を悪くして入院したことがある。入院時は退屈しのぎに大学の庭を散歩していたから、敷地内もある程度分かる。更にここは人類の生存圏外の奥深くで、周りには人がいない。重機ゴーレムも使い放題だ。そういう都合の良い施設を私は選んだ。

追加で警備ゴーレムも召喚して守りを固めつつ、重機ゴーレムで発掘を始める。

ここに来るまでに見た軍事関連施設の跡地は、どこも巨大なクレーターになっていた。『星落とし』の痕《あと》だろう。全力で放てば地軸さえ傾け、一撃で地上の全生物が死滅すると言われた士の『魔導王』の最強魔法だ。

この聖マリリン医科薬科大学もそうだ。丘の上のこの施設は最寄り駅から百メルト以上高いところにあったはずだ。坂道がキツくて駅からはバスを利用したのを覚えている。それが今は、最寄り駅辺りなら軽く百メルトは土を被り、この施設でさえ埋もれていないのは背の高いいくつかの建物の頭だけだ。

前世では患者や学生で賑わっていたこの大学のキャンパスも、今は人の気配がない廃墟だ。過ぎ去った年月《としつき》を物語るかのように、草木が生い茂っている。

こういうものを見せられると、私のいた世界が滅んだことを強く実感させられる。

何故《なぜ》世界は滅んだのだろう。あれほど文明が栄えていた日本は、どうして土に埋もれることになったのだろう。妹の子供や孫は天寿を全う出来ただろうか。つい感傷的になり、そんなことを考えてしまう。

三日ほど発掘作業を続けていると、ようやく図書館が姿を見せる。さすが大学図書館だけあって次々に水晶球が見付かる。二千を超える量だ。水晶球一つに約千冊保存されているとして、蔵書数二百万冊超えだ。

前世ではもう紙の本はほとんど利用されていなかった。水晶球という記憶媒体にデータとして保存するのが一般的だった。長期保管のため水晶球には強い保存魔法が付与される。おそらく水晶球のデータに問題は無いだろう。

水晶球リーダーも見付かった。こちらも多くの人が利用する施設の備品だけあって付与された保存魔法の強度は高い。稼働はしないが部品取りには使えそうだ。

発掘作業と平行して、三日かけて転移陣を設置した。それを使って水晶球とともに王都郊外の屋敷地下へと帰る。送られてきた遺物は、事務用ゴーレムたちに整理させる。

ここ一月ほど風呂《ふろ》に入っていなかったので先《ま》ずは風呂に入る。それからすぐに水晶球リーダーの製作に手を付ける。これでも元エンジニアだ。見本になる現物があって部品もある程度揃《そろ》っているなら、作ったことが無くてもリーダーくらい作れる。

リーダーが出来たら次は医学書漁《あさ》りだ。本のタイトルと目次から大まかな内容を把握しつつ、本のタイトルと目次を空の水晶球に書き込んでいく。リーダーをもう二台追加で作って事務用ゴーレムにもそれをやらせる。

◆◆◆アナスタシア視点◆◆◆

刺繍展覧会の見学のため、今日はエカテリーナ様と美術館に来ています。外見に強い劣等感を持っていたわたくしは、これまで外出を極力避けていました。ですが最近は、外見の劣等感に負けることなく外出もしています。わたくしが外出するようになったので、エカテリーナ様がこの展覧会にお誘い下さったのです。

「特別賞受賞作は注目の的ですわね。さすが、わたくしのお友達ですわ」

わたくしの作品の周りにお集まりの皆様をご覧になってエカテリーナ様は得意気なお顔をされます。

毎年この時期に開催されるこの展覧会には、王国中の著名な刺繍家の皆様が出展されます。本来なら参加出来るような実績の無いわたくしですが、刺繍科の先生方が特別にご手配下さいました。絵画の点描法を刺繍に応用した新技法のお披露目のためです。

前例の無い技法であったため賞も頂けて、皆様もご興味をお持ちなのです。

「ふふふ。わたくしは幸運ですわ。新技法の第一人者に付きっきりでご指導頂けるんですもの。またお願いしたいですわ」

「わたくしで良ければいくらでもお教えしますわ」

エカテリーナ様は子供のような笑顔を見せられます。本当に、刺繍に直向《ひたむ》きな方です。

「最近話題の喫茶室をご一緒しませんこと？　展覧会の作品についてもっとお話ししたいですわ」

美術館を出ると、エカテリーナ様がそう仰《おつしや》います。もちろんお受けします。王国で最も権威のある刺繍展覧会だけあって、作品は素晴らしいものばかりでした。ですが、美術館内ではゆっくりお喋《しやべ》りが出来ません。すぐにでも刺繍好きの方と作品についてお話ししたかったのです。

エカテリーナ様のご案内で着いた喫茶室は、白い内壁に焦げ茶の板の床が可愛《かわい》らしい下級貴族向けの喫茶室でした。客席毎に完全な個室になっている上級貴族向けの喫茶室とは違い、仕切りで客席が区切られた半個室です。室内なのに床板が外されたところから木が生えていて、その木々が客席を隔てる仕切りになっています。天井にはアイビーが蔓《つる》を這《は》わせ、所々で垂れ下がっています。緑がいっぱいで室内なのに屋外にいるみたいな、へんてこりんなお店です。

わたくしたちの席は、桃色のお花を咲かせた篝火草《かがりびそう》がお部屋を囲むようにずらりと置かれた半個室でした。素敵ですわ。人気なのも分かります。

お茶が出されるより前から、エカテリーナ様は堰《せき》を切ったかのようにお話を始められます。わたくしもお話ししたかったので、お花が咲き乱れるようにお話が弾みます。

エカテリーナ様は毎年展覧会を見学されています。今はあの展覧会への出展を当面の目標とされ、そのために必要な実績作りとしていくつかの小さな賞の受賞を目指されている最中とのことです。

目標にされている展覧会に実績も無いわたくしが先生の口利きで先に出展してしまったら、ご不快に思われる方もいらっしゃると思います。ですが、エカテリーナ様からはそういうネガティブなお気持ちを感じ取れません。ひしひしと感じられるのは、ただひたすらご自身の刺繍だけを追求される情熱だけです。

刺繍だけではありません。エカテリーナ様は試験の前などによく勝利宣言などもされます。ですが敗北されても嫉妬などはされず、さっぱりとお相手の健闘を称《たた》えられます。結果にこだわりをお持ちではないのです。

エカテリーナ様が関心をお持ちなのは、周囲との比較優位ではありません。ご自身が立てられた目標を達成することです。ただご自身との闘いに一生懸命なのです。尊敬せずにはいられない、真《ま》っ直《す》ぐな方です。

「ふふ。少しお顔も明るくなりましたわね」

「え？」

「バルバリエ様が行商に行かれてから、アナスタシア様はずっと沈んだお顔をされていましたわ」

ジーノ様が心配で、最近は気持ちが沈む毎日でした。エカテリーナ様は、わたくしにお気遣い下さって気晴らしにとお誘い下さったのですね……わたくしの大切なお友達です。

「あれ？　珍しいね。君たちがここにいるなんて」

そうお声を掛けられたのは、半個室の入り口に立たれているアンソニー様でした。冬期休みに入ってすぐ、街でクラスのご令息とお会いするとは思いませんでした。

「刺繍展覧会の見学を終えて少しお話をしていましたの。アンソニー様は？」

「ジャスティンと鍛冶屋街《かじや》に剣を見に行った帰りさ。鍛冶屋街に行った後はいつもこの店を使ってるよ。良かったら一緒にお茶しないかい？」

エカテリーナ様のご質問にアンソニー様はそう返されます。わたくしたちはアンソニー様とジャスティン様とお茶をご一緒することになりました。

他愛もないお話から話題は自然と卒業後の進路についてのお話になります。来年、わたくしたちは卒業です。進路に選択肢をお持ちのアンソニー様やジャスティン様にとっては切実なお悩みのようです。

「俺は……家の騎士団じゃなくて王国騎士団に入って近衛《このえ》騎士を目指そうと思ってる」

ジャスティン様がそう仰います。

ジャスティン様は三男です。ライアン家はお継ぎになれませんから、ご自身のお力で爵位を得る必要があります。もしライアン家の騎士団に入られるなら、出世は確約されているようなものです。ライアン家からの陪臣爵の叙爵も難しくはありません。それなのに、ジャスティン様は王国騎士団を志望されています。地位や収入よりも最強騎士団の騎士という名誉をお望みなのです。

「ご婚約者様は承諾されましたの？」

エカテリーナ様がジャスティン様にお尋ねになります。

王国騎士団では優遇は期待出来ません。自らのお力だけで爵位を得る必要があります。将来は不安定になり、婚約者の方もその影響を受けてしまいます。エカテリーナ様はそれを心配されたのです。

「もちろんだ。ずっと相談してるからな」

ジャスティン様は照れ臭そうにお笑いになってそう仰います。

「あの。ジャスティン様は婚約者の方……エレノア様にずっと相談されていたんですの？」

思わずお尋ねしてしまいました。わたくしは、ジーノ様からお悩みをご相談頂けていません。ハウツー本のこともそうですし、行商に行かれたことだって事前にご相談はして下さいませんでした。

辺境での行商は、お命にも関わるほど危険なことです。商会のお仕事なら仕方ないのかもしれませんが、それでも、少しくらい事前にご相談頂きたかったです。ご相談頂けたらお止め出来たかもしれません。

「ん？　ああ。ここ一年ぐらいはずっと相談してるな」

「どうして、エレノア様へのご相談をお考えになったんですの？」

「そりゃあ、信頼出来るからだろ」

信頼、ですか……そうですわね。わたくしがジーノ様にご相談頂けないのは、ジーノ様にご信頼頂けていないからなのでしょう……。

詳しくお伺いしたいですが、ここまでにします。ここにいらっしゃる方のうちアンソニー様はまだ婚約されていらっしゃいません。そういう方もいらっしゃるのに、いつまでも婚約者のお話を続けるのは適切ではありません。

アンソニー様のご婚約が遅れているのは、長子ではなく実力者が爵位を受け継がれるトリーブス家の仕来《しきた》りのためです。ご兄弟の皆様が成人してから実力判定が行われるので爵位継承者の決定は遅くなり、継承者も定かではない状況では政略による婚約も難しいのです。政略結婚が主流のこの国では不都合も多い慣わしですが、一族のまとめ役としてトリーブス一族の伝統を無視出来ないのです。

「おい。ジャスティン。もう少し具体的に話してあげなよ。そんな言い方じゃアナスタシア嬢だって理解出来ないだろう?」

そう仰ったのはアンソニー様です。それ以上お話を続けなかったわたくしの意図をお察しになり、気をお利かせ下さったのでしょう。この方はいつも細やかにお気遣い下さいます。

「話すのも照れくさいんだけどな」

そう仰ってからエレノア様をご信頼されるようになった過程について、ジャスティン様はお話し下さいます。

ジャスティン様が中等生だった頃《ころ》、大切な剣術試合で歳下《としした》の方に負けてしまったことがあったそうです。剣術の腕前に過剰な自信をお持ちのお歳頃だったため、敗北は大変なショックだったとのことです。自暴自棄になってしまわれたジャスティン様ですが、エレノア様はずっとお側《そば》にいらっしゃったそうです。ときにはエレノア様に対して声を荒らげられることもあったそうですが、それでも数日するとエレノア様はまたジャスティン様の許《もと》へいらっしゃったとのことです。

「酷《ひど》いことも随分言ったけど、それでもエレは俺に救いの手を差し伸べ続けてくれたんだ。あれからだな。エレを絶対的に信頼するようになったのは」

救いの手ですか……。ですがジーノ様は何でもお出来になります。いつも冷静で、自暴自棄になられるところなんて想像も付きません。

「深い愛情をお持ちの素敵な婚約者様ですのね」

「わはは。本人は諦《あきら》めが悪いだけだって言ってるけどな」

照れ隠しで大笑いされながらジャスティン様はエカテリーナ様に返されます。

そうですわ！　諦めなかったのですわ！　エレノア様は諦めなかったからご信頼頂けたんですわ！

幸せを諦めない――やはりそれに尽きますわね。わたくし、頑張りますわ！

「そんなことを聞くってことは、もしかしてジーノリウスのことで何か悩んでるのかな？」

鋭いです。さすがアンソニー様です。

「……その……ジーノ様にお悩みをご相談頂けるような女性になりたいと思いまして……」

「難しいかもしれないな。ジーノリウスは僕たちにも相談しないからね。そういう性分なんじゃないかな？」

「あいつ、親身になって相談に乗ってくれるし口は堅いし、相談相手にはすごく良いんだけどな。だけどジーノリウス自身は、自分の悩みを俺たちに話したりはしないんだよな」

ジーノ様は、アンソニー様やジャスティン様にもご相談されないんですのね……どなたにならご相談されるのでしょう……。

気付いたらクラスのご令息の方々に悩みをご相談しています。わたくしが男性に悩みをご相談するなんて、何だか嘘みたいです。

「どうしたのさ？　そんな不思議そうな顔して」

「こうしてクラスのご令息の方に悩みをご相談するのも、以前のわたくしなら考えられないことだと思いまして。気付けばわたくしの状況は随分と変わったなあって思ってしまいましたの」

アンソニー様のご質問にわたくしはそう答えます。ジーノ様とお会いしてから本当にわたくしの世界は変わりました。ふと、それを実感してしまったのです。

「状況が変わったのはアナスタシア様が変わられたからですわ。アナスタシア様がご自分に自信をお持ちになったからですわ」

「自信、ですの？」

「ええ。ご自分に自信をお持ちでなくて周囲から軽んじられて当たり前と思っていては、誰《だれ》だって周りにご相談なんて出来ませんわ。わたくしたちにご相談出来るようになられたのは、アナスタシア様がそれだけ自信をお持ちになったからだと思いますわ」

エカテリーナ様のそのお言葉がすとんと心に落ちて来ます。以前のわたくしは他の方に頼ることもありませんでした。きっとご迷惑だという思いがあったからです。わたくしはいつの間にか、自分に自信が付いたのだと思います。これもジーノ様のお陰です。ジーノ様がいらっしゃったから、わたくしは変わることが出来たのです。

「そういや、エカテリーナ嬢は誰かに相談ってしたことってあんのか？　初等科から一緒だけど『ちょっと〜。お聞き下さいませ〜』みたいなこと言ってんの見たこと無いぞ？　自分への自信は人一倍ありそうなのに」

大柄でがっしりとされたジャスティン様がご令嬢の身振りを真似《まね》されながら裏声で話されるのが可笑《おか》しくて、つい笑みが零《こぼ》れてしまいます。

「必要なご相談はしていますわ。まだ不足も多いですし、一人で全《すべ》て完璧《かんぺき》に熟《こな》せるわけではありませんもの。ですが、気休めのためだけのご相談はしないように努めていますわ」

背筋を伸ばして堂々と座られるエカテリーナ様はそうお答えになります。

「弱音など一切吐かず、優雅に微笑《ほほえ》みながら独力で断崖《だんがい》を登り切る者だけが貴族令嬢として讃《たた》えられるのです。他の方の愚痴はお聞きしても、他の方に愚痴を吐露することは極力控えなくてはなりませんわ」

さ、さすがはエカテリーナ様ですわね。とても凜々《りり》しいお言葉ですわ。

バイロン家は大変厳しい令嬢教育で有名です。一つ間違ったら滑落死してしまうような崖《がけ》を、優雅な微笑みを絶やすことなく登り切られ、登頂後は疲労で手足が震えていても弱音など一切口にされず優雅に詩を詠まれたと、エカテリーナ様は以前仰っていました。本当にそうされた方が仰ると、お言葉の重みが違います。

◆◆◆ジーノリウス視点◆◆◆

何日も医学書を漁《あさ》ってようやくそれらしいものを見付けた。『魔力性疾患と治癒魔法』というタイトルだ。早速読んでみたが、治癒魔法師を対象とした専門書だった。素人《しろうと》の私には半分も理解出来ない。それでも重要なことがいくつか分かった。

極度魔力過剰症は、全身に石のような瘤《こぶ》が出来て皮膚が緑に変色し、体の一部が変形して角のような突起が出来たり耳が尖《とが》ったりする病気だ。『魔導王』レベルの魔力がないと罹《かか》らない。しかし一般人も似たような病に罹る。『慢性魔力循環不全』という病気だ。罹患《りかん》すると小豆《あずき》大の石のような出来物が脇腹《わきばら》などに数個、直径一センチ程度の緑のシミが全身にいくつか出来る。一般人の魔力保有量だからその程度ですんでいるのであって、病気の本質は極度魔力過剰症と同じとのことだ。

肝心の治療法だが、光魔法による治療は短時間で劇的に変化させるためにその分患者の負担も大きく、重症の場合は治癒魔法でショック死することもあるらしい。重症の場合は、効果の発現が緩やかな魔法薬により治療が行われるとのことだ。

極度魔力過剰症は、極端に重度の慢性魔力循環不全だ。一般人でも重度ならショック死するのだから、極度魔力過剰症なら間違いなく死んでしまうだろう。そうなると、魔法薬による治療以外に方法は無い。

ようやく糸口を見付けた。このまま作業を続けたいが、もう帰らなくてはならない。事務用ゴーレムに本のタイトルと目次のデータ化作業を任せ、用意しておいた「お土産」を持って屋敷を出る。

先《ま》ずは馬車と馬を回収しなくてはならない。人間が安全に通れる転移陣の設置には数日掛かるので、移動距離が近いときに転移陣は逆に非効率だ。馬車で三日ほどの距離なので、ケンタウロス型ゴーレムを走らせる。道無き道を悠々と進み、馬とは違って休息を必要としないゴーレムは、馬車で三日の距離を僅《わず》か数時間で走破した。

森の中でしばらく待ち、夜が明けて街門が開いてから街へと入る。

基本的に貴族は嘘《うそ》を吐《つ》かない。アナたちには行商に行くと言って出掛けたので、その街で二時間ほど行商をする。それから馬車で王都へと向かう。

◆◆◆

「ジーノ様！」

アナは玄関ホールの中で待つのではなく、玄関から出て馬車の近くまで来る。その様子から慌てて来たのが窺《うかが》える。私も馬車から降りた途端思わず駆け寄ってしまう。走るなんて貴族として不作法だ。だが仕方ないだろう。何と言っても二ヶ月ぶりのアナなのだ。

「よくぞ、よくぞご無事で……」

アナは涙を零《こぼ》し始める。アナへの愛《いと》しさで胸がいっぱいになり思わず抱き締めてしまう。細くて柔らかいアナの体から伝わる体温が、私に幸福を感じさせてくれる。

アナが泣いているのは、私が辺境に行商に行ったと思っているからだ。辺境はそれだけ危険なところだ。行商人は結構な確率で死んでいる。

作法に従うなら、先ず商会かバルバリエ家に行ってセブンズワース家に先触れを出し、先方の了承を得た上で訪れるのが手順だ。しかし私は、王都に着いてから真《ま》っ直《す》ぐにセブンズワース家に来た。マナー違反だが、アナには一刻も早く安心してほしかったのだ。玄関に来たアナが慌てた様子だったのも、少し感情的になっているのもそのマナー違反で唐突に来訪を知らされたことが原因だ。

「これが今回のお土産です」

お土産をテーブルの上に並べてそう言う。

『赤瑪瑙《めのう》』の名を持つ第四十三応接室は人払いがされている。今この応接室にいるのは四人だけだ。公爵と義母上《ははうえ》が同じソファに座り、向かい合う形で私とアナが座っている。

「これは何かしら？」

「ふむ。これはどういったものなのかね？」

義母上がアンクレットを、公爵が腕輪を手に取りしげしげと眺めながら私に尋ねる。

「遺物《アーティファクト》の魔道具です」

「何だと⁉」「まあ！」「ええっ⁉」

公爵、義母上、アナがそれぞれ驚きの声を上げる。

魔道具としては使い物にならず骨董品《こっとうひん》としての価値しかない『遺物《アーティファクト》』とは違い、現代でも使用可能な遺物《アーティファクト》の魔道具は非常に貴重だ。だが私は、前世で遺物《アーティファクト》の魔道具を作っていたエンジニアだ。仕事で関わりがあったものなら自前で作れる。

「……それで、どんな用途のものなのかね？」

公爵の質問に答えるため、私は立ち上がって少し離れたところに立ち説明を始める。

「先ずは公爵へのお土産から説明します。この腕輪ですが、こうして身に着けておいてこの宝石を捻《ひね》ると」

そう言いながら実演すると、キンという硬質の金属音がして私は薄い光の膜に包まれる。

「結界が張られます。弓やちょっとした魔法程度ならびくともしません。数人の騎士から斬りかかられても剣は届かないでしょう」

全員あんぐりと口を開けているが、私は説明を続ける。

「先程の腕輪は防御用ですが、この短剣は攻撃用です。この柄の部分の宝石を押しながら『私を守れ』と言うと」

私が実演しながらそう言うと、短剣がふわりと私の手から離れて宙に浮く。

「公爵。試しに何か投げ付けてもらえませんか？」

「あ、ああ」

　生返事をして公爵はテーブルの上に置かれていた焼き菓子を私に向かって投げる。浮遊していた短剣は素早く動いて焼き菓子を叩《たた》き落《お》とす。

「このように自動で動きます。命令が『守れ』なので防衛のみ行っていますが、攻撃用の命令なら敵を攻撃することも出来ます。危険なので実演はしませんが」

　続けて他の品も説明する。次は、自動防御機能を持つアンクレットだ。身に着けると使用者の身を包むように感知膜が常時展開される。感知膜内に侵入する物体や魔法を測定し、一定以上の衝撃を予測したなら体の表面に防御膜を張る。ゴーレムの衝突安全技術の流用だ。不意打ちされると、結界の展開が間に合わないことがある。この魔道具はその欠点を補完するものだ。

　ペンダントは解毒アイテムだ。起動させると自動で毒の診断を行い、対応する解毒魔法が自動で発動する。前世で私は似たような物を作った経験がある。蛇に噛《か》まれたり虫に刺されたりしたときの応急処置用アウトドアグッズだ。これはそのグッズの応用で、組み込む魔法が毒の診断魔法と解毒魔法に変更されている。

　発掘した水晶球の捜索中、解毒に関する辞典のいくつかを早い段階で引き当てた。それで思い付いたのがこのアイテムだ。今回のお土産の中で一番手間暇を掛けた私の自信作だ。さすがに毒を飲むわけにはいかないので、口頭での説明のみだ。

　続けてアナと義母上へのお土産を説明する。アンクレットは女性向けデザインのもので自動防御機能があるのは同じだ。短剣も同様だ。デザインが女性向けというだけで機能に変わりはない。解毒アイテムは、女性向けということでペンダントではなくブローチにした。本当は常に身に着けられる指輪型にしたかったが、そこまで小さくは出来なかった。結界アイテムは、女性向けということで髪飾りにした。髪飾りは流行などもある。他に髪飾りを付けることを前提として、それぞれの髪色に合わせた地味なものだ。

もちろん『魔導王』の魔力を持つアナが身に着けても壊れないよう、どの魔道具にも対魔コーティングを施してある。

説明を終えると、三人は呆然《ぼうぜん》としている。

「……驚いたわ。どれも国宝級ね」

いち早く復活した義母上が言う。

「うむ。さすがにこれを貰《もら》うわけにはいかんな」

「そう言わず、どうか貰って下さい。私にとっては皆様こそが宝なのです。どうかお願いします」

私は膝《ひざ》を突《つ》いて頭を下げる。前世での土下座に相当する最大級の懇願方法だ。

「一つでも王家に献上すれば叙爵は間違い無いぞ。その栄誉をふいにするのか？」

「貴族としては褒められた考えではありませんが、爵位や名誉などより私は家族の方が遥《はる》かに大事です。お二人に何かあってアナが悲しむところなど見たくもありません」

「あなたにとっての家族は、わたくしたちだけじゃないでしょう？　アドルニー家やバルバリエ家は良いのかしら？」

やはり義母上は信用出来る人だ。国宝級の宝を目前にしても、まだ私の立場を先に考えてくれる。

「問題ありません。アドルニーとバルバリエの家の全員分あります」

「なんだと⁉」「「ええっ⁉」」

静かに席を立ったアナは跪《ひざまず》いている私の横に来る。そして腰を落として目線を私と同じ高さにする。

「ジーノ様。今回行かれたのは、本当に行商だったのですか？」

「……行商は、した」

思い詰めたようなアナの視線に耐えきれず、私は視線を逸《そ》らしてしまう。

「やはり違うのですね？　遺物の魔道具《アーティファクト》があるのは旧世界の遺跡《ダンジョン》だけです。これだけの遺物の魔道具《アーティファクト》をお持ち帰りになったということは、旧世界の遺跡《ダンジョン》に行かれたのでしょう？　行商はそのついでなのですね？」

私の目を見詰めるアナの目がみるみるうちに潤み、ポロポロと涙を零し始める。

「どうしてですの⁉　どうしてそんな危ないことをされるんですの⁉」

私の肩辺りの服を掴《つか》んで揺すり、アナは泣きながら抗議する。旧世界の遺跡《ダンジョン》は一攫千金《いっかくせんきん》の代名詞だが、大半の者は行こうとさえ思わない。ほとんどの場合、生きて帰れないからだ。涙ながらのアナの抗議は、それが理由だ。

「すまない。どうしてもアナに贈りたいものがあったのだが、それが旧世界の遺跡《ダンジョン》にあるという情報を掴んだのだ」

「そんなもの、要りませんわ！　わたくしに必要なのはジーノ様なのです！　ジーノ様にもしものことがあったら……わたくし……わたくしは……」

アナは途中涙で言葉が詰まり、跪く私の肩に顔を付けて嗚咽《おえつ》を漏らすばかりとなった。

「……すまなかった。もう二度と危ないことはしないと約束する」

「二度と行かない」とは言わない。慢性魔力循環不全を治療しなかった場合、内臓系疾患を罹患して短命となる傾向があると、今回読んだ医学書に書かれていたからだ。そして、重症なほど内臓系疾患に罹患する確率も高く病状の進行も早いとも書かれていた。

極度魔力過剰症は、極めて重い慢性魔力循環不全だ。アナがその病気なら短命の傾向はより顕著なはずだ。発掘した資料から治療法が見付からなかったなら、別の遺跡に向かわなくてはならない。

だから私がしないと約束したのは危ないことだ。危なくないなら問題無い。

「分かったから、もう立ちなさい。これは貰っておくわ。どうせわたくしたちが天に召されたら、あなたたちに相続されるんですもの」

「うむ。貰うのはいいが、儂《わし》から条件を付けさせてもらう。もう二度とこんな真似《まね》はするな。またアナを泣かせることは許さんぞ。それが条件だ」

「ありがとうございます」

立ち上がった私は、アナをソファに座らせる。アナはしばらく私の横でグスグスと泣いていた。

私が「どうしてもアナに贈りたいもの」が何なのか、三人からの質問は無かった。想像が付いているのだろう。

エリクサー。飲めば万病が治るという伝説の魔法薬だ。この人たちは、エリクサーの存在が絶望的であることを知らない。だが誤解されても訂正はしない。求めているのはアナの治療法であり、求める効果はエリクサーと何も変わらない。

「ねえ、あなた？　ジーノさんはわたくしたちのことを家族と言ってくれたのよ？　いい加減、公爵なんて他人行儀な呼び方ではなく義父上《ちちうえ》と呼んでもらうべきではなくて？」

「それはいかん！　こやつが調子に乗って、アナの純潔に何かあったらどうする⁉」

「おっ、お父様っ‼」

婚約者がいる場で父親に性的な話をされて恥ずかしかったのか、アナは顔を真《ま》っ赤《か》にして抗議する。

◆◆◆

「お義姉様《ねえさま》が王都にいらっしゃいますの」

アナと二人でお茶をしているとき、アナから教えられる。アナの言うお義姉様とは、アドルニー家にいる私の実姉のことだ。アナは姉上と文通をしていて、今ではかなり仲良くなっている。

上京は初耳だった。私も姉上とは文通しているが、アナは私以上に頻繁にやり取りしている。

「好奇心の塊のような人だからな。色々と見て回りたいのだろう」

「……あの……今回いらっしゃる目的は観光ではありませんわ……婚約者探しですの」

「姉上はもう婚約しているはずだが？」

「ええと……その……破談になりましたの」

「はっ？」

聞けば破談になりたてのホヤホヤらしい。破談になった理由については、本人から聞いてほしいとのことだ。

「ふふん。久しぶりね、ジーノ。また背が伸びたんじゃない？」

セブンズワース家の玄関前で馬車から降りた姉上は、私を見付けるとそう言う。

「何故《なぜ》セブンズワース家の馬車から降りて来たのですか？　アドルニー家の馬車ではなく」

「途中の街でこの人たちに会って、乗せてくれるって言うから乗せて貰ったのよ」

「……途中まではどうやって来られたのですか？」

「乗り合い馬車よ」

「護衛も連れずにですか？」

「そんなの要らないわよ」

姉上は笑いながらひらひらと手のひらを振る。

何をしているのだ、この人は。乗合馬車に一人で乗る貴族令嬢がどこにいる。

「馬車は、お義姉様のお手紙をお読みして急遽《きゅうきょ》わたくしが手配しましたの。女性お一人での乗合馬車の旅は危ないだろうと思いまして」

申し訳なさそうな顔でアナが言う。

「そうだったんだ。ありがとう、アナちゃん」

申し訳なさそうな顔をしなくてはならないのは姉上なのだが、当の本人は気にも掛けず無邪気にアナを見てにこにこしている。

立ち話も何だ。姉上にはしばらく休んで貰い、それから詳しい話を聞くことにする。姉上を出迎えたのは、私とアナだけだ。公爵は王宮で働いていて、義母上は用事で出掛けている。

「それで。破談になった、とお聞きしましたが？」

一休みした後のお茶会で姉上に尋ねる。『虎目』の別名を持つ第三十四応接室にいるのは、私とアナと姉上の三人だ。

「……べ、別に私は悪くないわよ」

不機嫌そうな顔の姉上は腕を組んでぷいっとそっぽを向く。

「なるほど。姉上が悪いのですね。何をしたのですか？」

何年も一緒に暮らしたから分かる。これは、自分の責任を自覚しているときの顔だ。

「……ちょっと……冒険者と一緒に魔物狩りしたのがバレちゃっただけよ」

何をしているのだ、この人は。およそ貴族令嬢がすることではない。何故そんな危ないことをするのだ。

「何よ！　ジーノだって黒氷花《こくひょうか》採りに行くとき魔物狩りしたんでしょ。私だって、してみたいわよ」

婚約時に贈る「誓約の花」で私は黒氷花を選んだ。いつか生花の黒氷花を見てみたい、とアナの手紙にあったからだ。それで王都近くにある山の山頂付近に黒氷花を採りに行ったのだが、まさか姉上が真似をして魔物狩りに行くとは思わなかった。

「もしかして……怒ってる？」

ふてくされたような顔を横に向けたまま、姉上はちらりと私を見る。あんな顔をしているが、内心では私が怒っているのではないかと心配なのだ。

破談になったのは、むしろ良かったと思う。姉上の元婚約者の家は歴史の長さが自慢の男爵家だ。嫁を完全な統制下に置くような家風なので、自由気ままな姉上が嫁いだら苦労するのは目に見えていた。候補者のうちの飛び抜けたイケメンを姉上が全力で推したために決まった縁談だが、そもそもあの縁談には無理があったのだ。

だが、こっそり魔物狩りに行くのは頂けない。姉上が自分の小遣いで冒険者を雇うなら、強い冒険者は雇えない。アナも同じ心配をしていたので、二人で姉上に説教する。

結局、また魔物狩りに行く場合は事前に私とアナに相談することで落ち着く。次に姉上が行くときには私が上級冒険者の護衛を付け、アナはセブンズワース家から手練《てだれ》の護衛を派遣する。

私もアナも、姉上の魔物狩りを止めなかった。止めて聞く人ではないと、私たちは分かっている。

その話が一段落したので、話題は姉上の婚約者探しへと移る。

「それにしても、よく父上がセブンズワース家を頼る決断をしましたね」

私とアナの婚約によりアドルニー家とセブンズワース家は縁続きとなった。頼み事をしてもおかしくはない。だが、絶大な権勢を誇る筆頭公爵家と貧乏子爵家だ。その格差は、親会社の会長と孫会社の平社員の差を遥かに越える。恐れ多くて普通なら頼み事なんて出来ない。

「……お、お父様には、さっき手紙出して知らせたわ」

「はっ？」

思わず驚愕の声を上げてしまった。王都に着いてから手紙を出したということか⁉　ということは、セブンズワース家への依頼を父上はまだ知らないのか⁉　まさか、当主の許可も無く筆頭公爵家に婚約者探しの依頼をしたのか⁉　貴族の結婚は政略結婚だ。アドルニー家の政略的な要望を、当主の許可も無く他家に伝えたのか⁉

姉上のことだ。高額な速達料金を支払って速達で父上に手紙を出すなんてあり得ない。発覚を遅らせるため、一番遅く着く方法を選んで手紙を出しているだろう。届くのは一週間後くらいだろうか。公爵も義母上《ははうえ》もやり手だ。一週間もあれば婚約者探しは相当進んでいるはずだ。

「ここにいたのね」

そう言って応接室に入って来たのは義母上だった。

「お相手の条件はアナから聞いているけど、本人にも直接確認しておこうと思って来たの」

姉上との挨拶《あいさつ》を済ませてソファに腰掛けた義母上は言う。

義母上の説明で状況は把握出来た。新たな婚約者探しの依頼は、姉上からの手紙でアナが受けたそうだ。セブンズワース家ではその依頼を基に既に婚約者探しを始めているとのことだ。

もう後戻りは出来ないな。大貴族家が既に多くの人を動かしているのだ。アドルニー家としても今更無かったことには出来ない。姉上の依頼を、父上は追認せざるを得ない。

「爵位もしくは継承予定の爵位は騎士以上伯爵以下、年齢は二十歳《はたち》から二十三歳まで、身長は百八十五センチ以上で、舞台俳優のトロン・シヴァン似の美男子で、スタイルが良くて、礼儀作法に厳しい家ではなくて、ダンスが上手で、アウトドア系の遊びが好きで、胸毛が生えていたら絶対駄目、ということで良いのかしら？」

「はい！　間違いありません！」

……眩暈《めまい》がする……なんと酷《ひど》い条件だ。政略的な要望が何一つ無く、代わりに要らない条件がてんこ盛りだ。およそ他家に依頼する内容ではない。

「事前の情報と違いが無くて良かったわ。その条件に合うお相手、見付かったわよ」

「ええっ⁉　もうですか⁉」

姉上は目を丸くして声を上げる。私も驚いている。こんな滅茶苦茶《めちゃくちゃ》な条件の候補者を、この短期間にもう見付けたのか。さすがは、国内随一の情報力と謳《うた》われるセブンズワース家だ。

「ええ。王宮に勤務する子爵位の人よ。今日、外出したのはその件だったの。話は付けてきたわ。明後日《あさって》以降ならいつでも会えるけど、いつが良いかしら？」

「明後日にします！　一番早い日で！」

そこまで話を進めてしまっているのか……恐るべき手際の良さだ。

正式な縁談には当人以外に両家の両親の出席が必要になる。それとは別に、縁談前に当人同士で顔を合わせてお互いの相性を確認し合うこともある。姉上がしたいのは、その事前の顔合わせだ。

こんな滅茶苦茶な条件の相手を探してくれたのだ。こちらから断るという選択肢は、もう無い。顔合わせで相手の男性が色良い返事をしたら、縁談はほぼ決まりだろう。

明後日では、姉上の手紙は間違い無く届いていない。今から私が最速の速達で連絡をしても、父上たちが明後日までに王都に来るのは不可能だ。どうやら父上が事情を知るのは、全《すべ》てが手遅れになってからのようだ。

昨日《きのう》、姉上が王都に来た。今日、姉上はアナと一緒に王都の観光に出掛けている。

『今日のアナちゃんは私の貸し切りなんだから。ジーノは遠慮しなさいよ』

姉上はそう言ってアナと二人で出掛けてしまった。型破りな姉上だが、あれで品行方正なアナと仲が良いのだから不思議だ。とんでもないことを仕出かしてアナに迷惑を掛けていなければ良いが。

姉上が出掛けたので、私はいつもと変わらずセブンズワース家で後継者教育を受けている。そこ

に来客があった。

「ご無沙汰《ぶさた》しております。バルバリエ様」

そう挨拶したのは、ジョーンズ子爵家のエリックさんだ。ジョーンズ家は薬草茶の取引で私の生家のアドルニー子爵家と関係が深い家だ。彼とは幼い頃《ころ》から顔を合わせている。

昔から知っている彼が丁寧な言葉遣いをしているのは、私がバルバリエ侯爵家の養子になり家の爵位が上がったからだ。先《ま》ずは言葉遣いを以前のものに戻して貰《もら》う。それから、久々に顔を合わせるのでお互いに近況報告をする。

彼は今、王国騎士団の騎士団員をしているそうだ。騎士団に所属する全員が騎士爵を持つ騎士なわけではない。騎士団に所属しているが騎士爵は持たない者がいる。そういう者を騎士団員と言い、エリックさんはそれだ。身分上は平民になる。

昔は色白でぽっちゃりした人だったが、今は体も引き締まり肌も日焼けしている。騎士団勤めになって随分と印象が変わった。

所属が第四騎士団だと聞いて首を傾《かし》げてしまう。王国第四騎士団は、この国の辺境防衛を任務とする。日々魔物と戦う仕事であり、危険ではあるが爵位を得られるチャンスも多い。エリックさんは次男なのでジョーンズ家を継げない。そういう人が叙爵して平民落ちを避けようと、危険な任務を選択するのは良くあることだ。不思議ではない。

不思議なのはエリックさんが王都にいることだ。第四騎士団の勤務地は基本的に辺境だ。

「ヴィヴィアナさんとはずっと文通してたんだよね。婚約者探しで王都に行くって、手紙にあってね。それで慌てて休暇を取って駆け付けたんだよね」

姉上を慰めるために、わざわざ休暇を取って辺境から王都まで来たのか。そこまで姉上のことを考えてくれて、弟としては有り難い。だが、姉上はそこまで落ち込んでいないと思う。むしろ自分の希望通りの男性との縁談が決まって頭の中は薔薇色だ。

「ヴィヴィアナさんが落ち込んでないのは想像が付くんだよね。天下のセブンズワース家が婚約者探ししてくれるって、手紙の文章も踊り出しそうなくらいに浮かれたものだったんだよね」

では、何のために無理をして王都に来たのだ。姉上と会うだけなら、長期休暇でジョーンズ家に里帰りしたときにでもアドルニー家に遊びに来れば良いはずだ。

「ヴィヴィアナさんには言わないでよね……その……告白……するつもりなんだよね」

姉上が好きだったのか⁉　驚きだ……全く気が付かなかった……。

「そうだよね。ジーノリウスは、そういうの鈍いよね」

エリックさんは憐憫《れんびん》の眼差《まなざ》しで笑う。

「姉上が明日、縁談相手と会うことはご存知《ぞんじ》ですよね？　それでも告白するのですか？」

「そのつもり……なんだよね」

吹っ切れたような笑顔だ。

「ずっと好きだったんだよね。でもね、僕は次男で家を継げないよね？　だから騎士爵を貰ってから告白しようと思ってたんだけど、爵位貰う前にヴィヴィアナさんが婚約しちゃったんだよね。それで言いそびれちゃったんだよね。今もまだ騎士にはなれてないけどね。でもね、このチャンス逃したらもう告白出来ないと思うんだよね。だから、無理を押して王都まで来たんだよね」

「チャンス、なのですか？」

言いたくはないが、義母上が見付けて来た相手は姉上の希望通りの人だ。爵位も持っている。理想に近い男性とこれから縁談だというのに、今がチャンスなのだろうか。

「チャンスって言ったのは、そういう意味じゃないんだよね」

聞けば、婚約者のいる女性には告白しないのだそうだ。次の婚約が決まるまでの空白期間だけがエリックさんにとって告白出来るチャンス、という意味だった。

エリックさんらしい。真面目《まじめ》が取り柄のような人なのだ。こんな真面目な人が、何故《なぜ》無軌道な姉上に惹《ひ》かれたのだろうか。

「あの人は……とても優しい人なんだよね」

『水宝玉』の名を持つ第三十六応接室の窓から春の空を眺めつつ、エリックさんは言う。

それは分かる。姉上が今日、私を置いてアナと二人で出掛けたのもそうだ。かなりの詰め込みになっている私の後継者教育を邪魔しないための、姉上なりの配慮だと思う。

嬉《うれ》しくなってしまう。分かりにくい姉上の優しさに、気付いてくれた人がここにいる。

◆◆◆アナスタシア視点◆◆◆

「ちょっと！　何あれ！　嘘《うそ》みたいに大きいじゃない！」

王都の大聖堂をご覧になって、お義姉様《ねえさま》は目を丸くされています。目上の方にこんな表現をするのも何ですけど、とてもお可愛《かわい》らしいです。

丸い屋根の大聖堂は、奥行き八十二メルト、幅七十三メルトで高さは五十五メルトにもなります。

関連施設を含めると幅、奥行きともに百五十メルトを超える大きな施設です。王都の観光名所と言えば、ここです。

「ふふん。あの上に登ったらどんな景色《けしき》なのかしら。興味あるわ」

「お、お待ち下さい。大聖堂は信仰のシンボルなのです。登ったりしたら信徒の皆様のご不興を買って大変なことになってしまいますわ」

「大丈夫よ。スカートで木登りして破談になりかけたし、もうスカートじゃ高い所に登らないわよ」

お義姉様はからからと晴れやかに笑われます。

今回の破談は、単に魔物狩りに行かれたことだけが原因ではありません。これまでの素行の累積による破談だとお伺いしています。自由闊達《かったつ》なお義姉様のご気性が、お相手の家の家風と合わなかったのです。

貴族家の家風は家それぞれです。嫁がれるのでしたら、嫁がれた先の家に合わせなくてはなりません。大変なことだと思います。

ジーノ様が婿入りして下さるので、わたくしにはそういう苦労がありません。ですが、ジーノ様は大変だと思います。少しでもジーノ様のご負担を減らせるよう、わたくしが頑張らなくてはなりません。ジーノ様に対しても、お父様やお母様に対しても、どちらにも本音に近いお話が出来るのがわたくしです。調整役は、わたくしが適任です。

先ずは、ジーノ様にご信頼頂けるような女性になって、ジーノ様がお困りのことをお伺い出来るようになることからです。お悩みもお教え頂けないと、何がご負担なのかも分かりません。わたくし、頑張りますわ！

あら。わたくし、もう結婚後のことなんて考えていますわね。先走り過ぎですわね。恥ずかしいですわ。

いくつかの観光名所を見終えて、わたくしとお義姉様は喫茶室で休憩することにします。街中にも上級貴族向けの喫茶室はいくつかあります。ここはお母様にお教え頂いたお店です。

「ちょっと！　見たことないケーキがあるわ！　とっても美味《おい》しそうよ！　さすが王都ね！　これとこれとこれにするわ！」

店員の方がワゴンで運んで来たケーキをご覧になってお義姉様はとても楽しそうなご様子です。ずらりと並べられたケーキの中からモルコヴニツェとキーウケーキ、シルニキを指差されてご注文されます。歳上《としうえ》の方にこんな表現も何ですけど、ケーキに興奮されるご様子はとってもお可愛らしいです。拝見しているだけで幸せな気分になります。

「そうそう。お土産があるのよ。ジーノには内緒で渡したかったから、今がちょうど良いわ」

使用人に持たせていた鞄《かばん》から布に包まれた板のような形のものを取り出されるとお義姉様はわたくしの方に差し出されます。

「まあ！　これは！」

布を解いて現れたのは姿絵でした。

「家にあった姿絵を画家に模写させたものよ。ジーノが五歳の頃のものね」

「ありがとう存じます！　とっても、とっても、とっても嬉しいですわ！」

お茶を飲みながら、じっくりと絵を拝見します。絵はジーノ様とジーノ様のお母様の立ち姿です。

ジーノ様、くりくりの紫のお目々です！　とっても、とってもお可愛らしいですわ！　頭よりも高く手を持ち上げられて大人の方の手を握られているご様子も、悶絶《もんぜつ》してしまいそうなほどのお可愛らしさです！　悲鳴を上げそうになりますが、人前なので懸命に衝動を抑えます。

「そう言えば、アナちゃん。ジーノが商会設立したときのこと聞きたいって手紙に書いてたわよね。今その話しようか？」

「ぜひ！　ぜひ、お願いしたいですわ！　詳しくお伺いしたいです！」

お義姉様は、当時のご様子をお話し下さいます。まだお小さいのにジーノ様は随分としっかりされてますわね。お義姉様のご様子と合わせると、どちらが歳上なのか分からなくなりそうです。

うふふ。そのときの光景が目に浮かぶようですわ。

「ジーノはねえ、昔っからあんまり私を頼ってくれないのよ。もっと甘えてくれたっていいのに、全然甘えてくれなくて、いっつも私の世話ばっかり焼きたがるのよ。『私が姉で、あなたは弟でしょ？』って言いたいわよ」

不機嫌そうなお顔で腕を組まれるお義姉様のお言葉からは、ジーノ様への深い愛情を感じます。本当に仲がよろしくて素敵なご姉弟《してい》です。

「ああいう性分なのよね、きっと。私だけじゃなくてデビイ兄様にもお父様にも、弱みなんて見せないし……弟があんなだと、姉としてはちょっと寂しいわよ」

お義姉様だけではなくご家族にさえ、ジーノ様は弱みをお見せにならないのですね……。

ジーノ様は、わたくしには弱みをお見せになりません。原因は、わたくしがジーノ様からご信頼頂けていないからだと思っていました。ですが、アンソニー様たちにも、ご家族にも、ご家族の中でも特に親しいお義姉様にも弱みをお見せにならないなら、別の理由があるのかもしれません。

ジーノ様とお会いして、わたくしはジーノ様に対してだけは正直に全《すべ》てをお話しするようになりました。ジーノ様のお陰でわたくしは少しずつ変わることが出来たので、今ではお母様などに対しても正直に自分の弱みをお話しすることが出来ます。

……何となく、ジーノ様は以前のわたくしと似ていらっしゃるように思えます。外見の劣等感に押《お》し潰《つぶ》されて、殻に閉じ籠《こ》もってしまった昔のわたくしのようです。

「それでもね、アナちゃんとのことだけは私を頼ってくれたのよ。よっぽど切羽詰まってたのね。綺麗《きれい》な子が話し掛けても無反応だったあの朴念仁《ぼくねんじん》が、アナちゃんに会ってからはすっかり変わっちゃったのよ。びっくりしたわよ。アナちゃん、相当愛されてるわよ」

いたずらなお顔でお笑いのお義姉様は、突然とんでもないことを仰《おつしや》います。不意を突《つ》かれてお顔が熱くなってしまいます。

◆◆◆ジーノリウス視点◆◆◆

「それでね、喫茶室もすごかったのよ！　ケーキも種類がたっくさんだったの！　お茶も薔薇《ばら》の香りがするのよ！」

王都観光から帰って来た姉上は興奮気味に観光の話をする。好奇心の強い姉上は、田舎《いなか》領地では出来ない体験に大満足のようだ。布で包まれた板状のものを使用人に任せず大事そうに抱えるアナも、何やらにこにこと嬉しそうだ。二人とも楽しんだようで何よりだ。

適当に話を聞いてから、待ち人がいることを姉上に伝える。エリックさんは今、セブンズワース家の温室で姉上を待っている。使用人に姉上の案内を頼む。

「お客様は、お義姉様をお待ちだったんですの？　どなたですの？」

来客の姉上を訪ねて別の来客が来るのは珍しい。不思議そうな顔をするアナにエリックさんのことを教える。

「まあ！　告白ですの⁉」

アナは目をキラキラと輝かせる。興味津々の様子だったので、私の知る二人の関係を少しアナに話す。

「でも、明日はお義姉様の縁談ですわ。どうしましょう」

「変更しなくても大丈夫だろう。エリックさんも玉砕覚悟だ」

玉砕覚悟の告白、というのがアナの琴線に触れたようだ。夢を見るようなうっとりした目で「素敵ですわ」「恋愛小説のようですわ」と呟《つぶや》いている。


今日は姉上の顔合わせの日だ。参加するのは当事者の二人と仲人《なこうど》の義母上だけなので、私はいつものように後継者教育を受けていた。

先ほど姉上と相手男性の顔合わせが終わった。相手男性が屋敷から立ち去る際、私も玄関ホールで彼と挨拶《あいさつ》した。背も高くトロン・シヴァンによく似ていて、本当に姉上の要望通りの外見だった。前の婚約者も顔は良かったが、それよりも数段男前だ。あの人なら姉上も文句は無いだろう。

私たちは玄関ホールで見送ったが、姉上だけは馬車まで彼に付き添った。

「姉上。それは？」

戻って来た姉上は、籐で編んだバスケットを手に持っていた。先程まで持っていなかったものだ。

「手土産だって！　ル・オネガのスカースカみたいよ！　食べてみたかったのよ！」

スカースカとはクッキー地に酒の入ったバタークリームを塗ったケーキの一種だ。王都の貴族女性の間で最近話題のスイーツだと、アナから教えて貰《もら》ったことがある。ル・オネガはスカースカが有名な王都の人気店だ。

女性に話題のスイーツを手土産に選ぶとは、縁談相手は女性の扱いもスマートなようだ。

「すぐに食べたいわ。みんなでお茶するわよ」

そう言って姉上は上機嫌に拳を高く掲げる。

◆◆◆アナスタシア視点◆◆◆

「ふふん。アナちゃん、今日はパジャマ・パーティよ」

わたくしの寝室にいらっしゃったお義姉様は、枕を抱えられて得意気なお顔です。

「パジャマ・パーティ、ですの？」

「お菓子を食べたりしながら眠くなるまでお喋《しゃべ》りして、一緒に寝るのよ」

「まあ！　楽しそうですわ！」

「でしょ？　貴族はあんまりやらないけど、平民はよくやるのよ」

お義姉様とパジャマ・パーティをすることになりました。すぐには眠くならないので、お菓子を食べながらお義姉様とお喋りをします。

話題はやっぱりジーノ様のこと、それから今日の縁談についてです。お義姉様が確認された範囲ではお相手は全て条件通りだったとのことで一安心です。

お義姉様はときどき考え込まれています。結婚のお相手選びは一生を左右する重大な決断です。お悩みになるのも当然です。

「……アナちゃんは今、ジーノ以外は考えていないわけでしょ？　この人だ！　ってジーノのどこを見てそう思ったの？　やっぱり顔？」

「お美しさに惹かれなかったと申し上げれば嘘《うそ》になりますわ。ですが、ジーノ様をお慕いするようになったのは、お美しさではありませんの。その……わ、わ、わたくしを、た、た、大切にして下さるからですわ」

こんなことを自分で申し上げるのは、とっても恥ずかしいです。ですが、お義姉様は今、真剣にお悩みです。正直にお話ししなくてはなりません。

「真っ赤《まか》になっちゃって！　可愛いわっ！」

「きゃあ」

思わず悲鳴を上げてしまいました。お義姉様が勢いよくわたくしに抱き着かれたのです。支えきれずベッドに倒れてしまいます。

「アナちゃんは、自分を大切にしてくれることが一番大事だって思ってるの？」

「……そうですわね。一番大切なことだと思いますわ」

「なんで？」

「人生は長いですから。生きていれば、この先たくさんの困難があると思いますわ。ですが、お互いがお互いを大切にし続けられるなら、どんな困難も乗り越えられて、きっと幸せになれるって、そう思いますの」

「困難を乗り越える、ね。アナちゃん、それでジーノを選んだのね」

「いいえ。お会いした当初からそんなことを考えていたわけではありませんわ。初めてお会いした頃《ころ》は、幸せいっぱいに笑う将来のわたくしなんて想像することも出来なかったんですの。あの頃の私は、幸せになることをすっかり諦《あきら》めてしまっていましたわ」

「なんで幸せな将来を考えられるようになったの？」

「……その……ジーノ様が……」

「ジーノが何よ？」

「……ジ、ジーノ様が……わたくしを……と、とても大切にして下さって……それでわたくし、変われたのですわ」

「ふふん。アナちゃん、林檎《りんご》みたいに真っ赤だわ。可愛《かわい》い子ね」

わたくしの上に覆い被《かぶ》さられたまま、お義姉様はわたくしの頬《ほお》を指で突かれます。

「あの、お義姉様。そろそろお放し頂けたら、と」

「あら？　思ったより胸あるわね」

「きゃあ!?　お、お、お、お止《や》め下さいませ～」

◆◆◆ジーノリウス視点◆◆◆

姉上の縁談の翌日、セブンズワース家で午後のお茶会をする。『紅玉髄』の別名を持つ第四十応接室に居るのは、私と義母上《ははうえ》、それから姉上だ。公爵は宰相の仕事で王宮に、アナは在学研究生の仕事で学園に行っている。

「昨日《きのう》のお相手はどうだった？　一日経《た》って、少しは落ち着いて考えられるようになったかしら？」

義母上が姉上に尋ねる。

「すごく格好良かったです。本当に、お願いした通りの人でびっくりしました」

「それは良かったわ」

「あ。でも、胸毛は確認してないです」

「……それは良かったわ」

当たり前だ！　初対面の男性にそんなものを確認する貴族令嬢がどこにいる！

しばらく三人で話していると使用人が来て、エリックさんが姉上に会いに来たことを伝える。

「ここに連れて来て」

姉上は使用人にそう言う。

「わたくしたちは大丈夫よ。遠慮しないで二人で会ってきたら？」

「大丈夫です。今日帰るって言ってたから挨拶に来たんだと思います。挨拶ならみんなまとめて受けちゃった方が手間も掛からないですし」

楽しそうな顔をしながら義母上は二人で会うことを勧めるが、姉上はそう返す。

「他の皆様もいらっしゃったんですね……」

使用人に案内されて部屋に来たエリックさんは気不味《きまず》そうな顔だ。

「そうよ。挨拶ならまとめてしちゃった方が手間も省けるでしょ？」

「……そうだよね……その……これ……」

そう姉上に返したエリックさんは、使用人によってテーブルに置かれた紫檀《したん》の木箱を開ける。中に入っていたのは蓮華草《れんげそう》だった。

「これを私に？」

「うん……そうなんだよね」

「どうして蓮華草を？」

不思議そうな顔をしつつも姉上はお礼を言い、そう尋ねる。

「ジーノリウスが黒氷花《こくひょうか》を採りに山に行ったたって知って、ヴィヴィアナさん手紙に書いてたよね。『誰か山に花を採りに行って私にプレゼントしてくれないかしら。私も山の花をプレゼントされたいわ』って。だから……」

「それで山まで行ってこれを採ってきたの⁉　バッカじゃないの⁉　蓮華草なんて、山に行かなくてもその辺に生えてるじゃない！」

「ご、ごめん。あんまり花には詳しくないんだよね。ただ、綺麗だなって思って……それにしちゃったんだよね……ごめん」

「そうじゃないの！　何でそんな危ないことするのよ⁉　軽い気持ちで手紙に書いたことなのに真

に受けないでよ！　怪我《けが》したらどうするのよ⁉　……その顔の擦り傷……どうしたのよ？」

「はは……魔物に襲われちゃって……」

「もう！　やっぱり！」

そこから姉上のお説教が始まる。エリックさんは、これでも騎士団員だからこの程度の怪我はよくあることだとか、時間も無かったからそんなに高くまで登っていないとか言い訳をする。だが姉上の怒りは収まらない。

一頻《ひとしき》りお説教した後、せっかく採って来てくれたのだから、と姉上は花を受け取った。エリックさんは私たちに別れの挨拶をすると宿へと帰って行った。今日、王都を発《た》つつもりとのことだ。

立ち上がってエリックさんに詰め寄っていた姉上だが、エリックさんが部屋を出て行くとお行儀悪くどさりと椅子に腰掛ける。そのまま何も言わず、じっとテーブルを無言で見詰め続ける。

「……ジーノはさ……可愛い子見たりしたとき、ときめいたりしないの？」

「しません」

即答で断言する。ブサメン故に苦労した前世、私は無意識に美人を目で追ってしまう自分を徹底的に否定し続けた。美人だけを目で追うなら、私もまた容姿で人を差別していることになる。それでは醜い私を嘲笑《あざわら》う奴《やつ》らと同類だ。その結果、私は人の容姿が気にならなくなった。

今でも美人を見れば、そう分類される人だと理解は出来る。だがそこに感動は一切無く、美人を見たときも百足《むかで》を見たときも気持ちに大差は無い。あるのは強い苦手意識だけだ。

「じゃあさ。結婚相手選ぶときに、ときめき以外の何が基準になるって思うの？」

「性格ですね。ときめきは、結婚相手を選ぶ基準としては不適切でしょう。姉上だって、今は舞台俳優ならトロン・シヴァン推しですけど、ちょっと前はレイリン・ゴズリング推しだったではありませんか。特に姉上の場合、ときめく相手はよく変わります」

「うっ。それは……そうかもしれないけど」

「おそらく姉上は、男性の美貌《びぼう》にときめいているのだと思います。ですが、そもそも美貌を結婚相手の基準にすること自体が間違いです」

「どうして？」

「人は誰《だれ》も齢《とし》を取れば美貌を失いますし、夫婦が連れ添う時間を考えれば美貌を失ってからの方が遥《はる》かに長いのが普通です。すぐに意味を失う刹那《せつな》的なものではなく、もっと長期に亘《わた》って意味のあるものを重視するべきです。それが姉上の幸せに繋《つな》がると、私は思います」

今回の縁談をこちらから断ることは出来ないが、先方からの破談申し入れは十分あり得る。そうなった場合、次のお相手は顔だけで選ばないでほしい。その思いを込めて姉上に言う。

前世の経験から、容姿はやがて朽ち衰えることを知っている。学校一の美少女だって老いたら普通の老婆だった。校内を歩けば多くの男子生徒が振り返った彼女でさえ、若さを失えばその他大勢の一人になり、振り返る男はもういなかった。すぐに失われると決まっているものを何故《なぜ》それほど重視するのか。

そもそも結婚相手とは、美貌が衰えてもなお一緒にいなくてはならない相手だ。その相手を美貌で選ぶという判断を、私は正しいとは思わない。

「そっか……幸せ、ね……」

そう言って姉上はまた黙り込んでしまう。

「……ねえ。幸せって何だと思う？　どうすれば幸せになれると思う？」

「アナのように素晴らしい人と婚約することですね」

「はいはい。ご馳走様《ちそうさま》。ジーノに聞いたのが間違いだったわ……ジェニファー様、幸せになるにはどうしたら良いと思いますか。幸せって何だと思いますか？」

「そうね。幸せの正体って、わたくしは愛だと思うわ」

「愛ですか？　私は……愛だけじゃないと思います。例えば格好良い男の人と一緒に歩くときの優越感とか贅沢《ぜいたく》出来るとか、そういうのも大事だと思います」

「優越感を感じられたら嬉《うれ》しいのは当然ね。でも、優越感を幸せの拠《よ》り所《どころ》にするのはお勧めしないわ。優れたものを持っていて優越感に浸れても、その優れたものはいずれ誰かに追い越されるわよ。盛者必衰ですもの。追い越されたら、拠り所にした分だけ強い屈辱感を覚えると思うわ。優越感で幸せを得てもその後の屈辱感という不幸で相殺されるから、通算してみれば良くて損得無し、普通はマイナスだと思うの」

「マイナスなんですか？　人より優れてたらマイナスにはならないんじゃないですか？」

「わたくしは、マイナスなことも多いと思うわ。優越感って、自分を人と比較することで得られる幸福感でしょう？　他人との比較を幸せの拠り所にすると、ずっと競争の渦中に居続けることになると思うの。いつも誰かと争っているって、それだけでかなり疲れるもの」

　姉上の反論に義母上は優しい笑みでそう返す。

　私も義母上と同意見だ。人より優れている何かをステータスとする者は、常に追い落とされるかもしれない恐怖に怯《おび》え、実際に追い落とされると人よりずっと苦しんでいた。そういう者を、前世で沢山見てきた。

彼らは往々にして無理をしてしまう。狭い範囲でのナンバーワン、という取るに足らない肩書きを失う恐怖から人の足を引っ張ることまでしてしまう。そうせざるを得ないほど、彼らは常日頃《つねひごろ》から重圧に追い込まれ続けている。それで人間関係まで壊してしまい、孤立した彼らは尚更《なおさら》自分の優位性に縋《すが》り付く。優越感という疑似餌に釣られ不幸に向かって突き進んでいるようだ。

もちろん、ステータスを維持しようとする彼らの努力を否定するつもりは無い。だが成果に固執しなければ、ずっと楽しく生きられるはずだ。傍《はた》から見ている私には、そう思えた。

「それから財力だけどね。困窮している平民なら重要な問題だと思うけれど、貴族のわたくしたちにはあまり関係の無いことだと思うわ。物質的な充足だけなら難無く達成出来るもの」

「貴族だって、結婚相手の財力は重要だって考える人も多いと思います」

「もちろんそうね。でもそういう人はね、人より高価な宝石を持つことで優越感に浸りたい人だと思うの。そのために必要なのが財力なの。わたくしは、結婚相手に財力を求めるより優越感を追い求める自分を変えてしまった方がずっと良いと思うわ。財力で優越感に浸りたい人はね、他の人が自分より高価な宝石を持っていたらそれ以上のものを欲しくなってしまうの。それで奮発して新しいものを買っても、それより高価な宝石を持つ人を見たらもっと高い宝石がまた欲しくなってしまうわ。一生その繰り返しでいくつ宝石を買っても満たされなくて、自分では手の届かない宝石を持つ人を羨《うらや》み続けるって、凄《すご》く疲れると思わない？」

「……そうかもしれません……疲れそうです」

義母上の言葉をゆっくりと咀嚼《そしゃく》して理解するように、姉上は独り言のような言葉を返す。

「幸せになりたいなら他の人と比較しない形で拠り所を作らなきゃならないんだけど、わたくしは愛情が一番良いと思うわ。大切な人から愛されていると実感出来たら涙が零《こぼ》れるくらい嬉しいし、愛する人のためなら一生懸命になれるでしょう？　そういう気持ちって、他のものでは代えられないと思うの。誰かを愛せて、大切な人に愛されたら、充実した人生になるってわたくしは思うわ。だから、小さなものでも愛は大切にした方が良いと思うの。その蓮華草なんかもそうね」

「これですか？　困ったプレゼントでしかありませんけど？」

蓮華草を指さす姉上を見て、義母上はくすくすと笑う。

「そうね。困っていたわね。エリックさんには危ないことをして欲しくなかったのはヴィヴィアナさんの本心だと思うわ。でもね、そこまでしてくれたことを嬉しく思う気持ちも、ヴィヴィアナさんの心のどこかにあったと思うの。わたくしには、ただ迷惑なだけのプレゼントには見えなかったわ」

「それは……」

「街のお花屋さんで安く買える蓮華草でも、贈ってくれた人の気持ちが沢山詰まっていたら素敵なプレゼントになると思うの。言葉や贈り物に籠《こ》められた想《おも》いを見過ごさないように注意して、ヴィヴィアナさんに向けられた愛情を一つでも多く実感して、愛を向けてくれた人を大切にすることが出来たら、きっと幸せになれると思うわ」

「……結婚相手を選ぶときも、愛してくれる人を選ぶ方が良いってことですか？」

「向けられる愛にも色々種類があるけど、誠実に愛してくれる人は特に大切よ。そんな愛を向けてくれる人が結婚相手には良いと思うわ」

「どうして誠実に愛してくれる人なんですか？」

「誠実な愛情は長続きするからよ。ずっと側《そば》にいる人が、ずっとあなたを大切にしてくれるのよ。早いか遅いかの違いはあっても、誰だっていつかはその人を好きになってしまうと思うの。誠実な愛を向けてくれる人と結婚出来たら、お互いに愛し合う夫婦に自然となれると思うの。愛し合う家族こそが一番の幸せだって、わたくしは思うわ」

「……そっか」

そこは「そっか」ではなく「そうですか」だろう。敬語が疎《おろそ》かになっているが注意はしない。テーブルを見詰める姉上は懸命に考えている。いつも秒で決断するこの人が、ここまで考え込むのは珍事だ。

「……ジェニファー様……縁談のことですけど」

テーブルを見詰めてしばらく考え込んでいた姉上がそう切り出す。

「結論は焦らなくてもいいわ。ゆっくり考えて、決まったら教えてね」

「いえ。決めました。ごめんなさい。やっぱり別の人が良いです」

「あ、姉上⁉　何を言っているのですか？」

あれほど滅茶苦茶《めちゃくちゃ》な条件を出して、しかもその条件に合う相手を用意してくれたのだぞ⁉　それを断るだって⁉　貧乏子爵家が筆頭侯爵家相手に⁉　あり得ない！　義母上の「決まったら教えてね」は社交辞令だ！

百歩譲って断るにしても、先《ま》ずは立って謝罪の礼を執るべきだ。座ったまま言うべきことではない。

「分かったわ。さっきの人に決めたのね？」

姉上は無言で頷《うなず》く。返事ぐらいはしてほしい。

義母上《ははうえ》の顔色を恐る恐る窺《うかが》う。表情が読めない人だが、怒ってはいないようだ。それどころか、とても楽しそうだ。

「ふふ。心配しなくても大丈夫よ。当家は気にしていないわ。アナだって沢山破談にしているんですもの。破談の事務処理なんて慣れたものよ」

私が顔色を窺っていることに気付いた義母上は、横目でこちらを見て楽しそうに笑う。

「姉上。どうして突然翻意されたのですか？　条件通りだと仰《おつしや》っていたではないですか？」

「もしかして……怒ってる？」

顔をそっぽに向けた姉上は、横目でこちらを見つつ不貞腐《ふてくさ》れた声で言う。不機嫌そうな顔をしながらも、私が怒っているのではないかと不安なのがよく分かる。姉上らしい。

「義母上の温情には深く感謝しています。姉上に怒るかどうかは回答次第です。あんな滅茶苦茶な条件の相手を用意して貰《もら》えたのに、何が不満なのですか？」

「……前の人は顔だけで選んじゃって失敗しちゃったでしょ？　だから、厳しくない家ってことを条件に入れて、しかも格好良い人で、趣味なんかも理想通りで、これでもう大丈夫だなって思ったんだけど……間違えちゃったかなって思ったのよ」

「何を間違えたのですか？」

「ジーノが言った『夫婦が連れ添う時間を考えれば、美貌を失ってからの時間の方が遥かに長い』って言葉に納得したのよ。それで、もしかして失敗したかなって思ったの。それから、アナちゃんの話を思い出したら、自分を大切にしてくれる人が良いってアナちゃんも言ってて、ジェニファー様も誠実な愛を向けてくれる人が良いって言うでしょ」

「アナは何と言っていたのですか？　詳しく教えて下さい」

「……今はアナちゃんの話じゃないでしょ。話を脱線させないの」

呆《あき》れ顔《がお》の姉上は、そう注意して人差し指で私の頬《ほお》を突《つつ》く。アナが望む男性像には非常に、大いに興味がある。それでつい、それだけに意識が集中してしまった。これは私が悪い。

「とにかく、アナちゃんもジェニファー様も同じようなこと言ってて、ジェニファー様の説明聞いて私もその通りだなって思ったのよ。でも、私を大切にしてくれる人なんていないなって思ってたんだけど……」

姉上はちらりとテーブルに置かれた蓮華草《れんげそう》に目を向ける。

「なるほど。その贈り物でコロッとエリックさんを好きになったんですね？」

「そんなんじゃないわよ！　こんなので好きになんてならないわよ！　蓮華草一つで釣られるほど安い女じゃないんだからね！」

私たちの会話を聞いていた義母上は「仲が良いわね」と言ってくすくすと笑う。

「ジーノさんは、恋愛事に関してはまるで駄目ね。ヴィヴィアナさんは、気が付いたのよね？　その蓮華草には誠実な愛が籠められているって」

顔を赤くした姉上は、義母上の言葉に無言で頷《うなず》く。

「……蓮華草を改めて見て……思ったのよ。手紙に書いたどうでも良いことをずっと憶《おぼ》えててくれて、魔物もいる山にまでそれを採りに行ってくれる人と、今回の縁談の人。どっちと結婚したら幸せになれるのかなって。そう思ったら、縁談の人から貰った流行《はや》りのスイーツよりこの蓮華草がずっと素敵なプレゼントに思えたの。エリック君が誠実なのはよく知ってるし、ずっと私に優しくしてくれてるし……だから、誠実に私を大切にしてくれる人を選ぶならこっちかなって思ったのよ」

そうだったのか。幼い頃《ころ》から今に至るまでずっと、姉上は男性の見た目が何より重要な人だった。その姉上が理想的な見た目の男性を選ばなかったのだから、蓮華草を貰って一瞬で恋に落ちたのだと思っていた。だがまさか、そうではなく理性的に考えた末に見た目以外で選んでいたとは……。

「何よ……私だって、破談になって色々賢くなったんだから」

驚きのあまり固まっていると、姉上は不満気に言う。確かに成長している。

「それに、エリック君も痩《や》せて格好良くなってたしね。一昨日《おととい》会ったときも胸毛が無いか確認したら真《ま》っ赤《か》になって抵抗しちゃって可愛《かわい》かったし、これならまあ良いかなって思ったのよ」

無理矢理に胸毛の有無を確認したのか⁉　何をしているのだ！　配偶者どころか婚約者ですらない男性に、そんなことをする貴族女性がどこにいる！

前言撤回だ。姉上は全く思慮深くなっていない。

「ちょっと出掛けます」

「うふふ。さっきの人のところに行くのね？　行ってらっしゃい。馬車と護衛は用意してあるわ」

立ち上がった姉上に義母上はそう返す。姉上がエリックさんに説教をしているとき、義母上は使用人に何か指示を出していた。あれは馬車と護衛の準備だったようだ。驚くべき手際の良さだ。

「姉上。いつも通り問題山積ですが、取り敢《あ》えずはおめでとうございます。今度お祝いに何かプレゼントします」

「まだ早いわよ。正式に婚約が決まったわけじゃないんだから。ふふん。でも楽しみにしてるわね。婚約出来なくても何かプレゼントしなさいよ？」

部屋を出る直前の姉上に私が話し掛けると、急に祝われて照れくさかったのか姉上は顔を赤くする。そして、そう言い終えると走り去った。貴族令嬢なのだから廊下を走らないでほしかった。

◆◆◆

「取り急ぎ、状況を教えてほしい！」

バルバリエ家の応接室のソファに座った途端、父上が言う。少し世間話をしてから本題に入るのが貴族のマナーだが、いきなりの本題だ。焦燥で世間話をする余裕さえ無いのだろう。

姉上の縁談から六日後、アドルニー家の父上が血相を変えてバルバリエ家に駆け込んで来た。姉上がセブンズワース家に婚約者探しを依頼したことを知り、慌てて王都に駆け付けたのだ。

最初に私のところに来たのは、状況を把握した上でセブンズワース家を訪問するつもりなのだろう。

父上だけなのは、一人先に騎馬で来たからだ。母上は今馬車を飛ばしている最中で、デビイ兄上は護衛として母上と一緒にいる。家族ばらばらでの上京からも、その慌てぶりが窺《うかが》える。

先ずは姉上がセブンズワース家に提示した条件について父上に説明する。

「胸毛……あんのっ！　馬鹿娘がっ！」

当然だが、父上は真っ赤になって怒る。

「こうしてはおれん！　すぐにでもセブンズワース家にお伺いして、条件を取り下げなければ！」

「お待ち下さい。セブンズワース家は既にお相手を見付けています。顔合わせも六日前に終わっています」

勢い良く立ち上がった父上を、私はそう言って止める。父上はあんぐりと口を開ける。やはり父上から見ても、義母上の手際の良さは異常なのだ。

「も……もう終わっているのか⁉　顔合わせまで⁉」

「ええ。条件通りの人でした。条件と相違無いことは、義母上の前で姉上も認めています」

「それで！　どこの家の、何という方なのだ⁉」

興奮する父上は、私の両肩をがしりと掴《つか》む。

「……それが……その……顔合わせの後、姉上は義母上に『やっぱり別の人にする』と……」

父上は卒倒してしまった。

◆◆◆

姉上とエリックさんが婚約した。エリックさんは王国騎士団を辞め、今はセブンズワース領内に居る。移住したのは、義母上が領地と男爵位をエリックさんにプレゼントしたからだ。下賜された街の責任者になるべく、彼は今現地で猛勉強中だ。

爵位が上がるほどエリックさんや姉上に求められる礼儀作法の水準も上がる。もっと上の爵位もプレゼント出来たが、礼儀作法が弱点な姉上のことを考えての男爵位だ。今後姉上に作法が身に付いたら、爵位も上げてくれるらしい。

爵位には二種類ある。直臣爵と陪臣爵だ。直臣爵とは王家から下賜される爵位のことで、陪臣爵は貴族家から賜る爵位だ。セブンズワース家を含むいくつかの大貴族は、爵位を下賜する権限を持っている。エリックさんが得たのはセブンズワース家の陪臣爵だ。

公的には陪臣爵より直臣爵の方が格上だが、実態はそうとも言えない面がある。一門の貴族にとっては家門の頂点から認められた証《あかし》である陪臣爵が重要になる。家門内の序列は、陪臣爵を基礎として決めることが多い。直臣爵しか持たない貴族は、一門の中では外様《とざま》扱いだ。

陪臣爵を得てセブンズワース領内の街を任せられるのだから、エリックさんは名実ともにセブンズワース家一門だ。滅茶苦茶《めちゃくちゃ》な条件で婚約者探しを依頼し、更に用意してくれた相手を蹴《け》った姉上にそこまで目を掛けてくれたのだ。義母上には頭が上がらない。

「お礼は必要無いわ。当家のためにしたことだし、本来ならこちらが謝罪しなくてはならないところですもの」

義母上とのお茶会の席で私がお礼を言うと、義母上はそんなことを言う。

「セブンズワース家のためなのですか？」

「将来この家の当主になるジーノさんのご家族でしょう？　手の内に入れて置かないと、いずれ大きな弱点になってしまうわ」

「では、本来ならこちらが謝罪しなくてはならない、とは？」

「ヴィヴィアナさんは当家後継者の実の姉よ。婚約市場での価値はとても高いわ。そんな人が破談にされるなんて、おかしいでしょう？」

確かにそうだ。姉上の元婚約者の家は、昔から姉上を大いに持て余していた。だから破談を知っても当然の結末だと思ってしまった。だが姉上が置かれる状況も、私とアナの婚約で変わっている。

「元々ヴィヴィアナさんを持て余していたというのもあるけど、ほんの少しの利益で破談に応じてしまったのよ」

義母上が言うには、元婚約者の家は上級貴族から端金《はしたがね》をちらつかされただけで破談に応じたのだと言う。仕掛けた上級貴族はバートン侯爵家だ。破談になった後、自らの息の掛かった者を姉上の婚約者として送り込むつもりだったらしい。姉上の魔物狩りを元婚約者の家に教えたのもバートン家とのことだ。

簡単に姉上を切り捨てたのは事実だろう。バートン家の圧力に屈するのが嫌なら、アドルニー家を通じてセブンズワース家に助力を申し出たはずだ。事が中央政界に関わるものなら、上級貴族にだって遠慮無く要請出来る。それをしなかったということは、つまり即座に姉上を切り捨てたのだ。

「ヴィヴィアナさんには内緒よ」

義母上はそう付け加える。秘密にするのは義母上なりの配慮だ。貴族は名誉を重んじる。二束三文で売り払われたことを知れば、普通の貴族女性なら相当傷付く。姉上はそこまで傷付かないだろうが、それでも少しは傷付くと思う。

「では、姉上が手紙でアナに婚約者探しを依頼したのは……」

「当家による婚約者探しを提案するよう、わたくしがアナにお願いしたのよ」

最初から義母上が陰で糸を引いていたのか。では、あっという間に条件通りの婚約者を見付けてきたのも、この件で他家に介入されないためだったのか。パズルのピースが次々に嵌《はま》る。

何にせよ良かった。もしバートン家の息の掛かった者と姉上が結婚していたら、姉上は二つの家門の板挟みになってしまう。姉上には、そういうことは向いていない。二つの家門の利害調整役になったら相当苦労する。

「……もしかして、姉上だけではなくアドルニー家に対しても手を打っているのですか？」

「もちろんよ。例えばアドルニー領特産品の薬草茶の購入先だけど、今は当家の一門の家が大半ね。武器や防具の供給も今は当家一門がしているわ。もう今は、アドルニー家が他の家から経済圧力を掛けられることも無いと思うわ。それから護衛として隠密《おんみつ》も付けているわ。だから、ヴィヴィアナさんが乗合馬車で一人旅をしても誘拐されることは無かったと思うの。アナはそれを知らないから、ヴィヴィアナさんが一人旅をするって知って慌てちゃってたけどね」

……バートン侯爵家の陰謀に義母上が気付いたのも、隠密を忍ばせていたからだろう。私がこの家を取り仕切るようになったとき、ここまで手際良く仕事が出来るだろうか。義母上と話をすると、いつも不安に駆られてしまう。

◆◆◆

「やった！　見付けたぞ！」

聖マリリン魔法医科薬科大学跡地から帰って二ヶ月、ようやくアナの病に効く治療薬の製法に辿《たど》り着《つ》いた。念のため、魔法医学科と魔法薬学科の両方がある大学を選んで良かった。魔法薬学に関する文献も十分揃《そろ》っていた。

ちなみに、アナの病気は極度魔力過剰症で確定だった。唾液《だえき》を採取させて貰《もら》ったり、一日の体温の変化を測って貰ったりと、隙を見付けてはこっそりと診断することを繰り返してようやく病名を確定させた。

アナの唾液は、小瓶に唾液を落として貰うことで採取した。その小瓶をポケットに仕舞ったとき、ブリジットさんの目は絶対零度だった。

次は原料だ。魔法薬作製に必要となる原料が現代で何と呼ばれるものなのかを解明し、その調達方法を調べる。図解などもあったのでこれは難しくなかった。原料は、一つを除きどれも金さえ掛ければ調達出来るものだった。

調達困難な原料は、特殊な配糖体だ。ロディオラ・ロゼアルと現代では呼ばれる植物から抽出出来る。この国でもジェラルド領の山岳地帯で自生する植物だ。

だがこの植物は、現代では騎士の筋骨を強くする丸薬の材料として使われている。希少な上に自領の軍事力に直結する植物だ。ジェラルド家によって厳重に管理されていて、市場には出回らない。

入手の手立てを考えなければならない。先《ま》ずはジェラルド領の調査だ。金に糸目を付けず弱みを探る。困り事が一つも無い領地は存在しない。探せば見付かるはずだ。

それからジェラルド家関係者への接触だ。嫡男が近衛《このえ》騎士団にいる。先ずは王都にいる彼と交渉しよう。その前に近衛騎士たちと接触して嫡男についての情報収集もしたい。どうするか。

◆◆◆

今日は学園生と共に王宮の練兵場に来ている。学園の剣術大会があるからだ。

学年主席の証である『日輪獅子《しし》』のブローチの所持者には様々な特権が認められている。授業内容の変更もその権利の一つだ。この剣術大会は、その権利を利用して私が主催している。

きっかけはアンソニーたち武門貴族のクラスメイトだ。以前、私はブローチの権利を使ってアナのために刺繍《ししゆう》コンテストを開催した。完全に女子向けのイベントだ。その後アンソニーたちから男子向けにもイベントを開催してほしいと頼まれた。

それで剣術大会だ。とはいえ模擬戦なら学内でも普通に行われている。だから近衛騎士との模擬戦という形式にした。王国最強と名高い近衛騎士団の騎士たちと対戦出来て、しかも彼らからアドバイスも貰える。これに武門貴族は大喜びだった。

「本戦進出おめでとう」

「おう。ありがとな」

練兵場で行われているのは予選会だ。ここで勝ち上がった十名が近衛騎士と戦える。クラスメイトのジャスティンが勝ち上がったので声を掛けると彼は笑顔で礼を言う。

これで本戦出場者十人のうち七人が特級クラス生になった。クラス分けは座学の成績順だ。特級クラス生は座学が優秀だが、彼らは剣術も強い。上級貴族が多いからだろう。中下級貴族とは教育費の桁《けた》が違う。

「しかし、予選でこんなに試合するとは思わなかったわ」

「賞品が豪華だからな。当然、参加者も多くなる」

ジャスティンの言葉に私はそう返す。

「まさか賞品が、ブエラ・ピスタ師の打つアダマントの剣とはね。最初に聞いたときは冗談かと思ったよ」

アンソニーが笑いながら言う。ブエラ・ピスタ師は王国一の刀匠だ。本戦の優勝者と学園生最優秀者には、彼が特注で剣を拵《こしら》えてくれる。しかも素材は希少金属であるアダマントだ。簡単には注文を受けて貰えない刀匠だが、そこは公爵が力添えしてくれた。

刀匠の協力を取り付けたことを義母上に褒められて得意気な公爵は、義母上の手のひらで踊っているようだった。

「だけど本戦は一勝することさえ大変だぞ。隊長クラスばっかりじゃん。俺の兄貴まで参加してるし」

苦笑いのジャスティンが言う。

賞品がまさかの名剣で男子生徒は大興奮だったが、反応したのは学園生だけではなかった。当初は近衛騎士団の平騎士がこのイベントに付き合ってくれる予定だったが、賞品に釣られて隊長クラスに差し替わったのだ。

優勝者と準優勝者ではなく、優勝者と学園生最優秀者に賞品を与えることにしたのはこれが理由だ。到底勝ち目の無い者たちの参加で名剣獲得が絶望的では、学園生は盛り上がらない。

予選と本選の合間を利用して私はジェラルド家の嫡男を探す。近衛騎士である彼との接触が、この大会を開催した私の最も重要な目的だ。

本戦では近衛騎士が闘技場に上がる。ほとんどの近衛騎士は、同僚の応援のため大会会場へと向かった。そんな中、目的の彼は一人自主訓練だ。大会開催のため近衛騎士たちと接触したとき、その辺りのことは聞き出せている。

練兵場に行くと、すぐにそれらしき人物が見付かった。癖のある焦げ茶色の髪に碧眼《へきがん》、そして騎士の中でも一際筋骨隆々とした体躯《たいく》、負傷した左足を庇《かば》うような動作、彼がジェラルド家の嫡男チャールズ・ジェイ・ジェラルド公子で間違い無い。

近衛騎士団での功績により彼は爵位を授与されている。ミドルネームは彼が持つ男爵位の家名だ。ジェラルド子爵家に所属したまま男爵位を叙爵すると家名が二つ続く名前になる。

ちなみに、誰もがその道の権威で多大な功績を挙げた人揃いな学園の先生も、家名を複数持つ人は多い。例えばケンドール先生は、家名呼びならギールグッド・ケンドール先生だ。それでも皆がケンドール先生と呼ぶのは、最後の家名で呼ぶのが学園のルールだからだ。正式な呼び方は長過ぎて普段使いには向かないため、そういう規則になっている。

「すまないが、ロディオラ・ロゼアルは門外不出なんだ」

騎士らしく直截《ちょくせつ》な交渉を好むと事前情報にあったので、単刀直入にロディオラ・ロゼアルを譲ってほしいと頼んでみた。案の定、断られてしまう。

「では、領地の深刻な問題を私が解決しましょう。それと交換に譲って頂くというのはどうでしょう?」

「深刻な問題？」

「ええ。領地に居着いてしまったんでしょう？　コボルトが」

ジェイ・ジェラルド公子は顔を歪《ゆが》める。

山岳地帯に近いジェラルド領は交易には不便な場所だ。そこで領主は、道と橋を整備して領地活性化を図った。確かに流通は活性化し、領地は豊かになった。だが別の問題も引き起こしてしまった。環境破壊で生態系も影響を受けたようで、領内に魔物が出没するようになってしまったのだ。

「……私は近衛騎士で、ジェラルド家は騎士の家だ。領内の魔物は自分たちの手で討伐する」

「ですが、群れのボスは剣も矢も通じないんですよね？　そのために討伐出来ず、足を怪我《けが》されたのでしょう？」

公子は更に顔を歪める。

コボルトは大した強さではなく、ジェラルド領に出現した規模の群れなら簡単に討伐出来る。だが、ジェラルド家は討伐に失敗している。剣でも矢でも傷を負わないコボルトが群れにいたからだ。公子が負傷しただけではない。騎士団にも少なくない損害が出ている。

そのコボルトは変異個体だろう。物理兵器でも魔法でもダメージを受けない魔法保護膜を展開する戦闘獣と言えば『ウェアウルフ』だ。おそらくコボルトは『ウェアウルフ』の成れの果てだ。

「騎士団の態勢を立て直してもう一度挑まれるつもりなのでしょう？　剣も矢も通じない相手に勝算はあるのですか？」

彼が大会も観戦せず怪我を押して一人訓練をしていたのは、これが理由だ。命懸けの戦いになることを覚悟の上で、もう一度討伐に挑む準備をしていたのだ。

「……ジェラルド家の、騎士家としての名誉がある。他領の騎士団の手を借りることは出来ない」

いかにも貴族らしい、騎士らしい答えだ。命よりも名誉が大事なのだ。

「領地に他家の騎士団を招き入れる必要はありません。領内に入るのは商人に扮《ふん》した私一人です。文門の私が一人領内に入ったのが明らかになったところで、他家の手を借りたとは誰《だれ》も思いません。そんな噂《うわさ》が立つことも無いでしょう」

「何？　一人で解決するつもりなのか？」

「はい。お任せ頂ければ即座に私一人で解決して見せましょう」

「……」

「あとは私が口外しなければジェラルド家の名誉は保たれます。口外を禁じる契約書もご用意しましょう。数キルロのロディオラ・ロゼアルで、家の名誉を保ったまま騎士団に死傷者を出すことなくコボルトを討伐出来るのです。悪い取引ではないでしょう？」

「……君が死んだり負傷したりした場合はどうなる？」

「その場合もジェラルド家と公子に一切迷惑が及ばないように取り計らいましょう。こちらも契約書をご用意します」

「小僧。なかなか面白いイベントだな。儂《わし》が学園生だった頃《ころ》よりずっと楽しそうにやっとるな」

ジェイ・ジェラルド公子との交渉を終え闘技場に入ると、セブンズワース公爵が笑いながら話し掛けて来る。

本戦は練兵場ではなく観客席のある闘技場で行われる。練兵場での観客は学園生ばかりだったが、この円形の闘技場には学園生以外にも多くの人が観戦に来ている。公爵もそうだ。今日は宰相の仕事で王宮勤務だが、休憩を取って大会を見に来たのだ。公爵が言うには、この大会の見学のために多くの部署が休憩時間を設けたとのことだ。

王宮関係者だけではない。王宮の外からも多くの人が詰めかけ、義母上《ははうえ》もこの闘技場に来ているそうだ。奥に行くほど高くなる観客席は人でいっぱいだ。

審判は近衛騎士がしてくれるので、試合中はあまり忙しくない。円形になっている競技用スペースの隅に立って試合を観戦する。

本戦は、学園生十名と近衛騎士十名で行われるトーナメント戦だ。近衛騎士は全員が隊長クラスだ。学園生では一勝することさえ難しいだろう。

そう思っていたが、予想外に良い勝負になっている。学園生は一回戦を勝ち抜くことさえ難しいが、逆に言えば一勝さえすれば高確率で学園最優秀者だ。名剣が手に入る。近衛騎士たちが次戦も考えて体力を温存する戦い方をしているのに対して、学園生は一回戦で全《すべ》てを出し切るような戦い方をしている。それが好勝負になる理由だろう。

会場がどっと沸く。アンソニーが近衛騎士に勝ったのだ。

彼はトリーブス族伝統の双剣を使う。鍔《つば》が無く独特の湾曲を見せるその双剣は、前世のグルカナイフのようだ。彼の動きもまた一族独特の変則的なもので、彼自身の素早さも相俟《あいま》って慣れていてもかなり戦い難《にく》い。実力は近衛騎士の方が高かったが、トリーブス一族との戦いに慣れていない彼は不慣れによる隙を突《つ》かれてしまった。

結局、一回戦を突破出来た学園生はアンソニーだけだった。そのアンソニーも二回戦で『王国五剣』の一人に負けてしまった。学園生は大会から姿を消したが、会場は一層の熱気に包まれた。特に『王国五剣』同士の戦いは超高等技術の応酬で、会場は大変な盛り上がりだった。おそらく皆、これを見るために来たのだろう。

優勝は第一大隊副隊長のアラン・フレッチャー卿《きょう》だった。彼も『王国五剣』の一人だ。主催者である私は闘技台へと上がり、派手な装飾の化粧箱に収められたアダマントを彼と学園最優秀者のアンソニーに渡す。

続いて一定額以上の寄附をしてくれた貴族の名前とそれぞれの一言PRを読み上げる。今回、名剣を賞品に出来るほど多額の資金が集まった理由がこれだ。一定額以上なら領地の産業のPRも出来、寄附が多いほどPRの文字数も増える。これを聞いて多くの貴族が多額の寄附をしてくれた。前世知識を参考にした私の発案だ。

「会場の皆様、お聞き下さい！　この大会は、学園生と近衛騎士団の模擬戦です。でも、学園最強の生徒が大会には出ていないのです。その生徒はなんと、あの『血塗《ちまみ》れ卿』に勝った生徒なのです！」

表彰とスポンサーのCMを終え最後に私が閉会の挨拶《あいさつ》をしようとしたとき、私の横でフレッチャー卿が大声を上げる。騎士だけあって声がよく通る。

『血塗れ卿』は学園で剣術を教える退役武官の先生だ。編入試験の際、私は彼に勝ってしまった。フレッチャー卿の言う「生徒」とは私のことだ。凄腕《すごうで》の剣士に勝つことは難しくはなかった。この世界の人たちとは違い、私は前世の効率的な身体強化魔法が使える。

もっとも、普段の私なら善戦しつつも最後は先生に勝ちを譲っていただろう。だがアナが、試験勉強に協力してくれ教会で合格祈願までしてくれたのだ。絶対に負けられなかった。

「『血塗れ卿』ことスルタン先生は、私の師です。師はご高齢のため、一日に何連戦もしなくてはならない大会などにはもう参加されません。でも、決して弱くなられたわけではありません。歳《とし》を重ねられてもなお、一戦だけなら私よりも強いのです。そんな師を、武門貴族でもない生徒が打ち負かしたのです！」

ホワイト先生の弟子だったのか。先生をファーストネームで呼んでいるところからして、学園で教え子だったという意味での師ではなく、拝師の儀を行った本当の意味での師匠なのだろう。

「皆様、彼の戦いを見たくはありませんか⁉　私は見たい！　その生徒に、このアダマントの剣を懸けて模擬戦を挑みたいと思います！　賛同される方、どうか拍手をお願いします！」

何だと？　聞いていないぞ？

「悪いね。でも文門の君と戦える機会なんて、そうないからね。スルタン先生の仇《かたき》、討たせて貰《もら》うよ？」

驚く私にフレッチャー卿はにやりと笑って小声で言う。

大会の熱気も冷めやらぬ会場は、まるで演出のようなイベント発生に大喜びだ。闘技場全体を震わせるほどの拍手が響く。

なるほどな。剣術大会が終わってからもう一度交渉したいと、ジェイ・ジェラルド公子は言っていた。彼はこのサプライズ・イベントを知っていたのだな。私の剣術の腕を自分の目で確認して、その上で考えるつもりなのだ。

これは断れない。アナの呪《のろ》いを解くためには、申し出を受ける以外に無い。

「この剣をどうぞ」
フードを被《かぶ》った男が両手剣を差し出す。闘技場内の控室で防具を身に着け終え、ソードラックから適当な剣を選ぼうとしたときのことだ。ラック内の他の剣は使い込まれているが、その剣は新品のようにぴかぴかだ。

新品の剣まで用意しているとはな。最初から私を巻き込むつもり満々のようだ。礼を言って剣を受け取り、闘技台へと戻る。

生徒との模擬戦でも、私は軽く身体強化魔法を使っている。魔法を使わずフェアに戦ってコロッと負けたら「手抜きをするな」と武門の生徒を激怒させてしまったからだ。『血塗れ卿』に勝った私があっさり負けたので手抜きだと思われてしまったのだ。

一騎打ちにおいて、騎士はその名誉を懸けて全力で戦う。露骨な手抜きは師が弟子や教え子にするものであり、つまり格下相手にやることだ。私がそれをすると、侮辱と受け取られて決闘にまで発展しかねない。だから今回も軽く身体強化魔法を使う。決闘騒ぎはもう勘弁だ。

審判の合図で私とフレッチャー卿の試合が始まる。流石《さすが》は『王国五剣』だ。力も速さも、学生とは比べ物にならない。そして、とにかく巧《うま》くてやり難い。

フレッチャー卿が上段に剣を振り上げたのを見て、私は姿勢を低くして相手の左側へと踏み込み胴を狙《ねら》う。前世の剣道で言う面抜き胴だ。だが抜けた先には、彼の蹴《け》りが待っていた。慌てて剣から片手を離して卿の膝《ひざ》を掌《てのひら》で受け止める。フレッチャー卿の膝を強く押して相手のバランスを崩しつつ距離を取る。バランスを崩されたことで卿の追撃は私を捉《とら》えられなかった。

この国の剣術は、前世の剣道とはかなりルールが違う。殴っても蹴っても問題無いし、掴《つか》んで相手の動きを止めても、押し倒しても良い。

「驚いた。今のも受けるのか？」

フレッチャー卿は楽しそうに笑う。試合開始以降ずっとこうだ。巧みなフェイントで卿は良いように私をコントロールしている。魔法のお陰で速さと力は私の方が上だから拮抗《きっこう》した試合になっているが、技術では全く勝負にならない。

だが、これで十分だ。『王国五剣』と互角に戦えたなら、ジェイ・ジェラルド公子も私の実力を認めるだろう。そしてフレッチャー卿に勝つ必要は無い。これだけの観衆の前で勝ったらフレッチャー卿から恨まれかねない。善戦しつつ負けるのが人間関係の摩擦が少ない最善の道だ。

前世を含め約一世紀の人生経験がある私だ。些末《さまつ》な勝利に拘《こだわ》るほど子供ではない。既にそれなりの時間戦っている。そろそろ負けても良い頃合いだ。

「ジーノ様ー！　頑張って下さいませー！」

驚愕《きょうがく》で思わず観客席に目が向いてしまう。アナの声だった！　観客席のアナは、精いっぱいに声を張り上げて私を応援してくれていた！

剣術大会なので、観戦者は剣術に興味がある者が多い。多くは騎士団関係者で、同僚のフレッチャー卿を応援している。声の大きい騎士たちがフレッチャー卿への声援を大合唱で送る中、アナは負けじと懸命に叫んで私に声援を贈り届けてくれていた。

貴族令嬢は大声など出さない。人前であれほど大声を出すのは、相当恥ずかしいはずだ。それなのにアナは、ありったけの声を振り絞って声援を贈り届けてくれている……。

負けられない！　絶対に！　人間関係の摩擦だと⁉　乗り越えるためにあるものだろう！

これ以上身体強化魔法の強度は上げない。人間離れした動きになってしまう。追加で使うのはオーバークロック――一時的に脳の処理速度を向上させる魔法だ。思考処理速度を三倍程向上させたので、反射速度も同倍率で上がる。フレッチャー卿の動きはゆっくりとしたものに感じる。

視線の動き、腕や肩の位置、つま先の向き……こうして見ると、卿は動作の全てで私を騙《だま》しに掛かっているのが分かる。速さと力で上回る私を翻弄《ほんろう》出来たのは、この卓越した技術のためだ。

だがフェイントは、相手が引っかからなければ無駄な動きでしかない。フェイントに惑わされず、私は最短最速の動作で彼の首元に剣を押し当てる。

「それまで！　勝者、バルバリエ公子！」

会場がどっと沸く中、満面の笑みで拍手をするアナに私は体を向ける。そして片膝《かたひざ》立ちになり、水平にした剣を両手で頭上まで持ち上げる。「勝利を捧《ささ》げる」という意味の騎士の礼法だ。

会場は万雷の拍手で勝利を捧げられたアナを祝福する。女性は悲鳴のような声を上げて興味津々の目をアナに向け、騎士はアナに向かって口笛を吹いたり大声で囃《はや》し立てたりだ。アナは俯《うつむ》いてしまい、真《ま》っ赤《か》になっている。

可愛《かわい》い。凄《すご》く可愛い。あのアナを見られただけで勝利した甲斐《かい》がある。

「会場の皆様。お聞き下さい。この模擬戦は私の勝利で終わりました。ですが、ご覧の通り試合内容ではフレッチャー卿が私を圧倒していました。私の勝利は幸運が重なった結果でしかありません。アダマントの剣はフレッチャー卿に譲り、それを以《もっ》て卿の技量を称賛したいと思います」

私がそう声を張り上げると、観客は立ち上がって拍手をして提案を受け入れてくれる。

近衛《このえ》騎士は皆、名剣欲しさでこの大会に参加した。私は違う。ジェイ・ジェラルド公子と交渉出来たし、アナに捧げる勝利も得られた。もう十分だ。

「本当に良いのか？　アダマントの剣だよ？　ブエラ・ピスタ師の打つ剣だよ？」

フレッチャー卿は申し訳なさそうな顔だが問題無い。私にその剣を持たせるのは、ヴァイオリンを習い始めた子供にストラディバリウスを持たせるようなものだ。宝の持ち腐れも良いところだ。

◆◆◆アナスタシア視点◆◆◆

「やりましたわ！　すごいですわ！　ジーノ様！」

思わず叫んでしまいました。ジーノ様はなんと『王国五剣』のお一人に勝利されたのです！

「嘘《うそ》だろっ⁉」「勝った⁉　『王国五剣』に⁉」「スッゲエエエ！」

衝撃は武門貴族の皆様の方が大きかったようです。予選で敗退され、観客席で見学されているクラスの武門の皆様は大騒ぎされています。

「あら？　今、バルバリエ様はアナスタシア様に微笑《ほほえ》まれたのではなくて？」

「そんなはずありませんわ」

お隣に座られているエカテリーナ様のお言葉を、わたくしは否定します。闘技台の上にいらっしゃるジーノ様とは違い、わたくしは大勢の観客のうちの一人です。きっとお気付きにはならないと思います。距離もかなりあります。

物理的な距離だけではありません。会場中から喝采《かっさい》を浴びられているジーノ様と、観衆の一人として観客席に座るわたくし……ジーノ様を遠く感じてしまいます。

「まあ！　やっぱりアナスタシア様に微笑まれたのですわ！　アナスタシア様に勝利を捧げていらっしゃいますわ！」

ジーノ様はこちらを向かれ、片膝を突かれて水平にした剣を両手で上げられます。

「きゃあああ！　素敵ですわ！」「やるじゃん！　ジーノリウス！」「まあ！　なんてロマンチックな！」「すごい場面を拝見しましたわ！　恋愛劇の一場面のようですわ！」「きっと一週間後には、王都中の吟遊詩人が歌にしていますわね！」

クラスメイトの皆様は大騒ぎをされます。そして、会場中の皆様がわたくしの方を向かれて嵐《あらし》のような拍手をお送り下さいます。騎士の方も多く、たくさんの男性が口笛を吹かれたり大声で祝福のお言葉を叫ばれたりされ、女性の皆様は黄色いお声を上げられています。

……とっても、とっても恥ずかしいです……お顔から火が出そうです。

その後、クラスメイトの皆様はまた大騒ぎをされます。ジーノ様がアダマントの剣をフレッチャー様に譲られたのです。王国一の刀匠の打つ剣、しかもアダマントの剣です。入手しようと思っても簡単ではありません。それをジーノ様は、あっさりと手放されたのです。

会場にいらっしゃる全員が立ち上がられて拍手を送られ、ジーノ様の高潔さを称賛されます。多くの称賛を浴びられてもジーノ様は得意気にされるご様子も無く、いつもの無表情なお顔です。当然のことをしたとお思いなのでしょう。素敵な方です。

◆◆◆ジーノリウス視点◆◆◆

剣術大会を終えると、私はフレッチャー卿とともに控室で着替えをする。

「あのようなイベントを企《たくら》んでいるなら事前に教えてほしかったですね。あの模擬戦のために新品の剣まで用意しているということは、最初から私を騙《だま》すつもりだったのですよね？」

隣で防具を外すフレッチャー卿に苦情を申し入れる。卿と私との対戦は、予定には無いイベントだ。その手のイベントをするにしても、何も主催者まで騙すことはないと思う。

「新品の剣？　何のことだ？」

怪訝《けげん》な顔をするフレッチャー卿《きょう》に試合で使った剣を見せる。卿はその剣を受け取ると、振ってみたり、片目を閉じて刃を縦から見たりしている。騎士に新しい剣を持たせると、大体これを始める。

剣身を指先で弾《はじ》き、その音を聞いた卿の顔色が変わる。真剣な表情になった卿は、刃先から刃元まで剣身を往復させるように位置を何度も変え、念入りに指で弾く。

「……君、本当にこの剣で戦ったのか？」

私が肯定すると、深刻な表情のフレッチャー卿は私の剣を左手に持ち、右手の自分の剣でそれを打つ。それほど強く打ったわけでもないのに、私の剣はぱきりと折れてしまった。

「剣に細工があったんだ。簡単に折れるはずなんだけど、この剣で戦って試合中折れなかったのは奇跡だよ」

折れなかったのは、剣にも強化魔法を使っていたからだろう。身体強化魔法を掛けるときは、靴や用具にも強化魔法を掛けるのが前世の常識だった。前世では誰《だれ》もが馬より速く走れた。その出力の身体強化魔法なら、靴や用具なども一緒に強化しないとすぐ駄目になってしまう。前世の癖が抜けず、つい手に持つ物にも魔法を掛けてしまっていた。

刃引きしてあっても鉄の剣だ。もし魔法を掛けていなかったら、私は大怪我《けが》をしていただろう。面を受けたときに折れたなら、剣が頭を直撃して死んでいたかもしれない。

まさか、自分が暗殺の標的にされるとは思いもしなかった……。

この剣を使うことになった経緯を聞かれたので、控室にいたフードの男のことを伝える。フレッチャー卿の顔はますます険しくなる。私に模擬戦を仕掛けるサプライズを知っているのは、主に自分の周りの近衛騎士たちとのことだ。

細工された剣のために事故が起これば、今日会場を警備している近衛騎士が処分を受ける。自分たちを陥れようと画策したのは、身近な人間であるかもしれないとフレッチャー卿は言う。

闘技場を出るとフランセス・リラード公爵令嬢から話し掛けられる。王太子殿下と同学年の卒業生で、数年前に王太子殿下から婚約破棄されたのがこの女性だ。

刺繍《ししゅう》コンテストの優勝賞品のドレスはエイル・メールのものだった。あの店はリラード家が所有するもので、経営を任されているのはこの女性だ。その関係で刺繍コンテストの準備をしているときに知り合った。

親しく話すような関係ではないはずだが、彼女は妙に親しげだ。そして、取って付けたような理由で私をお茶会に招こうとする。暗殺され掛けた直後なので、不自然に近付く彼女を警戒せずにはいられない。

　ふと視線を感じたので目を向けると、アナが不安そうな顔でこちらを見ていた。慌てて駆け寄りアナの手を握る。その周囲にはクラスメイトたちもいた。武門貴族の男子は口笛を吹き、女子生徒は高音の声を上げる。私がアナに勝利を捧げたことが彼らの間で話題になり、その直後だったことが原因のようだ。赤くなって俯くアナは大変な可愛《かわい》らしさだ。

　傍《そば》に控えていたブリジットさんに、暗殺され掛けたこととアナへの警戒を強めてほしいことを耳打ちで伝える。ブリジットさんの顔は厳しいものに変わり、なるべく早くアナを屋敷に戻すことを約束してくれた。

　あまりフレッチャー卿を待たせるわけにはいかない。アナとの会話を切り上げ、卿とともに近衛騎士団の使う練兵場に向かう。フレッチャー卿はそれとなく近衛騎士を集めてくれた。訓練を見学しつつ近衛騎士の中にフードの男がいないか調べる。

　薄い紫の髪で狐目の男は、近衛騎士団にはいなかった。犯人はフレッチャー卿と親しい騎士ではなく、その情報を聞き付けた別の者なのだろう。

　サプライズイベントに関して、フレッチャー卿たちは情報統制を敷いていたわけではない。聞かれたら気軽に話していたので、王宮の情報を広く拾える人物なら事前に知ることも可能だ。

　犯人が近衛騎士団にいないと分かって、フレッチャーは心底ほっとしていた。

結局、剣に細工があったことを公にはしなかった。公にすれば騎士団によって犯人捜しが行われるが、代わりに関係者は処分を受けることになる。処分を受けるのは当日闘技場の警護を行っていた近衛騎士団の責任者、それから主催者の私だ。もしかしたら黒幕の狙《ねら》いは私か近衛騎士団責任者の処分かもしれず、現段階で公表するのは得策ではなかった。

「近衛騎士団の誰かが標的の可能性もあるけど、わたくしはジーノさん狙いの方が可能性は高いと思うわ。おそらく、模擬戦でジーノさんが亡くなってしまったら大成功で、それが駄目でもジーノさんが処罰を受けるならそれでも良かったのではないかしら？　誤算は、奇跡的に剣が折れなかったことだと思うわ」

義母上《ははうえ》はそう分析する。

「うふふ。奇跡的に剣が折れなかったなんて、ジーノさんは運が良いのね」

にこりと笑う義母上に、ぎくりとする。おそらく、私が犯人の計算違いを生じさせる何かをしたことまでは想像が付いているのだろう。詳しく聞いてこないということは、その原因が遺物《アーティファクト》の魔道具にあると思っているのかもしれない。

遺物《アーティファクト》の魔道具は非常に貴重なものだ。持っていることが知られると命を狙われたり、譲渡を迫られて圧力を掛けられたりでろくなことにならない。話題には出さないのがマナーだ。使用人の口から漏れる可能性があるので、たとえ自分の屋敷内でも話題にはしない。

この人にはいつまでも隠し事を出来そうにない。いずれ話さなくてはならないだろう。だが、まだその勇気は無い。

「王宮は、学園とは全く違う世界よ。華やかな一面が目立つけど、その裏の目立たないところには血腥《ちなまぐさ》いことが沢山あるの。今もアドルニー領で暮らしていたら王宮と関わりを持たずに暮らすことが出来たのに、アナとの婚約で危険な世界に引き入れてしまったわね。その点は申し訳なく思うわ」

「気にされる必要は一切ありません。アナとの出会いは、私にとって奇跡のような幸運ですから」

してては安すぎるくらいです。これがアナとの婚約の対価なら、喜んで支払います。対価と

大貴族の当主や後継者なら、暗殺の危険程度は当たり前の話だ。その程度は覚悟の上だ。今回の私の失敗は、騎士がするように事前に剣を調べなかったことだ。日本で暮らしていた頃《ころ》の平和ボケが抜けていないが故の不注意だ。ここは日本ではない。日本の常識を捨てこの国の常識を心に染み込ませなくてはならない。アナを守るために、私は更に成長しなくてはならない。

◆◆◆

岩場でコボルトの群れが日向ぼっこをして休んでいる。コボルトは夜行性だ。日中はこうして休むことが多い。灰色の群れの中に一体だけ黒い体毛の個体がいる。おそらくあれが剣も矢も通じない個体なのだろう。隠形魔法で気配を消した私は、岩場の上からそれを眺める。

戦闘獣の『ウェアウルフ』は完全な二足歩行だった。体毛は全身に生えていたが、首から下は人間のそれだった。だが、コボルトの体躯《たいく》は猿のようだ。二足歩行も可能だが、基本的に移動は四足歩行だ。両者の容貌《ようぼう》はまるで違う。使う魔法が同じでなかったなら同種だとは気付かなかった。

群れ全体を不可視の魔法障壁で囲い、岩場の上から火の付いた薪《まき》を次々に投げ入れる。すぐ傍に薪が落ちて来てコボルトは慌てて距離を取ろうとする。しかし不可視の魔法障壁に衝突してしまい、障

それで群れは混乱する。薪を全《すべ》て投げ入れたら上部も魔法障壁で蓋《ふた》をしてコボルトを完全に閉じ込める。

『ウェアウルフ』は、呼吸系統には魔法による補助が無い。強力な魔法保護膜を展開出来ても、酸欠や一酸化炭素中毒の前では無力だ。コボルトも同じはずだ。

隠形魔法を解いて岩場から下りる。私に気付いたコボルトたちは一斉に襲い掛かろうとするが、魔法障壁に阻まれる。こちらに押し寄せるが魔法障壁に阻まれるコボルトは、満員電車に乗り込もうとする乗客のようだ。

群れの大騒ぎを聞き付けて、群れから離れていた個体が戻って来て襲い掛かって来る。それを剣で斬り伏せる。もし変異個体が障壁の中にいなかったとしても問題は無い。私なら斬れる。前世ではエンジニアだったのだ。切削・研磨系の魔法は専門であり、オリハルコニア金属だって切削可能だ。

群れから離れていた個体の討伐を続けていると薪から煙が上がるようになる。酸素が足りず不完全燃焼を起こしているのだ。空気中の一酸化炭素濃度が一・二八％のとき人は数分で死亡する。もう少ししたらコボルトも全滅するだろう。ロディオラ・ロゼアルの入手も、もうすぐだ。

◆◆◆アナスタシア視点◆◆◆

今日は屋敷内の音楽堂でジーノ様と音楽鑑賞をご一緒します。音楽堂までジーノ様にエスコートして頂き、鑑賞スペースにぽつんと置かれたソファに並んで座ります。

「そうだな。今日は葡萄酒《ぶどうしゅ》を貰《もら》おう」

ジーノ様は使用人に強いお酒を注文されます。

平民の方や下級貴族の方は十代の頃から強いお酒を飲むこともあるようです。ですが上級貴族は、未成年のうちは強いお酒を飲みません。飲んだとしても未成年向けの弱いお酒だけです。学園のパーティなどで出るのも弱いお酒だけです。

ですがジーノ様は、ときどき強いお酒を嗜《たしな》まれます。

「ジーノ様。何か良いことでもありましたの？」

ジーノ様が強いお酒を飲まれるのは商会のお仕事でのお付き合いのとき、それから何か良いことがあったときです。わたくしが試験で学年二位になったときや刺繍コンテストで優勝したときも、ジーノ様は一杯だけ強いお酒を嗜まれていました。

「ああ。とても良いことがあったのだ」

「まあ。どんな良いことがあったんですの？」

「もう少ししたら教えられると思うが、まだ秘密だ。だが、そうだな……君を今よりずっと幸せにする方法が見付かったのだ」

「え？」

誠実さで輝く瞳《ひとみ》をわたくしに向けられるジーノ様は、とてもお優しい笑顔です。

恥ずかしくなってしまい、それ以上お話を続けられません。おそらく赤くなってしまったお顔を隠すために下を向きます。

喜ばれていたのは、わたくしのためだったのですね……わたくしをとても大切にして下さる、本当にお優しい方です。

やがて楽団による演奏が始まります。わたくしは音色の描く世界へと入り込んで行きます。ジーノ様がお隣にいらっしゃるだけで、音楽が紡ぎ出す世界もいつもよりずっと色鮮やかで美しいものに感じます。

隣に座られたジーノ様の左手がわたくしの右手の上に置かれたので、驚いてジーノ様を見上げてしまいまいます。

「君と一緒にこの曲を聴けて、同じ時間を共有出来た。幸せだ」

とてもお近くで、心が溶けてしまうような甘い笑顔でそんなことを仰《おっしゃ》るので、恥ずかしくなってしまいます。

今演奏しているこの交響曲は『愛の喜び』です。主旋律を奏でる二弦琴はしなやかで甘く、好きで好きでどうしようもない、何をしていても楽しい、という人を愛することの幸せを押し寄せるように表現する叙情的な曲です。わたくしの大好きな曲です。

ジーノ様のご趣味は少しずつ変わられています。以前のジーノ様は、恋愛をテーマにした楽曲や歌劇にあまりご興味をお持ちではありませんでした。ですが最近は、こうしてわたくしの好きな曲をリクエストされることも増えました。

幸せですわ、わたくしも。こうしてジーノ様と同じ時間を過ごすことが出来て……。

恥ずかしくて俯《うつむ》いてしまったお顔を少しだけ上げて、ちらりとジーノ様に目を向けます。いつも無表情で感情の読み難いジーノ様ですが、最近は少し分かります。あれはとても上機嫌なお顔です。

第三章　両殿下からの縁談と解呪薬の作製

◆◆◆ジーノリウス視点◆◆◆

あと一ヶ月ほどで学園も卒業だ。卒業すれば、私とアナは成人となる。社交界への参加が認められ、私は本格的に公爵家後継としての仕事が始まる。

その日、私は公爵を補佐する仕事のためセブンズワース家の執務室にいた。一人で仕事をしていると執務室の扉が開き、来客と会っていた公爵が戻って来る。執務室に戻ってからずっと公爵は渋い顔で、自分の椅子に座ってから何度も深いため息を吐《つ》く。

「何かあったのですか？　馬車の紋章からして王家からの来客ですよね？」

「ああ。婚約の話だ」

「はっ⁉」

「王太子殿下が婚約を破棄された話は知っているか？」

「ええ。知らない人などいないでしょう」

動揺で震えそうになる声を必死に取り繕い、努めて平坦《へいたん》な声で言う。

何年か前の学園の卒業パーティで、王太子殿下は婚約者のフランセス・リラード公爵令嬢に婚約破棄を突き付け、同時にリリアナ・マリオット男爵令嬢との婚約を宣言した。

王太子殿下は、婚約破棄の理由としてリラード嬢の悪事を挙げた。しかしリラード嬢は非の打ち所の無い女性として有名であり、しかも断罪はマリオット嬢の腰を抱きながらのものだった。その場にいた誰《だれ》もが「いや、殿下の浮気でしょう?」と思ってしまい、殿下のお言葉の信憑性《しんぴようせい》はゼロだった。

卒業パーティという多くの人が集まる中で、しかも別の女性の腰を抱きながらという人の興味を掻《か》き立てる手法だ。今や平民でさえ知らぬ者がいないほど広く知れ渡っている。

「第一王子派が勢い付いていることもあって、王太子殿下は地位が危うくてな」

短い言葉で、公爵は王太子殿下の現状を説明する。

長らく王妃殿下との間に子が出来なかったので、側妃が冊立《さくりつ》された。宗教的な理由からこの国は一夫一婦制であり、本来なら国王陛下といえども妻は一人だ。しかし王と王太子のみ、子が出来なかった場合は例外的に重婚が認められている。宗教的戒律よりも国家存続を優先しているのだ。

側妃殿下は無事男子を産み、国家の重鎮たちは一安心した。しかし、しばらくしてから王妃殿下もまた男子を産んだので問題がややこしくなる。

法的には王妃殿下の子が継承権第一位であり正統後継者だ。継承権の順位通り、王妃殿下の子が立太子した。しかしこの方は、見目こそ麗しいが型破りなのだ。

王太子殿下に問題があるため、現在の王太子殿下を廃太子として新たに第一王子殿下を立太子させるべきだと唱える勢力も存在する。側妃殿下を中心とする勢力だ。

第一王子殿下の勢力と王太子殿下の勢力は、これまでずっと継承権争いを繰り広げている。身分社会の国でありながら、学園が実力主義に変わったのも継承権争いが原因だ。

王太子殿下の婚約破棄騒動は、第一王子殿下派を勢い付かせた。

セブンズワース家は、この問題に関しては中立派だ。義母上がシスコン陛下に可愛がられていることもあって、セブンズワース家の立ち位置は陛下に近い。継承権争いは王妃殿下と側妃殿下の争いなので、陛下寄りのこの家は静観している。

「それで、王太子殿下から婚約の打診があったということですか？」

陛下は、王太子殿下とマリオット嬢との婚約を認めなかった。お相手の令嬢の家であるマリオット男爵家は、宿屋を多店舗展開しその財力が認められて叙爵された家だ。それも、そう大した財力ではない。経済規模では私の商会の方が大分上だ。元平民なので社交界での人脈にも乏しく、およそ王妃の後ろ盾が務まる家ではない。

王太子殿下は今、公的な婚約者がいない。私とアナの婚約解消を前提としたアナへの婚約打診も可能だ。非礼ではあるが、普通の侯爵家に過ぎないバルバリエ家相手なら王家は権力で押し切れるだろう。

だが、王家を凌《しの》ぐほどの権力を持つセブンズワース家が相手ではそう簡単にはいかない。王太子殿下からの打診を受けるかどうかは、結局のところセブンズワース家次第だ。

「婚約の打診と言って良いのか……王太子殿下は、アナを側妃にとお望みだ」

「側妃ですか⁉　しかし、王太子殿下はまだ、王太子妃も娶《めと》られていないはずですが⁉」

意味が分からない。王や王太子といえども、不妊による後継者不在という緊急時以外での重婚は認められていない。まだ正妃も娶っていないうちから、何故《なぜ》側妃の話が出るのだ？

「王太子妃を娶ってからしばらくは子を作らないから、五年後に側妃になってほしいとのことだ。

しかも王太子妃は、あの宿屋の娘だ。まったく、人を馬鹿にした話だ」

意図的に緊急事態を作り上げるのか。婚約破棄でリラード公爵家の後ろ盾を失った王太子殿下は、新たな後ろ盾としてセブンズワース家を考えているようだ。

いや、後ろ盾を失ったという生温《なまぬる》いものではない。公然と家門を侮辱されたリラード家は、今や第一王子派の急先鋒《きゅうせんぽう》だ。心強い味方を失っただけではなく、強力な敵を増やしてもいる。

「しかし、何故この時期に。婚約破棄なんて何年も前の話でしょう？」

「第一王子殿下の婚約者であるグリマルディ家の令嬢が今年卒業して成人となるからだろう。王太子殿下と第一王子殿下、お互いに手を打っているということだ」

意味が分からない。第一王子殿下は、既にグリマルディ嬢と婚約している。令嬢が成人して二人が結婚したとしても、婚約から結婚という形に家の結び付き方が変わるだけだ。家同士の協力関係に大きな変化はなく、情勢変化が起こるとは思えない。

「面倒事に巻き込まれんよう中立を保っていたが、いずれどこかのタイミングで第一王子派に付くことが得策かもしれんな。第一王子殿下の方からの話は、まだまともだったぞ。側妃などと言わず普通の婚約打診だったからな」

「こ、婚約の打診！！？　第一王子殿下には、婚約者がいらっしゃるのでは!?」

「ああ、もちろん婚約していらっしゃる。だがまあ、王侯貴族の結婚は政略の一環だからな。政局次第で相手を変えるのはよくあることだ」

……そうだった……貴族の結婚とは政略の道具なのだ……私とアナの婚約も政略だ……政局次第で破棄されるものだ……。

「グリマルディ家の令嬢が卒業したら、令嬢と第一王子殿下との結婚はもう目前だ。だがグリマルディ家では、立太子するには力が弱い。結婚話が本格化する前に縁を結び直したいのだろうな」

公爵はそう言葉を続ける。なるほど。より力のある家と縁を結び直したいのか。グリマルディ家は、家格は高いが力の弱い侯爵家だ。王妃殿下が奮闘し、王太子殿下の地位を脅かさないようその令嬢を宛てがった。それが今、第一王子殿下の大きな足枷《あしかせ》になっている。

「そんな不安そうな顔をするな。心配せんでも、どちらの話ももう断ったわ。当家が第一王子殿下の後ろ盾となれば第一王子殿下の立太子が決まるだろう。しかしそれは、アナが未来の王妃となるということだ。王妃は国の顔でもある。愛する我が子にこんな言い方はしたくないが、あの容姿で王妃となればアナは相当苦労する。アナは、王妃には向いとらんのだよ」

私を安心させるためなのか、公爵は笑いながらそう言う。

「……つまり……アナは呪《のろ》いさえ無かったなら……王妃になれた……ということですか？」

手の震えを懸命に抑えながら公爵に尋ねる。

「うむ。アナは最高に素晴らしい令嬢だからな。国内外を見渡してもアナほどの令嬢は見たことが無い。世界最高の令嬢なら当然、最も王妃に相応《ふさわ》しいということになるな」

決定的だ……第一王子はアナを望んでいて、公爵もまた呪いさえ無ければアナこそが王妃に相応しいと思っている……断ったのは、アナが呪いを受けているから……ただそれだけの理由だ……極度魔力過剰症さえ完治すれば、アナは王妃という栄華を極めた輝かしい道を歩めるのだ……。

政略結婚なのだ。呪いが解けたなら、公爵も政局を見て結婚相手を再考するだろう。現状では、第一王子殿下が立太子に向けてアナへの婚約者変更を望み、それに対抗した王太子殿下が側妃としてアナを望んでいる。王太子殿下と第一王子殿下。どちらに嫁いでも、セブンズワース家が後ろ盾となった方が次の国王だ。

そしてアナは一人娘だ。子が生まれたなら長男が国王に、二男以降の誰かがセブンズワース公爵となる。次代のセブンズワース公爵は王の実弟だ。義母上《ははうえ》が陛下の実妹であるため、現在のセブンズワース家は大きな権力を持っている。その栄華が次代も続く、ということだ。

対して、私は元貧乏子爵家の四男に過ぎない。政略結婚という土俵では、逆立ちしたって勝てるわけがない。

冷静に考えてみれば、公爵の言い分ももっともだ。この国の女性の頂点に相応しいのは誰かと言えば、アナに決まっている。私とは全く不釣り合いな、最高に素晴らしい女性なのだ。

立っていられなくなるほど動揺した私は、体調不良を理由に早退させてもらった。

「ジーノ様」

心配そうな顔のアナが私の許《もと》へと駆け寄る。

「体調を崩されたと伺いました。お加減はいかがですか？」

「ああ。少し休めばなんとかなるだろう」

重たい口を何とか開いて答える。そのまま並んで玄関ホールまでアナと一緒に歩く。アナは心配して色々と言葉を掛けてくれたが私はそれどころではなかった。無難な言葉を返すだけで精一杯だった。

「アナ。第一王子殿下のことをどう思う？」

馬車に乗る直前、私はアナに尋ねる。

「公平で理性的で果断な決断も下せる素晴らしい方だと思いますわ」

……まさかのべた褒めだ……最後の望みをかけ、もう一度確認をする。

「尊敬出来る方なのか？」

「はい。敬愛しておりますわ。このような容姿のわたくしを一人の女性として扱って下さる数少ない方ですの」

「……そうか」

衝撃だった……これは良縁だ……二人が結婚したなら、間違い無く良い関係が築けるだろう……やはり私が身を引くのが最善だ……。

「アナは、王妃についてどう思う？　王妃殿下は全女性の憧《あこが》れで、なれるものなら誰だってなりたいと姉上は言っていたが」

「わたくしもお義姉様のお考えに同意しますわ。女性の頂点ですもの。流行だって王妃殿下が作られることもありますし、時流の中心にいらっしゃるべき方です。多くの女性が憧れるのも当然ですわ」

「なれるなら王妃になりたいと思うか？」

「それは望みませんわ。この外見ですので」

アナは苦笑いをする。

やはり王妃には憧れているのか……外見に問題が無いなら王妃になりたいということか……。

グラつく足を何とか動かし馬車に乗り込む。馬車の扉を閉めると、私は堪《こら》えていた涙を溢《あふ》れさせた。

バルバリエ家の自室に戻った私は、何かをする気力さえ湧《わ》かなかった。ベッドに潜り込んで、ただ涙を流すだけだった。屋根から落ちる長雨の雫《しずく》のように、いつまでも涙がぽたぽたと零《こぼ》れ落ちる。

元々私とアナが婚約したのは、呪いのせいで縁談がなかなかまとまらなかったからだ。だからこそ、私のような平民落ち寸前の貧乏貴族の四男が筆頭侯爵家の令嬢であるアナの婚約者に選ばれたのだ。

アナが王子の婚約者となっても、それは呪いのせいで歪《ゆが》んでしまった人間関係が本来のものに正されるだけだ。そう。そうだ。本来あるべき位置に戻されるだけのことなのだ。

本来のアナは王妃に最も相応しい最高の女性で、本来の私は平民落ち待った無しの底辺貴族だ。接点などあるはずの無い天と地ほどの遥《はる》か遠い格差だったのだ。元に戻るだけ。呪いにより不幸にも捻《ねじ》れてしまった関係が、本来の自然な形に戻るだけのことだ。

そう何度も自分に言い聞かせてみても、心は全く納得してくれない。

苦しい……。

帰ってからすぐベッドに潜り込み、夕食も摂らずにずっとベッドの中にいた。それでも一睡も出来なかった。翌日そのままセブンズワース家へと向かう。

「ジーノ様。お顔の色がかなり良くありませんが、ご無理はされていませんか？」

私の顔色を見てアナは気遣いの言葉を掛けてくれる。

「問題無い」

アナに目を向けずに私はそう言うと、そのままアナの横を通り過ぎて一人執務室へと向かってすたすたと歩き始める。これまではアナをエスコートしながらお喋《しゃべ》りをしつつのんびりと執務室に向かっていた。その変わり様に使用人たちが目を見開く。アナの顔は見ていない。きっと驚いているだろう。

これで良い。もうすぐ終わる関係だ。これ以上親しくなってもお互いに辛《つら》いだけだ。

そう心で呟《つぶや》くが、実はそうではないことを自分自身がよく分かっている。今アナと話したら泣いてしまう。だから話せない。みっともなく泣き縋《すが》ることは許されない。それは、輝かしい未来へ歩もうとするアナの道に立《た》ち塞《ふさ》がることだ。愛する女性が栄光への道を進もうとしているのにそれを邪魔するような、情けない男にはなりたくない。

このようなとき第一王子殿下なら、いつものように優しい言葉を掛けるのだろう。付け焼き刃の貴族である私には無理だが、王宮で生まれ育った王族なら簡単に心を隠せるはずだ。

お会いしたことはないが、何世紀にも亘《わた》って美男美女の遺伝子を集めた王族の血筋だ。きっと私とは比較にならないくらい見目麗しい方なのだろう。女性の扱いは、比べるべくも無い。アナを嫌な気持ちにさせないような振る舞いのスマートさは、私とでは雲泥の差であることは明らかだ。

無意識のうちに第一王子殿下と自分を比較し、敗北感に打ちのめされてしまう。嫉妬《しっと》の炎が苦しくて、身を焼かれているようだ。アナの輝かしい未来を喜べないとは、私はなんと小さい男だ。

「ジーノ様。よろしければこれからお茶でも――」

「すまない。商会の仕事でこれからすぐにでも帰らなくてはならないのだ」

思い詰めた顔でアナが私をお茶に誘うが、私はアナが言い終わらないうちに言葉を被《かぶ》せ、誘いを断る。

「……そうですか」

アナの表情が目に見えて沈む。悲しみが浮かぶアナの目を見ると心が痛い。抱き締めて慰めてやりたい。その気持ちをぐっと堪《こら》える。

セブンズワース家での仕事が終わると私はすぐに研究所へと向かい、そのままゴーレム製作工房へと転移する。

◆◆◆アナスタシア視点◆◆◆

ジーノ様が体調を崩され、今日は早退されるとの連絡を使用人より受けました。心配になり、お父様の執務室まで急ぎます。

執務室へと向かう途中、こちらに向かって来られるジーノ様とお会いしました。お顔色は悪く、今にも倒れてしまわれそうです。

「体調を崩されたと伺いました。お加減はいかがですか？」

「ああ。少し休めばなんとかなるだろう」

そうお答えになりますが、大変お辛そうです。お顔は真っ青です。お話ししても何だか心ここにあらずといったご様子です。

「アナ。第一王子殿下のことをどう思う？」

馬車に乗られる直前、ジーノ様はそうお尋ねになります。

「公平で理性的で果断な決断も下せる素晴らしい方だと思いますわ」

陛下の姪《めい》ということで、わたくしの周りには王家が派遣された護衛もいます。王家に関することについては、人払いをしないままでは迂闊《うかつ》なことを口に出来ません。無難なお答えをお返しします。

ジーノ様はお顔の色が一層悪くなられます。

「尊敬出来る方なのか？」

「はい。敬愛しておりますわ。このような容姿のわたくしを一人の女性として扱って下さる数少ない方ですの」

わたくしは無難な言い回しを選びます。実際、第一王子殿下は、表面的には紳士的な態度で接して下さいます。しかしそれは、セブンズワース家の権力を考えてのことであることがよく分かる方でもあります。打算的でありながら、打算を隠されることがあまりお上手ではない方です。

「アナは、王妃についてどう思う？　王妃殿下は全女性の憧れで、なれるものなら誰《だれ》だってなりたいと姉上は言っていたが」

「わたくしもお義姉様のお考えに同意しますわ。女性の頂点ですもの。流行だって王妃殿下が作られることもありますし、時流の中心にいらっしゃるべき方です。多くの女性が憧れるのも当然ですわ」

また、わたくしは無難にお返しします。王妃殿下は「時流の中心にいらっしゃるべき方」なのですが、現在時流の中心にいらっしゃるのはお母様です。流行も「王妃殿下が作られる」こともありますが、数多《あまた》の情報と莫大《ばくだい》な財をお持ちのお母様が作られることの方がずっと多いです。

ですが、それを直截《ちょくせつ》に申し上げてしまうのは不敬です。誤魔化《ごまか》した言い回しを選びます。

「なれるなら王妃になりたいと思うか？」

「それは望みませんわ。この外見ですので」

王妃殿下は大変なお立場です。些末《さまつ》な問題でも揚げ足を取られ、酷《ひど》く大袈裟《おおげさ》に騒ぎ立てられます。隙の無い方でなければ務まりません。わたくしのこの容姿は、王妃としては致命的です。なろうなんて思いません。

それに、王妃になってしまったらジーノ様とは結ばれません。それだけは、絶対に嫌です。

いつもなら馬車に乗られる前にわたくしの手を握って下さったりなどされるのですが、その日はされず、ふらふらと馬車に乗ってしまわれました。相当体調がお悪いのでしょう。馬車に乗られるときも転びそうでした。心配です。

昨日《きのう》、ジーノ様が体調を崩されました。心配なので玄関の外まで出てお待ちしています。馬車から降りて来られたジーノ様は、やっぱりお顔の色がお悪いです。目の下にも大きな隈《くま》があります。

「ジーノ様。お顔の色がかなり良くありませんが、ご無理はされていませんか？」

「問題無い」

っ！！？

いつもならこの場に留《とど》まられてしばらくお話をして、それからわたくしをエスコートして下さりつつ、ゆっくりとした足取りで執務室へ向かわれます。ですが今日は、わたくしと目を合わせることなくお一人で執務室へと足早に向かわれてしまいました。

ショックで、しばらくその場から動くことが出来ませんでした。

追い掛けなければ――そう思い付いたときには、もうジーノ様のお姿はありませんでした。

何かジーノ様にご不快な思いをさせてしまったのでしょうか。手足は震え、涙が自然にあふれて来ます。

「大丈夫です。お嬢様。ジーノリウス様は、体調が優れず余裕がなかっただけです。すぐに回復されて、またいつものお優しいジーノリウス様に戻られます。さあ。お部屋に戻って休みましょう」

そう慰めてくれたブリジットは、わたくしを自室まで連れて行ってくれました。

自室に戻ってからも朝のことを思い出してしまい、つい涙が零れます。きっとわたくしが何かしてしまったのでしょう。何をしてしまったのかお聞きして、誠心誠意謝罪しなくてはなりません。

落ち着かないままジーノ様のお仕事が終わるのをお待ちしていると、使用人からジーノ様がお仕事を終えられたという連絡が入ります。わたくしは執務室へと急ぎます。

「ジーノ様！」

廊下でジーノ様をお見かけしてわたくしはお声をお掛けしました。

「なんだ？」

顔から血の気が引くのが分かります。いつものお優しいジーノ様ではありませんでした。やはりわたくしは、何か粗相をしてしまったようです。

「申し訳ありません。わたくし、ジーノ様がご不快になるようなことをしてしまったようです」

わたくしは謝罪の礼を執ります。

「別に君は何もしていない。謝罪も必要無い」

ジーノ様とは思えないような冷たいお声でした。

「ですが……」

朝から今まで、ジーノ様との会話を想定していくつもお話を用意していました。ですが、ショックで全《すべ》て頭から消し飛んでしまいました。お話を上手く続けられず、言葉に詰まってしまいます。

「他に用が無いなら、これで失礼する。今日は忙しいのだ」

ジーノ様は、わたくしの横を通り過ぎてお一人で玄関へと向かわれました。

またしても衝撃を受けてしまいます。いつもならわたくしをエスコートして下さり、わたくしの歩調に合わせてゆっくり歩いて下さいます。今日はお一人で歩き始められたのです。

慌てて追い掛けます。足早に歩かれるので、今日はジーノ様の歩調にわたくしが合わせなくてはなりません。

「あの、お加減はいかがでしょうか？　お顔の色は大分お悪いようですが」

「問題無い」

その一言で、そのお話はそれで終わってしまいました。わたくしは何度も話し掛けました。ですが、ジーノ様は全て一言でお話を終わらせてしまい、会話が弾むことはありませんでした。

ジーノ様の馬車をお見送りしてから、自室に籠《こ》もり一人泣きました。

◆◆◆ジーノリウス視点◆◆◆

「大丈夫よ。言いたくないなら、それでも構わないわ」

苦笑しながらも義母上《ははうえ》は言う。『柘榴《ざくろ》』の名を持つ第三十一応接室で、今は義母上と二人でお茶会だ。私とアナの関係がおかしいことには、セブンズワース家の人たちも気付いている。このお茶会は私から事情を聞こうと義母上が開いたものだ。

義母上に尋ねられても、私は何も答えなかった。押し黙ってしまった私に義母上が言ったのがこの言葉だった。

「申し訳ありません」

「構わないわ。夫婦や恋人同士の関係ってね、たとえ親子や兄弟であっても軽々しく口を挟むものでないと思うの。当人同士にしか分からないことって、きっとあるもの」

義母上は優し気な目で笑う。

「でもね。自分たちだけで解決するしかないことでも、誰かに話せば解決の助けになることもあると思うの。少なくとも気持ちは楽になると思うわ」

そうなのだろうか……。遠い昔のことなので定かではないが、前世での大昔、まだ若い頃《ころ》は私も悩みを友人に打ち明けていたと思う。しかし少なくとも前世の壮年以降は、人に悩みを吐露することを私はしていない。責任ある大人として、みっともなく愚痴を零すべきではないと思うからだ。

独居老人になってから人と話す機会もなくなり、口を開くのはレジ打ちする店員の質問に答えるときぐらいだった。孤独が日常になり、そうなるともう誰かに相談するという考えさえ思い浮かばなくなった。

アンソニーたちにでも話せば楽になるのかもしれない。だが、話す気にはならない。前世で何十年もそうしてきたのだ。もうそれが私のスタイルになっている。頭の固い老人は、急にはスタイルを変えられない。

「ジーノさんのアナへの想《おも》いは本物ですもの。紆余《うよ》曲折《きょくせつ》あっても、最後はきっと何とかなると思っているわ。だから、しばらくは遠くから見守るわね」

義母上はそう言って笑う。

私は笑って誤魔化すことしか出来ない。想いだけで何とかなるなら、いくらでもアナを想ってみせる。それだけではどうにもならないこともあるのが貴族の世界だ。

「気が向いたらいつでも相談してね。悪いようにはしないわ」

そうだろうな。義母上なら悪いようにはしないだろう。だから相談出来ない。この家の人たちは、公平で高潔だ。セブンズワース家の都合での婚約解消なら、私が不利にならないよう取り計らってしまうだろう。だが過失割合で私が有利になるということは、その分だけアナが不利になるということだ。

これからアナは、些細《ささい》なことも大袈裟に粉飾《ふんしょく》されて問題視されてしまう、王妃という厳しい立場に置かれることになる。私たちの婚約解消では、アナに毛ほどの傷も作ってはならない。アナの戦いを少しでも有利なものにすること。それが、私がアナのために出来ることだ。

◆◆◆

「君たち、少しいいかな」

学園の応用授業を受講した後、平民女性の双子に声を掛ける。

「これはバルバリエ様。ご機嫌麗しゅうございます」

姉のライラ嬢は深々と腰を落として礼を執る。もちろんアナたち上級貴族の令嬢たちには届かないが、アドルニー家の姉上よりはずっとしっかりした礼だ。商会の跡取り娘として育てられただけのことはある。

「なになに？　どうしたの？」

にこにこと笑いながら妹のケイト嬢が言う。この人懐っこい女性は、かなりの自由人だ。貴族相手の不作法を咎《とが》めるようにライラ嬢が妹を睨《にら》む。

この二人とは応用科目の授業で知り合った。上級貴族は各家での教育を重視するので、学園での受講は必要最小限だ。その応用科目を受講したのもクラスでは私一人で、周りは名前も知らない平民ばかりだった。この学園の授業はグループワークなどの形式が多い。班分けで余り物にならないよう、近づいて来たケイト嬢たちと親しくなった。

「ケイト嬢。君に話があるのだが、少し時間を貰《もら》えないか？」

「えええっ⁉　私に話⁉　バルバリエ様が⁉　お姉ちゃん、どうしよっか？」

うきうきした顔のケイト嬢はシシシと笑い、礼の姿勢を執り続けるライラ嬢に話し掛ける。

「光栄です。バルバリエ様より賜ったご用命です。万難を排してお時間をご用意させて頂きます」

妹の問い掛けを無視し、額に青筋を立てながらもライラ嬢が笑顔で代わりに答える。そのやり取りから、奔放な妹に振り回されるのが日常になっているライラ嬢の苦労が窺《うかが》える。型破りの姉妹に振り回される経験は、私にもある。つい同情してしまう。

「そこまでして貰う必要は無いが、時間を取ってくれるなら有り難い。なるべく早く終わらせよう」

「もしかしてバルバリエ様の奢《おご》り？　奢りだよね？　奢りましょ。そうしましょ。痛あっ！」

にこにこと楽しそうなケイト嬢の背中にライラ嬢が手を回すと、唐突にケイト嬢が痛がる。ケイト嬢の背中をつねったのだろうか。ライラ嬢は変わらず貼り付けたような笑顔だが、額の青筋はよりはっきりと浮き出ている。

「こちらが誘うのだ。もちろん奢りだ」

「やった。相談と言えばモツ焼きだよね？　行きましょ。行きましょ」

この国のモツ焼き屋は、前世の焼き鳥屋のようなところだ。相談で使われることも多いが、学生が使う場ではない。主に仕事帰りの大人が利用する場所だ。だが場所にこだわりは無い。流されるまま、飛び跳ねるように歩くケイト嬢に付いていく。

お互い学園の更衣室で着替えた後、ケイト嬢が案内したのは平民街の路地裏にあるモツ焼き屋だった。平日の昼は人も少なく狙《ねら》い目らしい。その店は店舗内の全てが厨房《ちゅうぼう》で、店内には飲食スペースが無い。客は道の端に置かれたテーブルと椅子を路上の好きな場所に移動させて食べている。路地裏をかなり入った所にあるこの道を馬車が通ることは無い。テーブルは道の端だけではなく中央にまで広がり、たまに現れる通行人はテーブルをすり抜けて通っている。

これから内密の話をする予定だ。テーブルの群れから少し離れた場所に私たちのテーブルを置く。

「じゃーん。買ってきたよー。バルバリエ様のお金だけど。ささ。食べましょ。食べましょ」

私がテーブルと椅子をセットしていると、ケイト嬢がモツ焼きと飲み物を載せたトレーを持ってくる。皿の上はモツ焼きで山盛りだ。他人の金なので気兼ねなく頼んだのだろう。

「あ〜。この脂の甘さが幸せ〜」

テーブルに並べられた料理にすっかり心を奪われたケイト嬢は、今は相談出来る状況にはない。やはりこの店を選んだのは、相談に適した場所だからではない。ただここのモツ焼きを食べたかっただけだ。仕方ないので私も食べることにする。

串《くし》に刺されたテーブルの上のモツ焼きは、皿まで脂でギトギトだ。カトラリーの使用を前提に、芸術品のように盛り付けられた貴族の料理とは全く違う。

口に入れると、複数の香料で下処理をした塩味のモツだった。貴族の肉料理は、クセの無い部位の肉を使い、脂も下品にならないように抑えられ、焦げた肉なんてもちろん出てこない。

このモツ焼きは違う。噛《か》むと熱い脂が大量に溢《あふ》れる。内臓特有の強いクセと臭みもあり、それが強烈な旨味《うまみ》になっている。焦げた部分も多く香ばしさもたっぷりだ。

美味《うま》い。これぞ平民街の露店の美食だ。モツ焼きとしてはかなりの高レベルだ。

「美味《おい》しいでしょ？」

味に満足した私を見て、ケイト嬢はシシシと笑う。

「それで、本題なのだが――」

ハムスターのようにいつまでもモグモグと食べ続けるケイト嬢に、私は本題を切り出す。

◆◆◆

治療薬作製に必要だったロディオラ・ロゼアルは無事ジェラルド家から譲り受けることが出来た。材料が揃《そろ》ってからずっと、私は治療薬作製の作業を続けている。

今日も同じく、ただひたすらに治療薬作製の作業をしている。辛《つら》いときは何かに没頭していた方が楽だ。

魔眼系の魔法をずっと発動し続けるのも手間なので同等の効果を発揮する眼鏡《めがね》の魔道具を作った。眼鏡を通してフラスコの中の液体を見る。やはり付与に斑《むら》がある。精密検査をするまでもなく失敗だ。

あとは薬に付与魔法を掛ければ治療薬は完成なのだが、その付与魔法に苦労している。ポリマーの粒一つ一つへの魔法付与は、熟練の魔法薬師なら出来ても元エンジニアの私には困難だ。それも仕方ない。素人《しろうと》が数ヶ月練習しただけで熟練の魔法薬師の業《わざ》を再現しようとすることに無理がある。だが、アナのために何としてもこの困難を乗り越えなくてはならない。どうすれば良いだろう。

私は魔法薬師ではない。ゴーレム・エンジニアだ。自分の専門知識を使えないだろうか……。

ポリマー一つ一つに魔法を付与しなくてはならないとは言っても、付与する魔法は三種類だけだ。これをゴーレムにさせることは出来ないだろうか。

私が全く同じ魔術回路をいくつも作ろうとすると、同じように見えて同じではない魔術回路にな

ってしまい、中には効果を発現出来ないほど歪《ゆが》んでしまうものも出てくる。だがゴーレムなら、判で押したように同じ魔術回路をいくつも描くことが出来る。むしろゴーレムにやらせる方が効率的ではないだろうか。

前世では多くの仕事がゴーレムに取って代わられ、ゴーレムによって失業した人は掃いて捨てるほどいた。そんな中、魔法製薬・製剤の分野はゴーレムによる代替を許さなかった数少ない職種だ。ゴーレム化が進まなかったのは、別にゴーレムでは出来なかったわけではない。魔法薬師会は当時の政権政党の有力支持母体であり、政府がゴーレム化規制を行ったことによるものだ。

ああ。思い出した。外国では診断から治癒まで全《すべ》てゴーレムが行っている病院もあったな。魔法薬作製でも似たようなものがないだろうか。

あったぞ。さすが魔法薬学科のある大学の図書館だ。外国の魔法薬事情に関連した本も沢山あった。外国では普通にゴーレムが薬を作っていたのだな。知らなかった。

原理は魔法染色と同じだな。魔法染色なら生産ラインを立ち上げたことがある。これなら何とかなりそうだ。

◆◆◆

「卒業までの二週間、商会の方に専念したいと？」

不満気な顔で公爵が言う。

「はい。その通りです」

治癒薬に魔法を付与するゴーレムを作っているが、このままでは予定に間に合いそうもない。私は公爵に休暇を願い出た。

「お前も当家の後継者なのだ。そろそろ商会経営は誰かに任せてセブンズワース家に集中しても良いんじゃないか？」

「そのための休暇申請です。実は、学園卒業と同時に商会は別の人間に任せようと思っています」

これは本当にそうするつもりだ。従業員を路頭に迷わせないためには、これしか方法が無い。

「そうか。それなら良いだろう。しっかり終わらせて来い」

急に機嫌をよくした公爵は、休暇を認めてくれた。

「ありがとうございます」

良かった。何とか予定通り事を進められそうだ。

第四章　涙の卒業パーティ

◆◆◆ジーノリウス視点◆◆◆

「ジーノ様」

玄関ホールに行くとアナが待っていた。

「商会の経営がお忙しく、今日からお休みされると伺いました」

あれからずっと、私はアナに冷淡な態度を取り続けている。今も気分は落ち込んでいるだろうに、アナは無理をして明るい笑顔で話し掛けてくる。落ち込んだ態度では余計に嫌われると思っているのだろう。

苦しい。彼女の健気な努力は、本当に見るのが辛い。取り繕えず悲痛で表情が歪んでしまったため、表情を見せないようアナから顔を逸《そ》らす。

「ああ。すまない。これから卒業パーティの日まで来ることが出来ない」

「その……卒業パーティですが」「そうだ。すまないが卒業パーティは出迎えのエスコートが出来ない。出席はするから会場で会おう」

アナは驚いて目を見開く。おそらくアナは、卒業パーティの衣装合わせなどの話をしたかったのだろう。だから私は、それを遮って一方的にエスコートしないことを通告する。

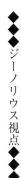

「……そう……ですわよね。ジーノ様はお忙しい方ですもの。仕方ありませんわ」

笑顔を作ってアナはそう言うが、言葉の途中で堪《こら》えきれず一粒の涙が零《こぼ》れる。

私もまた耐えきれず、涙が溢れる。アナに背中を向け、涙を見られないように馬車に乗る。

走り始めた馬車の窓から後ろを覗《のぞ》くと、手で顔を覆って泣いているアナが見えた。着ているドレスは、私が初めて贈った紫色のドレスだった。私の気を引くために、あのドレスを選んだのだろう。

どっと涙が溢れ、アナがよく見えなくなった。

◆◆◆アナスタシア視点◆◆◆

「ジーノ様。よろしければこれからお茶でも」

「すまない。商会の仕事でこれからすぐにでも帰らなくてはならないのだ」

ジーノ様をお茶にお誘いしましたが、またお断りされてしまいました。あれから何度もジーノ様にお声掛けしていますが、会話が続きません。お茶にお誘いしても、一度もお茶をご一緒して下さいません。

ジーノ様がご興味をお持ちになりそうな話題を考えたり、珍しい茶葉を用意したりしています。ですが、成果が出ません。

「……そうですか」

沈んだお声にならないように気を付けていたのですが、ついお声が沈んでしまいます。

いけませんわね。暗く沈んだ女とのお茶や会話を望まれる男性なんていらっしゃいませんもの。

明るく、笑顔でいなくては。

『諦《あきら》めるな！　幸せになることを諦めるな！　君は幸せになっていいんだ！　君だって幸せを望んでいいはずなんだ！　全てを諦めたように笑うな！　君の人生はこれからじゃないか！』

辛いときは、ジーノ様がプロポーズのときに仰《おっしゃ》ったお言葉を想《おも》い出します。ジーノ様よりこのお言葉を頂いてから、わたくしは随分と変わりました。

――幸せを諦めない――

これが、今のわたくしの人生の指標です。過去のわたくしならもう挫《くじ》けてしまっていたのかもしれませんが、今のわたくしはまだ諦めません。ジーノ様とお会いしたことで、わたくしは変わったのです。

幸せになるために、わたくし、頑張りますわ！


ジーノ様がしばらく当家での後継者教育を休まれると使用人から教えられました。学園卒業を機に商会経営を別の方にお任せして、ご自身は公爵家の方に専心集中されるためとのことです。しばらくジーノ様とお会い出来なくなってしまうので、わたくしはジーノ様の許へと向かいます。

玄関ホールでお待ちしているとジーノ様がいらっしゃいます。またジーノ様は足をお止めにならず、わたくしの横をすり抜けられて馬車へと歩いて行かれます。

「商会の経営がお忙しく、本日からお休みなされると伺いました」

ジーノ様を追い掛けながら、わたくしはジーノ様にお話しします。

「ああ。すまない。これから卒業パーティの日まで来ることが出来ない」

わたくしには目を向けられず、ジーノ様はそうお答えになります。

「その……卒業パーティですが」「そうだ。すまないが卒業パーティは出迎えのエスコートが出来ない。出席はするから会場で会おう」

驚いて言葉を失ってしまいました。

「……そう……ですわよね。ジーノ様はお忙しい方ですもの。仕方ありませんわ」

ジーノ様が馬車に乗られる直前、何とか笑顔を作ってそうお伝えしました。しかし、堪えきれずに涙が零れてしまいます。

ですが、今日のドレスはジーノ様が初めてお贈り下さったジーノ様の瞳《ひとみ》の色のドレスなのです。屋敷内で着るには少し豪華過ぎますが、少しでもジーノ様にご興味をお持ち頂ければと思い選んだドレスなのです。涙で染みを作ってしまったら大変です。

涙がドレスに落ちてしまわないよう、わたくしは手で顔を覆います。

ジーノ様が学園に編入される前、学園でのパーティは一人で参加していました。パーティは出会いの場でもあります。お一人でご参加の方は、結婚のお相手探しのため、あるいは政略結婚とは別に恋のお相手探しのために皆様盛んに交流されていました。

そんな中、わたくしにお近付き下さる方は、いらっしゃいませんでした。お友達もいなかったあの頃《ころ》、パーティは孤独を実感する場でしかなく参加は苦痛でした。

ジーノ様が学園にいらっしゃって、それが大きく変わりました。お互いがお互いの色を纏《まと》いジーノ様のエスコートでパーティに出席すると、色の無い牢獄《ろうごく》のようだったパーティ会場が色鮮やかで華やかな場に見えました。ドレスで着飾った姿をジーノ様にお褒め頂ければ、天にも登るような幸せな気持ちになりました。ジーノ様のお誘いでダンスをご一緒すると、夢の中で踊っているようなふわふわした気持ちになり、つい笑みが零れてしまいました。ジーノ様のお陰で他の方ともお話しするようになって、ますますパーティが楽しくなりました。

わたくしは、ジーノ様とご一緒するパーティがとても楽しかったのです。学園最後のパーティだから、またお互いの色のドレスと礼装を贈り合って、お互いの色を纏《まと》ってパーティに出席したかったのです。それを想い出にしたかったのです。

結局、ジーノ様に礼装をお贈りするお話も出来ませんでした。エスコートもして下さらないようです。

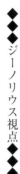

ショックです。

◆◆◆ジーノリウス視点◆◆◆

セブンズワース家から休暇を貰《もら》ってゴーレム作りに没頭した。生産用の専用機材があれば一日も掛からず作れるが、生産機材から作っていたのではどう考えても間に合わない。コツコツ、チマチマと手作業で細かい作業を一人続けた。現実が辛いときはこういう作業が良い。作業に集中すると、少しは楽になれる。

そうしてようやくゴーレムが出来上がった。大量生産するわけではないから、縦横奥行きそれぞれ五十センチ程度の小さなものだ。これを稼働させて薬品に魔法を付与し、最後に完成品検査をすれば治療薬は完成だ。

——薬作りは中断してアナと結婚してしまい、誰《だれ》もアナを奪えなくなってから薬作りを再開すれば良い——

何度も思い浮かんだ考えが、また脳裏に浮かんでくる。何度もそうしたように、その考えを否定する。

慢性魔力循環不全の合併症は内臓系疾患だ。魔力保有量が多いほど合併症を発症しやすく、重症化も早い。

アナは常人の一万倍以上の魔力保有量だ。発症と同時に見る見るうちに悪化し、一日と経《た》たずに手の施しようも無いほどの末期となる可能性が高い。発症したら終わりであり、アナの命はいつ尽きるか分からない。

上級貴族の結婚は準備に時間が掛かる。今から準備を始めても、挙式は最短でも一年は先だ。その間にアナの命が尽きない保証は無い。「アナと共に人生を歩く」というこの上無く魅力的な報酬であったとしても、アナの命をチップにした賭《か》けは出来ない。

意を決して、私は付与魔法ゴーレムを起動させて薬に魔法を付与する。

王太子殿下と、第一王子殿下の二人がアナを狙《ねら》っているようだが、出来れば第一王子殿下と結ばれてほしい。王太子殿下は駄目だ。本命が別にいて権力保持のためにアナを側妃に、など巫山戯《ふざけ》ているにも程がある。そんなことを考えているうちに魔法付与が終わる。

完成品検査を行うが、何の問題も発見されなかった。完成だ。飛び上がって喜ぶべき場面なのだろう。だが喜ぶ気にはなれない。これこそ、私とアナの関係の終わりを告げるものだからだ。だがそれでも、これがアナの命を救い、アナに輝かしい未来をもたらす恵みであると思えば、穏やかで優しい気持ちにはなれた。

あれほど素晴らしい人なのだ。呪《のろ》いさえ解ければ国中の人から愛されるだろう。稀代《きたい》の名王妃として歴史に名を残す活躍をするはずだ。

目を閉じて、アナの将来に想《おも》いを馳《は》せる。瞼《まぶた》の裏に浮かぶ未来のアナは、華やかに笑っていた。幸せそうだった。

◆◆◆アナスタシア視点◆◆◆

今日は卒業パーティの日です。ジーノ様からのご連絡は一切ありませんでした。ですので、わたくしは一人で卒業パーティへと向かいます。

ジーノ様が学園に編入されて以降、学園のパーティに向かうときはいつもジーノ様がご一緒して下さいました。久しぶりに一人で乗る馬車は静かでとても寂しく、つい涙が込み上げてきます。

ドレスはわたくしの持つドレスの中で一番華やかなエイル・メールのドレスを選びました。最近ジーノ様は、ほとんどわたくしに視線を向けられません。少しでも華やかに着飾れば、わたくしをご覧になって下さるのではないかと思ったのです。

このドレスはジーノ様も絶賛して下さいました。少しでも目を向けて頂けたら良いのですが……。

会場に着きジーノ様をお捜ししましたが、見当たりません。あちこち歩き、クラスの皆様にもお尋ねしましたがジーノ様にはお会い出来ません。本当にお越し頂けるのか不安になってしまいます。

「セブンズワース公爵家アナスタシア様、ご入場です」

パーティの開始時間になってもジーノ様はいらっしゃいません。婚約者が学園生ではないならともかく、婚約者が学園生なのに一人で入場したのはわたくしだけです。周囲からの奇異の目に晒《さら》され心細くなってしまいます。

「呆《あき》れましたわ。バルバリエ様は、アナスタシア様をお一人でご入場させたんですの？」

エカテリーナ様が大変お怒りのお顔でそう仰います。

「あいつ、最近どうしたんだろうな。何か思い詰めた顔してたけどさ」

「僕たちも気を揉《も》んでるんだよね。悩みがあるなら相談に乗るって言ってるのに、ジーノリウスは何も言わないんだよ」

ジャスティン様やアンソニー様など武門の貴族の皆様もご心配下さり、お声掛け下さいます。クラスの皆様も、ジーノ様とわたくしの不和にお気付きです。

「淑女として男女の揉め事に首を突っ込んだりはしませんけど、アナスタシア様。この際、バルバリエ様に平手打ちでもされれば良いと思いますわ。きっと目も覚めますわよ」

さ、さすがはエカテリーナ様ですわね。素敵なほどの思い切りの良さですわ。

エカテリーナ様を始め皆様は、必要なら仲裁すると仰って下さいます。皆様のお申し出は丁重にお断りしています。

今のジーノ様は触れたら壊れてしまうような、酷《ひど》く危うい状態に思えます。わたくしには弱みをお見せになりませんが、きっと何か問題を抱えていらっしゃるのだと思います。

仲裁をお申し出下さった皆様は、ジーノ様に大変ご立腹です。お怒りの方の厳しいお言葉は、ジーノ様を壊してしまいそうで心配なのです。

パーティ開始よりちらちらと入り口の扉に視線を向けていると、ようやく扉が開きます。人混みの向こうで背のお高い黒髪の男性が入場されるのが見えます。

ジーノ様ですわ！

ようやく待ち侘《わ》びていた方がいらっしゃって気持ちが浮き立ちます。早足で扉に向かって歩き始めましたが、途中足が止まってしまいます。

ジーノ様は、紫のドレスを着た女性をエスコートして入場されたのです！

どういうことですの？　その女性はどなたですの？

なぜ、その方をジーノ様はエスコートしていらっしゃるんですの？

なぜジーノ様の瞳の色のドレスを纏っていらっしゃるんですの？

血の気が引き、足がガクガクと震え始めます。

ジーノ様は、そのまま女性とご一緒に会場中央付近にまで歩みを進められると、わたくしを見付けられて足を止められます。

「アナスタシア・セブンズワース嬢！　君との婚約を破棄する！」

え

今なんて？

言葉を理解することを頭が拒絶し、極端に思考が制限されたようになります。

きっとわたくしが何か間違えてしまったのですわ。平身低頭謝罪してお許し頂かなくてはなりません。ジーノ様とお話ししなければなりません。そのためにも、先《ま》ずはジーノ様のお傍《そば》へ向かわなくてはなりません。

必死に歩こうとしますが、足がふらついて上手《うま》く歩けません。

「……え……あ……」

足が動かないならせめて言葉だけでも。そう思ってジーノ様にお声を掛けようとしたのですが、お声も上手く出ません。

早く！　早く！　何かお話ししなくては！

ジーノ様は婚約破棄すると仰ったのです。きっとわたくしに原因があり、その原因をわたくしが正せば、また元のお優しいジーノ様にお戻りになるはずです。原因です。原因をお伺いするのです。

「あ……な……なぜでしょうか？　わたくしに何か至らない点があったのでしょうか？　もしわたくしに何か問題があるなら、どうぞ仰って下さいませ。どんな問題でも必ず正してみせます」

ようやくお声が出ました。何とかお伺いしたいことを言葉に出来ました。

「その質問には答えよう！　皆、聞いてくれ！　この場にいる全員に証言しよう。アナスタシア・セブンズワース嬢に非は一切無い！　彼女は心清らかで、優しく、慎み深く、常に人のことを気に掛け、優れた気配りの出来る女性だ。貞淑であり、聡明《そうめい》であり、しっかりとした自分の意思を持っている。たとえ人が見ていないところでも厳しく自分を律することの出来る気高い女性だ――」

……どういうことですの？　ここで聞き間違いや聞き漏らしの愚は犯せません。ジーノ様のお言葉を一言一句聞き漏らさないよう、気を張ってお聞きしていたのです。

てっきりわたくしの問題をご指摘になるのかと思っていました。ですがジーノ様のお言葉は、これ以上無いくらいにお褒め下さっているように聞こえます。

「――マナー、礼儀作法も完璧《かんぺき》だ。更に字も美しく、話の組み立ても上手で、彼女の手紙を見た者はきっと感動することだグフッ」

っ‼

ジーノ様の隣に立つ女性がジーノ様を肘《ひじ》でお突きして、小声で何かジーノ様にお話しされました。わたくしは、ジーノ様を肘でお突きしたことなんてありません。親し気なお二人のご様子を拝見して、黒い感情が湧《わ》き上がって来てしまいます。

駄目！　駄目ですわ！　今、嫉妬《しっと》に駆られてお見苦しいところをお見せしては駄目です！　ジーノ様がお考え直し下さるほどの、最高のわたくしをお見せしなくてはなりません！

必死に黒い感情を抑えます。

「とにかく、アナスタシア・セブンズワース嬢という女性は、世界最高、史上最高の女性だ。未来の王妃に最も相応《ふさわ》しい女性は誰かと問われたなら、私は彼女を挙げる。いや、彼女以外に考えられない！」

え？　わたくしが世界最高、史上最高の女性、ですの？　わたくしは、自身の至らないところをお伺いしたのです。どうしてそういうお答えになるのでしょう。さっぱり理解出来ません。

「そ、それでは、なぜ婚約を破棄されるのでしょうか？」

何も問題が無いなら、婚約を破棄される理由なんて無いはずです。ありったけの願いを込めて、わたくしはそうお尋ねします。

お願いです！　どうか撤回を！

そう心の中で祈りながら、その想いを視線にも込めてジーノ様を見詰めます。

「私の浮気だ。下半身の締まりが良くない私は、別の女性と情を交わし子供を作ってしまったのだ。そして、彼女こそが私の新たな婚約者、ケイトだ」

え？

こども？

ジーノ様が？

その女性と？

そんな

うそ

膝《ひざ》に力が入らず、わたくしはその場にへたり込んでしまいます。耳鳴りがして、周囲の景色《けしき》がぐにゃりと歪《ゆが》みます。エカテリーナ様が何か仰《おつしや》っていますが、お言葉が音としてしか聞こえず、何を仰っているのか分かりません。

どれだけそうしていたのか、自分でも分かりません。ふと思い付いたのは、ジーノ様を追い掛けなくてはならないということでした。このままお別れしてしまったら、二度とお会い出来なくなるような気がしたのです。

ですが足に力を入れようとしても入らず、足も手もガクガクと震えてしまってなかなか立てません。エカテリーナ様にお手伝い頂きなんとか立ち上がると、覚束《おぼつか》ない足で会場の出口へと向かいます。扉を抜けて廊下を見ると、そこにもうジーノ様のお姿はありませんでした。

——間に合わなかった。手遅れだった——

そんな言葉が頭に浮かびました。

「絶望」という言葉では到底追い付かないほど深く絶望し、世界が粉々に壊れてしまったように感じると目の前が暗くなりました。

気が付いたときは、自室のベッドの上でした。

目覚めたわたくしに気付いたブリジットは、泣きながら何かを言っています。ですが、その言葉は頭に入って来ず、何を言っているのか理解出来ません。一人にしてほしいと伝え、ブリジットを退出させます。

お父様やお母様もわたくしの自室に来てお慰め下さいます。お話をするのも億劫《おっくう》なため、一人にしてもらいました。どなたともお話しする気にはなれず、何もする気が起きず、カーテンの閉められた暗い部屋のベッドの上で動けずにいます。

◆◆◆ジーノリウス視点◆◆◆

「アナスタシア・セブンズワース嬢！　君との婚約を破棄する！」

卒業パーティに遅れて会場入りして早々、私はアナに対して大声を上げた。

私が別の女性をエスコートして会場に入ったのを見て、アナは真っ青になっていた。そして今、こうやって婚約破棄を通告され足元までフラついている。

「……え……あ……」

言葉ともつかないような声を漏らし、アナはフラフラした足取りでこちらに向かって来る。

「あ……な……なぜでしょうか？　わたくしに何か至らない点があったのでしょうか？　もしわたくしに何か問題があるなら、どうぞ仰って下さいませ。どんな問題でも必ず正してみせます」

アナからようやく声が出た。遠目から見て分かるほどガクガクと震えている。

「その質問には答えよう！　皆、聞いてくれ！　この場にいる全員に証言しよう。アナスタシア・セブンズワース嬢に非は一切無い！　彼女は心清らかで、優しく、慎み深く、常に人のことを気に掛け、優れた気配りの出来る女性だ。貞淑であり、聡明であり、しっかりとした自分の意思を持っている。たとえ人が見ていないところでも厳しく自分を律することの出来る気高い女性だ。高潔という言葉は、まさに彼女のためにある言葉だと言って良い。精神的にも大変成熟していて、一時の感情に振り回されることのない素晴らしい人だ。親孝行な人でもあり、どこに嫁いでも立派に家を盛り立てることが出来るだろう。刺繍《ししゅう》に至っては天才的と言っていい。実に十三年ぶりに在学研究生になったのだから、それは皆もよく知っているだろう？　これは単に、芸術的センスが卓越しているが故の功績ではない。辛《つら》い努力を苦もなく出来る人柄だからこそ、彼女は在学研究生の栄誉を勝ち取ることが出来たのだ。マナー、礼儀作法も完璧だ。更に字も美しく、話の組み立ても上手で、彼女の手紙を見た者はきっと感動することだグフッ」

私の隣に立つケイト嬢が私に肘打ちをする。

「話長すぎ。褒めるのはそれぐらいでいいから」

周囲に聞こえないような小声でケイト嬢が言う。

「とにかく、アナスタシア・セブンズワース嬢という女性は、世界最高、史上最高の女性だ。未来の王妃に最も相応しい女性は誰かと問われたなら、私は彼女を挙げる。いや、彼女以外に考えられない！」

アナは、ぽかんと口を開けている。自分の欠点や問題行動でも指摘されるとでも思っていたのだろう。べた褒めは想定外の展開だったに違いない。

「そ、それでは、なぜ婚約を破棄されるのでしょうか？」

懇願するような目で私を見詰め、アナは答えを待つ。

「私の浮気だ。下半身の締まりが良くない私は、別の女性と情を交わし子供を作ってしまったのだ。

そして、彼女こそが私の新たな婚約者、ケイトだ」

そう言って私はケイト嬢の腰を抱き寄せる。

「……そんな……」

顔から表情の一切を消し、アナは膝から崩れ落ちる。絶望一色となったその瞳《ひとみ》は床に向けられ、焦点が合っているようには見えない。

「皆、騒がせて済まなかった。私たちはこれで退場するとしよう。引き続きパーティを楽しんでほしい」

最後にそう言うと、ケイト嬢をエスコートして会場を後にする。アナに寄り添うバイロン嬢やアナの側《そば》に立つアンソニーたちが怒りの言葉を私に投げ付けたが無視した。

大講堂を出ると、誰《だれ》もいない夕暮れの庭園は静まり返っていた。ケイト嬢をエスコートして馬車回しに向かって庭園を歩く。お互い口を開かず、ただ黙々と歩く。

「ねえ。本当に良かったの？」

沈黙を破ったのはケイト嬢だ。

「もちろんだ」

ケイト嬢を見ずに私はそう答える。

「じゃあ、なんで泣いてるの？」

……ああ……私は……泣いているのか……。

ここは、アナと初めてキスをした場所だ。あのときは、アナから告白されて天にも登る気持ちだったな。あの庭園も、アナと散歩したな。あまり意味の無い話でも、アナとの会話は楽しかった。

アナの笑顔を見られただけで、その日は幸せな気分で過ごせた。アナを大切にしようと思ったのは何時《いつ》だったか。もしかしたら、前世の自分とアナを重ね合わせた出会いの日からかもしれない。月日を重ねると、アナは自分よりずっと大切な存在になっていった。

アナとの想い出が鮮烈に蘇《よみがえ》り、それが消えるとまた別のアナとの想い出が鮮烈に蘇る。そのせいで考えをまとめられず、ケイト嬢と会話を続けられない。

私は事前に覚悟を決めていたからこの程度で済んでいるが、アナはどうだろう。泣いているのではないか。アナのために私が出来ることは……駄目だ。つい、いつものようにアナのことを考えてしまう……。

気がつけば私は、学園庭園の人気《ひとけ》の無い場所にあるベンチに座らされていた。ケイト嬢をエスコートしていたはずだが、いつの間にかケイト嬢に手を引っ張られて歩くようになっていて、この場に連れて来られたのだ。座ったのも、ケイト嬢に肩を押されて半ば無理矢理だ。

「ほら。思いっきり泣いていいよ」

ベンチに座る私の正面に立ち、ケイト嬢はそう言うと私の頭を自分の胸に抱き寄せる。

思いっきり泣くつもりなんて無かった。しかし、視界が遮られ誰かの温《ぬく》もりを感じる状況は、泣くには条件が良かった。

いつの間にか私は嗚咽《おえつ》を漏らしていた。嗚咽はやがて慟哭《どうこく》となり、いつの間にかケイト嬢にしがみ付いて大声で泣いていた。

アナ。どうか、どうか、幸せになってくれ。

君は幸せになって良いのだ。

この国の全《すべ》ての女性が羨《うらや》むくらい、最高に幸せになって良いのだ。

君こそが、この国の女性の頂点に相応《ふさわ》しい。

君に待っているのは、輝かしい未来だ。

呪《のろ》いが解けたなら、君を蔑《さげす》む者はこの国には一人もいなくなる。

国中の人たちから敬われる存在に、君はなるのだ。

今は裏切られて辛いかもしれない。

だがアナ。君は知らないのだ。親しくなった男性が私だけだから。

私は、彼女いない歴が一世紀にもなる駄目な男だ。

君と婚約出来たのだって自分の力じゃない。

一世紀もの時間を費やしても、自分一人では一度たりとも女性と親しくなることが出来なかった、そんな情けない男なのだ。

他のどんな男だって、女性の扱いは私よりずっと上手なはずだ。

他のどんな男だって、私よりもずっと君を幸せに出来るはずだ。

老後に振り返ってみれば、きっと思うだろう。

あのとき婚約破棄されて良かった、あの不出来な男と結ばれなくて良かった、と。


……アナ……愛している……。

「ねえ。普通に円満に別れるんじゃ駄目だったの？　それならもう少し、ジーノ様の傷も浅かったんじゃないの？」

女性にしがみ付き、女性の胸に顔を埋《うず》めて泣くという大失態を犯していることに気付き、慌ててケイト嬢から離れた私にケイト嬢が尋ねる。

声が嗄《か》れるほど大声で泣いたことで大分落ち着いた。人間は泣くことで精神のバランスを取るという話を聞いたことがあるが本当なのだろう。

「いや、駄目だ。それではアナの汚点になる」

「なんで汚点になるの？」

「今日はやけに追及するな。何か興味でも持ったのか？」

「違う違う。前からずっと聞きたかったの。でも、詳しく聞いてジーノ様がもう一度よく考えちゃって、それで婚約破棄止《や》めちゃったらこっちは大損でしょ？　だから聞きたいのをずっと我慢してたのよ。でも、今はもう契約も履行したし、聞いても損は無いでしょ？　だから聞いてみたの」

大した商人だ。この女性は型破りな人だが、合理的な人でもある。

「平民の君はピンと来ないかもしれないな。婚約解消となった場合、貴族社会では女性に責任があるとされるのだ。男性は当主として家を栄えさせ、女性は女主人として家をまとめ家中の和を保つ、というのが一般的な貴族の価値観だからな。多少性格に難のある男性でも、上手に手のひらで転がして夫婦間・家族間の和を保つ、というのが貴族女性の責任だ。婚約破棄されたら、最初に和を保つ責任を負う女性が悪く言われることになる」

大失態を見せた直後の気不味《きまず》い雰囲気が変わるのは助かる。私は詳しく答える。

「もちろん女性の努力だけでは、どうにもならないケースだって多い。だが、普通に婚約解消するなら、婚約解消の場は密室だ。第三者には詳しい経緯なんて分からない。そうなると、アナには何一つ悪いところがなくても周囲は先《ま》ずアナの責任だと思うのだ」

「ふーん。それで？」

「ところが、婚約破棄によって女性の評価が下がるどころか逆に上がった稀有《けう》な例があったのだ。リラード公爵家の令嬢が王太子殿下から婚約破棄された事件だ」

「あー。それ知ってる。それで真似《まね》したんだ」

「そうだ。あの事件では、婚約破棄の協議に相当するものが卒業パーティで行われた。密室ではなく大勢がいる場だったからリラード嬢には大きな責任が無いことを皆が理解出来た。加えて、浮気相手の腰を抱きながら婚約破棄を宣言するという、王太子殿下の非常識さにもリラード嬢は助けられた。婚約者間の和を保つのは女性の責任だ。だが、度を超えて非常識な男性相手にもただ耐え忍ばなくてならないということではない。限度というものがある。男性があまりに非常識な場合は、女性は責任を問われない。逆に、あの男性相手に今までよく耐え続けたと称賛されることになる」

「だから浮気相手が必要だったわけね？」

「そうだ。ただ浮気相手がいるだけでは駄目だ。その場で浮気相手の腰を抱きながら婚約破棄をするという非常識さが必要だったのだ」

「でも、そんなことしなくてもお姫様は王子様と結婚出来たんじゃないの？　詳しく知らないけど、セブンズワース家って今すごいんでしょ？」

「結婚は出来る。だが、最近のセブンズワース家の急速な権力拡大を快く思わない者も多いのだ。もしアナが婚約解消を汚点として抱えるなら、セブンズワース家を抑えたい勢力からすればアナは格好の攻撃材料だ。セブンズワース家の数少ない弱点となったアナは、何かに付けて攻撃されるだろう。王宮でも苦しい立場に置かれることになる」

「だったら、セブンズワース家の人たちと話し合ってお芝居でもしたら良かったんじゃない？」

「それは駄目だ。あの家の人たちは高潔で善い人なのだ。セブンズワース家の都合での婚約解消なら、私の立場が悪くならないよう取り計らってしまう。過失割合で私が不利にならないということは、つまりアナが不利になるということだ。これから大変なのは、王宮での権力闘争に巻き込まれるアナだ。アナのためには、セブンズワース家には相談せずに決行する必要があったのだ」

「でも、何も卒業パーティですることなかったんじゃない？」

「いや、あのタイミングが最適だ。卒業前にしてしまうと、アナがショックを受けて不登校になり卒業資格を得られない危険がある。王妃になるなら学園卒業の肩書きは必須《ひっす》だ。決行はアナが卒業資格を得た後、つまり卒業式後でなくてはならない。社交界デビュー前のこのタイミングにしたのは、まだ社交界のことを私がよく知らないからだ。大人の世界には色々な貴族がいるが、社交界に出ていない私がその人となりを知るのは極僅《わず》かだ。中には私の暴挙を止めに入るタイプの人がいるかもしれないが、誰がそうなのか私には情報が無い。だが学園なら、参加者の人となりは大体把握している。反対しそうな者は皆、こちらの言い分を最後まで聞いてから反論するタイプだ。頭に血を上らせて説明の途中で制止に入りそうな者はいない。このパーティが、一番成功率が高かったのだ」

「でも、普通に卒業パーティに参加してる人からしたら迷惑じゃないの？」

随分と純粋な子だな。思わず温かい目でケイト嬢を見てしまう。

「迷惑しているように見えたか？」

「ううん。お姫様の近くにいた人たち以外は、みんな楽しそうだった」

「貴族社会に立ち入るつもりの無い君には、理解し難いのかもしれないな。貴族はもちろん貴族と関係を持とうとする平民にとっても、パーティは楽しむためのものではない。情報収集と人脈作りのための仕事の場だ。国内最大の権勢を誇るセブンズワース家だ。その影響力が及ぶ範囲は広い。もし婚約解消があったなら、多くの者が内情を詳しく調べようとするだろう。目の前で婚約解消の協議をしてくれたら、楽に情報が集められて大喜びなのだ。そうでなくても、この手の醜聞は貴族の大好物だ。これで全員に共通の話題が出来たから、今日のパーティでは誰に話しかけても話題に困ることはない。社交という仕事がやりやすくなって、みんな嬉《うれ》しいのだ。アナは……アナには……悪いことをしたがな……」

きっと今頃《いまごろ》、アナは注目を集めているだろう。必要なこととはいえ、胸が痛い。

「うわあ。やっぱりお貴族様の世界って嫌だな」

「……そうだな。嫌な世界だ」

愛していても、公衆の面前で婚約破棄を突き付けなくてはならないこともある。泣いているその人を、慰めたい気持ちを押し殺して無視しなくてはならないこともある。本当に嫌な世界だ。

「ふーん。ちゃんと考えてるんだね。知らなかったよ。今まで、頭のネジが飛んだイカれたお貴族ろう」


様だって思ってたよ。ごめんね」

「そんな風に思われていたのか……」

「それはそうでしょ。平民はお貴族様のルールなんて知らないもん。好きな人のために、みんなの前でその人をこっ酷《ぴど》く振るから手伝ってくれ、なんて言われたら、誰《だれ》だって頭がおかしい人だと思うんじゃない？」

「なるほど。君には迷惑を掛けたな。まともではないと思える人間の相手など、さぞ苦痛だっただろう」

「平気だよ。報酬が魅力的だったからね」

「それ以外にも、君には大きな損失を負わせてしまった。これだけのことをしたのだから、君もまた二度と貴族社会に立ち入れないだろう。今は興味が無いのかもしれないが、この先貴族と関わる必要性を感じても、もう手遅れだ」

「別に良いよ。お貴族様とはあんまり関わりたくないし。それはこの先も変わらないと思うし。その程度の損失、ラーバン商会貰《もら》えるならお釣りが来るよ」

「そう言ってくれると有り難い。約束通り、私の持つ商会の権利証を全て渡そう」

「やったあ！」

ケイト嬢は飛び上がって喜び、その後ニシシシと笑う。

「今後セブンズワース家からの報復が予想される。君に被害が及ばないように手は打ったが、完璧《かんぺき》ではない。君の安全を考えたら、私にはもう近付かない方が良いだろう」

「ふーん。そうなの？」

「ああ。というわけで、だ。ケイト嬢、君との婚約を破棄する」

ケイト嬢はきょとんとした顔をして、その後腹を抱えて笑い出す。

「ヒヒヒヒヒヒ。真顔で冗談言うんだもん。イヒヒヒヒヒ、は、反則だよお。イヒヒヒヒ」

冗談を言ったわけではないのだが。

フランシス嬢を公然と侮辱され、リラード家は王太子派から離反し第一王子派へと宗旨変えした。長らく王太子殿下派だったリラード家は、長い時間を掛けて派閥内での地位を築いてきたはずだ。支持を別の王子へと変えるにしても、派閥の中心に居座りつつ神輿だけ挿《す》げ替える方が合理的だ。だがリラード家は、派閥内で積み上げて来たもの全てをかなぐり捨て敵対派閥の第一王子派へと飛び込んだ。派閥の新参になり努力のやり直しになることも厭《いと》わずにだ。実利より名誉を取ったのだ。

セブンズワース家の公爵も義母上《ははうえ》も、名誉を重んじる貴族だ。私にだって容赦はしないだろう。家の権威を守るため、ときに貴族は非情に徹しなくてはならない。だからこそ、私は報復に備えて商会を別の人間へと渡し、婚約破棄を明言してケイト嬢との関係を断ったのだ。

事が家門の名誉に関わる問題なら、最悪の場合私は命を失うだろうし、温情があっても腕の一本くらい切り落とされる。

「ヒヒヒヒヒヒ。一日に二度も婚約破棄ってえええ。イヒヒヒ。お腹《なか》痛いいい」

まだ笑っている。その能天気さが羨ましい。

「あーあ。せっかくジーノ様、あ、違った。バルバリエ様の婚約者になってタメ口で話せるようになったのにー。もう婚約破棄されて、まーた敬語ですかー」

まさか、それで敬語を使っているつもりなのだろうか……というか、出会った当初から今に至るまでほとんど口調が変わっていないように思えるが。

「いや、敬語は必要無い。今日から私も平民だ。家名も失うから呼び方も名前呼びで良い」

「ええっ⁉」

「当然だろう？　絶大な権勢を誇るセブンズワース家を公然と侮辱したのだ。どの家だって、報復の巻き添えを恐れて私を切り捨てる。貴族とは、そうやって家を守るのだ」

大きく目を見開いて私を見詰めていたケイト嬢だが、やがてその目を酷《ひど》く優しげで、そしてどこか悲し気なものへと変える。ケイト嬢はそのまま私を見詰め続ける。

「……そこまであのお姫様のこと好きなんだ？」

ぽつりと呟《つぶや》くようにケイト嬢は言う。どう答えていいのか分からなかったので、そっぽを向いて誤魔化《ごまか》す。

◆◆◆

「恩を仇《あだ》で返すようなことをしてしまい申し訳ありませんでした」

卒業パーティの日の夜、私はバルバリエ家の執務室でバルバリエの義父上《ちちうえ》と義兄上《あにうえ》に対して片膝《かたひざ》を突《つ》いて頭を深々と下げる。前世での土下座に相当する最大級の謝罪だ。

「……それで、この後始末はどう付けるつもりだ？」

怒りを湛《たた》える渋顔で義父上が私に言う。

「勘当して頂ければ幸いです」

「アドルニー家に戻るつもりか？」

「公衆の面前で婚約破棄をしてセブンズワース家の令嬢を侮辱し、バルバリエ家から勘当されるのです。アドルニー家は私を受け入れないでしょう。受け入れたらセブンズワース公爵家とバルバリエ侯爵家、大貴族二家を敵に回すことになります」

「当然だな。では勘当されて、その後どうするつもりだ？」

「平民になろうと思います」

「浮気相手は商家の娘だったな。相手の家の商会にでも転がり込むつもりか？」

そう言う義父上は怒りを抑えきれていない。ケイト嬢のことはこれから話すつもりだったが、もう素性まで押さえているようだ。

「いえ。彼女との婚約は破棄しましたので」

「「はあっ⁉」」

義父上と義兄上の声が揃《そろ》う。やはり親子だな。息がぴったりだ。そんなどうでも良いことが頭に浮かぶ。

「はあああ。おかしいと思ったんだよね。騒動の話を聞いて、慌てて情報集めたんだけどさ。一方的に婚約破棄したっていうのに、アナスタシア嬢をべた褒めしたらしいじゃないか。パーティの席上なんて非常識な場所で婚約破棄するのも、浮気相手の腰を抱きながら婚約破棄するのも、全くジーノらしくない。今回のこれ、単なる浮気じゃないよね？」

「こちら慰謝料になります。お納め下さい」

義兄上の質問に私は答えず、懐から袋を取り出して頭上に掲げる。執事長がそれを受け取り、中を検《あらた》めて驚愕《きょうがく》で目を見開く。慌てた顔の執事長が袋を義父上の机の上に置くと、義父上と義兄上も中を覗《のぞ》き込む。

「『これは‼』」

義父上と義兄上の声が揃う。やはり親子だ。

私が慰謝料として渡したのは紅玉貨二十一枚だ。紅玉貨は、国家間貿易や多国籍大商会同士の巨額取引などに使われる通貨だ。この国の国家予算が年間で紅玉貨八十枚前後だから、今回渡した金額は国家予算の四分の一ほどになる。これは、化粧水の売上金額のうち使い切れなかった余りで、私のほぼ全財産だ。

これだけの大迷惑を掛けたのだ。謝罪は一文無しになる覚悟で行わなくてはならない。生家のアドルニー家にはもう迷惑料を送金してある。残りをバルバリエ家に渡せばセブンズワース家と分け合ってくれるはずだ。

「これだけの金額を今日の今日で用意出来るはずがないよね？　やっぱり、突発的に馬鹿なことをしたんじゃなくて前から計画していたんだ。何を狙《ねら》っているんだい？」

「後ほど王家とセブンズワース家から発表があると思います。別に王家やセブンズワース家と相談したわけではありませんが、私はこれが王家とセブンズワース家、この国、そしてセブンズワース嬢にとって最善であると信じています」

もう私はアナの婚約者ではない。愛称ではなく他人行儀な呼び方をする。アナとの関係が終わってしまったことを実感してしまい胸が苦しい。

「セブンズワース家との相談が無かったのは分かるよ。ジーノが帰るより前、セブンズワース公爵が猛抗議しに来たからね」

皮肉気に笑いながら義兄上が言う。義兄上がこんなことを言うなんて、相当な抗議だったようだ。申し訳ない。

「ふむ。王家が絡んでいてお前が詳細を話さないなら、我々は深入りしない方が得策ということか。では教えてくれ。今後、我々はどう動くべきだと思う？」

しばらく考えた義父上が、私の目をじっと見詰めながらそう尋ねる。

「私を勘当した上で、私からの慰謝料を使ってセブンズワース家に婚約破棄の賠償を支払い、その後は静観するのが最善かと愚考します。下手に手を出すと王位継承権争いに巻き込まれる危険があります」

「……分かった。深くは聞かない。お前に付き合ってやろう。勘当はしてやる。ただし、仮の勘当だ。こちらの一存でいつでも取り消すから、そのつもりでいろ。これでも私はお前を買っているんだ。娘たちもすっかりお前に懐いているしな。だから、いつかまた息子と呼ばせてくれ。ジーノリウスよ」

「あ、ありがとうございます」

声が震えてしまった。義父上の言葉に涙が零《こぼ》れてしまったのだ。アドルニー家の家族と言い、セブンズワース家の家族と言い、バルバリエ家の家族と言い、私は本当に人には恵まれている。

こうして私は、バルバリエ家を追い出されることになった。出ていくとき、玄関ホールで義妹《いもうと》二人に泣き付かれたのには参った。

勘当された私は、最後の仕上げとしてセブンズワース家にアナの治療薬を送る。

私の名前では、中身の確認もせず捨てられてしまう危険がある。それくらい憎まれることをした自覚はある。かと言って、ただ匿名や偽名で送っても、怪し気な人物から送られた怪し気な薬など誰も飲まない。だから、匿名で送りつつも慢性魔力循環不全の発病原理と治療法についての理論をまとめた文書も添付する。

どうしても飲んでもらいたいから、アナの寿命がいつ尽きるか分からないことも手紙に書いておく。これまで一度も触れなかった話題だ。余命幾ばくも無いことを知れば、アナはショックを受けるかもしれない。だが治療薬も一緒に送るのだ。絶望はしないだろう。

化粧水は、もう送ってある。アナが王宮で立場を確保するための重要な戦略物資だ。品切れさせるわけにはいかない。当面必要な分として二年分をまとめて送った。二年分なのは、化粧品が経年劣化するからだ。それ以降の分は、また時間を置いてから送るつもりだ。

これで私はほぼ文無しだ。手持ちの金は平民の一ヶ月分程度の生活費しか残っていない。着ている服などはバルバリエ家の紋章が入っているから売ることは出来ない。紋章は身分を証明するものなので、勝手に売って市場に流すのは重罪だ。燃やすなどして処分するしかない。

文無しになったので、私は働かなくてはならない。しかし、セブンズワース家や他の貴族家、他国の手の者の目に付くようなところでは働けない。特に、セブンズワース家に見付かるわけにはいかない。見付かれば相応の制裁があるだろうが、自分の両親が私を害したと知ればアナは傷付く。それだけは絶対に避けなくてはならない。

とりあえず王都からは離れよう。セブンズワース家を始め有力貴族の拠点と近すぎて隠れようがない。足跡《そくせき》を残さないよう注意しつつ王都から離れ、それから職探しでもしよう。

ゴーレム屋敷と研究所はそのままだ。処分には時間が掛かるため断念した。ただし魔法的なセキュリティは掛けてある。前世でエンジニアだった私がかなり力を入れて掛けたセキュリティだ。現代の魔法使いにはまず解けないだろうから、侵入されることも無いだろう。

第五章　呪《のろ》いが解けるアナスタシアと空を仰ぐジーノリウス

◆◆◆ジーノリウス視点◆◆◆

追手を撒《ま》くためにあちこちを転々とした後、私は王都から徒歩で四日ほど離れた街の貧民街に落ち着いた。家は集合住宅の一室だ。前世のトイレ風呂《ふろ》共同の貧乏アパートみたいなところだ。程度は前世のボロアパートよりずっと酷い。石造りの壁が一部崩れ、一階の一室が使えないほど傷んでいる。

普通の貴族なら、こんなところで暮らすのは不可能だろう。しかし私には、ワンルームマンションで暮らした前世の経験もある。あれよりもずっと質は低いが、慣れてしまえば不便ではない。

仕事も見付けた。飲食店でのコックと、歓楽街の店の用心棒だ。

貴族として生まれた今世では、料理の経験は無い。だが生涯独身だった前世では、長い一人暮らしの中でずっと料理をしていた。大学時代のアルバイトは人前に出ない職を選んで就いていたので厨房《ちゅうぼう》でのアルバイト歴も長い。包丁や鍋《なべ》の扱いには、そこそこ自信があった。

それに、前世の豊かな食文化も知っている私は、この世界には無い料理を作ることも出来た。その飲食店で採用が決まったのは、前世の料理を作ってみせたからだ。

歓楽街の用心棒は、貧民街で絡んで来た男数人を叩《たた》きのめしたらスカウトされたものだ。数日に一度呼び出され、困った酔客や無法者に対処するだけの仕事だ。呼び出しがないときは連絡の付くところにいるだけで良い。それでいてコックよりも高い給料を貰《もら》えるのだから、この仕事を得られたのは幸運だった。

化粧水は、またセブンズワース家に送るつもりだ。化粧品の原価は恐ろしく安いが、平民の収入は雀《すずめ》の涙だ。二つの仕事を掛け持ちしても、収入の大半を化粧水作製のための貯蓄に回さなければならない。だから生活はかなり苦しい。

商人になれば、もっと楽な暮らしが出来るだろう。しかしそれをすると見付かってしまう。セブンズワース家を始め多くの貴族家は、私が商会経営者だったことを知っている。どの家も商会関係者には網を張っているはずだ。

生活苦を見兼ねた歓楽街の女性従業員や飲食店の女性常連客が、よく食事を奢《おご》ってくれる。飲食店の店長からは、常連客の誘いは断らずなるべく受けて機嫌を取るように言われている。営業時間外での接待強要など前世なら法的にアウトだが、この世界では当たり前のことだ。

夜の店の方も、女性従業員から誘われると断りにくい。客にサービスを提供してお金を稼ぐ女性たちの発言力が強いからだ。

断りにくい誘いを無理に断ったりはせず、誘われたら食事には付き合っている。食費にも事欠く有様だ。奢って貰えたら助かるというのが本音だ。

女性から交際を申し込まれることもあるが、全《すべ》て断っている。私が恋人を作るのはもう無理だと思う。収入の大半を元婚約者のために使う予定なのだ。それでは恋人だって面白くないだろう。金の使い道でのトラブルは必至だから、恋人を作るつもりは無い。

何より、気持ちが付いて来ない。私の心の中は今もアナ一色だ。そして、これははっきりと分かる。私の心は、生涯ずっとアナ一色だ。

今世では、孤独に苦しむ悲惨な老後は絶対に避けるつもりだった。そのために、何としても結婚するつもりだった。結婚こそが、人生最大の目標だった。

それももう、どうでも良くなってしまった。どうやらまた独居老人だが、構わない。そんなことが些末《さまつ》に思えるほど大切なものを、私は見付けてしまった。とても大切な人で、私の全てを代価にしても全く足りない素敵な人だ。

自室の窓から王都の方角の空を見る。少し暖かくなった春先の空には、輪郭のはっきりしない薄い雲が穏やかに広がっている。霞《かす》んだ今日の青空には、透き通るような晴天にはない仄《ほの》かな温かさがある。

青空が最も美しいのは牢獄《ろうごく》の窓から眺めるときだと言うが、本当だと思う。貧民街の粗末な一室から眺める青空は、貴族だった頃《ころ》よりずっと綺麗《きれい》に見える。きっと、空に願いや想《おも》いを重ね合わせると美しく見えるのだろう。

私は空に、よくアナを重ね合わせる。だからこの街に来てからは、よく空を眺めてしまう。

——あの空の下にアナがいる——

そう思うだけで、働く気力が漲《みなぎ》って来る。明日も頑張ろう、そういう気持ちになれる。

前世では女性を愛したことなんて無かった。今世でも親しくなれたのはアナだけで、今後私が恋愛をすることはもう無い。

だからアナ。すべてを君に捧《ささ》げよう。

前世の分も今世の分も。

私の愛のすべてを。


君が負担に思う必要は一切無い。私がしたいようにしているだけだ。

あの空の下の君の幸せを、今日も祈ろう。

◆◆◆アナスタシア視点◆◆◆

玄関の扉を抜けると、そこにはジーノ様がいらっしゃいました。

『ジーノ様！！！』

はしたなくも走り寄ってしまいました。

『アナ、お願いがある。私はやはりセブンズワース家の後継者になりたいのだ。だから、私の子を一緒に育ててくれないか？』

ジーノ様は困ったように笑われます。

『もちろんですわ。ジーノ様にお戻り頂けるなら、愛情込めてお育てしますわ』

ジーノ様がお戻り下さる。それだけで十分です。嬉《うれ》しくて涙があふれます。

『それで、公爵家に戻る方法だが、君とも子供を作ってしまえば公爵も反対しないと思うのだ』

『はい。お戻り頂けるのなら、わたくしは何でもしますわ。瘤《こぶ》だらけの醜い体ですが、それでよろしければどうぞジーノ様のお好きになさって下さいませ。ジーノ様が他の女性とお子様を作られたとお聞きして、わたくし、とても悲しく、とても悔しかったんですの。わたくしもジーノ様のお子を欲しく思いますわ』

『ありがとうアナ。君といつまでも一緒にいるよ』

「ジーノ様」

ジーノ様のお名前をお呼びし、ベッドの上で手を伸ばしていました。

……夢、でしたのね。いつの間にか眠ってしまっていたようです。眠ったら、少しは気持ちが楽になった気がします。

横を見ると、ブリジットが心配そうな顔でこちらを見ています。わたくしが寝言でジーノ様をお呼びしたのを聞いていたのでしょう。

ジーノ様がお子様とご一緒にお戻り下さる――何度も妄想したことです。その願望が夢になってしまったのでしょう。

現実は非情です。当家の家督のためにジーノ様が奥様をお捨てになってわたくしの許《もと》へ戻られることは無いでしょう。もし奥様に何かあっても、ジーノ様は筋を通されお一人でお子様を育てられると思います。まして、婚前交渉をお求めになるなどあり得ません。

『いい加減になさいませ！　ジーノリウス様！　お嬢様の貞操を汚すおつもりですか！』

以前、ブリジットがジーノ様にそう言ったことがあります。

『そんなことするわけが無い。万が一子供でも出来たら醜聞でアナが苦しむではないか。一時の欲望のためにアナを傷付けたりなど、誰《だれ》がするものか』

ジーノ様は、そう仰《おつしや》って下さいました。

現実のジーノ様は、夢の中のジーノ様とは違い大変誠実な方なのです。現実のジーノ様も、夢の中のジーノ様のように狡《ずる》ければ嬉しいのですが……やっぱりわたくしは、残酷な現実より優しい作り話の方が好きです。

◆◆◆

目を開けるとベッドの上でした。またいつの間にか眠っていたようです。起きると、ジーノ様のことを考えてしまいます。

お世辞にも華やかとは言えないわたくしのみじめな人生の中で、ジーノ様と過ごした時間だけは、本当にきらきらと輝く素敵な時間でした。あれほどの方と巡り合うことは、この先もう無いでしょう。醜いわたくしを可愛《かわい》いとお褒め下さる男性は、ジーノ様だけです。

——幸せを諦《あきら》めない——

ジーノ様に頂いたお言葉を心の指針にしてこれまで頑張って来ました。ですが、ジーノ様を失い、どうすれば幸せを望めるのでしょうか。

『アナ。私の言葉を、他の者ではなく私の言葉を信じてくれないか？　私は君が可愛いと思う。その言葉を信じて、自分を可愛いと思ってくれないか？　君が自信を取り戻せるまで、私は何度でも言おう。何千回でも、何万回でも、何百万回でも言おう。アナ、君を可愛いと』

ジーノ様のそのお言葉を信じて、これまで自分を可愛いと思うように努めて来ました。周囲のひそひそ話で『ゴブリン令嬢』のお言葉をお聞きしても、俯《うつむ》かずにお顔を上げて胸を張るように頑張って来ました。

わたくしが変わることが出来たのは、ジーノ様のお陰です。何度でも可愛いとお褒め下さるって、ジーノ様がお約束して下さったから、それを心の拠《よ》り所《どころ》にして自分を変える勇気を持てたのです。

ジーノ様はもう、わたくしをお傍《そば》に置いては下さいません。もう、ジーノ様がわたくしを可愛いとお褒め下さることはありません。心の支えは、もうありません。自分を可愛いと、そう自分に言い聞かせる気力も湧《わ》きません。

◆◆◆

考えてみれば、これで良かったのかもしれません。ジーノ様は、このような醜女《しこめ》から解放されて普通の女性と愛を育むことが出来るのです。

幼い頃より『ゴブリン女』と罵《ののし》られ、最近でも『ゴブリン令嬢』と揶揄《やゆ》される女です。そんなわたくしとご結婚なさるより、他の普通の女性とご結婚なさった方がお幸せに決まっています。

そうですわ。あれほど素敵な方がわたくしのような女の婚約者になられたことが、そもそもの間違いなのです。間違いなら、いずれ正されるのは当たり前のことですもの。間違いが正され、本来あるべき状態に戻されただけです。

これで、これで良かったのです。ジーノ様がお幸せなら、それで良いではありませんか。ジーノ様がお幸せそうに笑われるなら、わたくしも嬉しいです。それもまた、わたくしなりの幸せの在り方ではないでしょうか。

それなのに、涙があふれてしまいます。ジーノ様がお幸せになったというのに、なぜわたくしはこんなに悲しいのでしょう。

ジーノ様にお逢《あ》いするまで、わたくしが恋をするなんて思ってもみませんでした。恋する男性とピクニックや遠乗りをご一緒したりなんて、現実味のまるで無い妄想でしかありませんでした。実現するはずもない夢を実際に体験出来たのですから、わたくしはそれで満足するべきなのです。灰色一色だったわたくしの人生の中で、わずかな間でも色鮮やかな時間《とき》を持つことが出来たのですから。

◆◆◆

今は卒業パーティからどれくらい経《た》っているのでしょうか。卒業パーティ以降、ほとんどの時間をベッドの中で過ごしています。ぐっすり眠ることは出来ませんが、いつも気付くと眠っています。また悲しい物思いに耽《ふけ》っていると扉がノックされます。お父様でした。難しいお顔をされています。

「大分回復したようだな。良かった」

お父様は優しい目でそう仰います。

「ええ」

以前は会話もままなりませんでしたが、今は会話が出来ています。これでも少しは時間が癒やしてくれたのでしょう。

「当家に匿名で届いた薬だ。お前の呪《のろ》いの解呪薬とのことだ」

テーブルに置いた木箱をポンポンと叩《たた》かれながらお父様は仰います。わたくしは怪訝《けげん》な目をお父様に向けてしまいます。

「それで、その出処の不明な怪しいお薬を送り付けられて、その方はどうされたいのでしょう。まさか、その怪し気なお薬をこちらが使うとお思いで送られたわけではないのでしょう？」

怪し気な郵便物は当家にもたまに届きますが、大抵は使用人が処分してしまいます。どちらの政敵からどのような意図で送られてきたものなのか、それを推測するのはお父様のお仕事です。お父様は全《すべ》てご確認になりますが、わたくしの前にそのような郵便物が出されることは普通ありません。ここに持って来られたお父様の意図が測り切れません。

「お前の呪いの発呪原理とその解呪法についてまとめられた論文だ。この薬に同梱《どうこん》されていた」

魔法は、学園では簡単にしか習いません。魔法について詳しい知識があるのは、魔法門の方たちだけです。それほど専門的な内容ならわたくしに理解出来るとは思えないのですが……。

差し出された論文を受け取り、書類に目を落とします。

「えっ⁉　これって‼」

まだ読んでいませんが、それでも一目見てすぐに分かります。年齢に合わない達筆な字、人柄が現れるような崩れていない丁寧な書き方、少し角張った字の癖……。

見間違えるはずもありません！　ジーノ様の字です！

「知っての通り、魔法門は魔法について秘匿している。公開されている部分など極一部だから、この論文がどんなものなのか魔道士ではない我々には判断が付かない。だから急ぎで宮廷魔道士に見てもらったのだが……その論文は現代の医療魔法より少なくとも五百年は先を行く理論だそうだ。千年先を行くと言う者もいた」

涙があふれてしまいます。もうジーノ様との繋《つな》がりは断たれてしまったと思っていたのに、その繋がりが今も尚《なお》、確かにここに存在しているのです。

書類に涙が零《こぼ》れ落ちそうだったので、慌てて書類をベッドの上に置きます。

「宮廷薬師に薬の成分も分析させた。魔法が掛かっているらしく、どんな魔法なのかは薬師たちも分からなかった。しかし薬の成分は、その論文に書かれているものと同じだそうだ。どうするかはお前に任せる。薬を飲むか？」

「もちろん、飲みますわ」

「……やはりお前もジェニーと同じ結論か」

ジェニーはお母様の愛称です。お母様は服用にご賛成のようですが、お父様は難しいお顔をされています。

「あら？　お父様は反対ですの？」

「効果の不明な魔法が掛かっているんだ。最悪死ぬかもしれんのだぞ」

死ぬかもしれない、ですか……わたくしがこのお薬を飲んで死んでしまったら、ジーノ様はお悲しみ下さるでしょうか……ジーノ様のことです。たとえわたくしへの想《おも》いを失《な》くされても、責任をお感じになってお墓参りくらいはして下さるでしょう。

あら？　良いかもしれませんわね。十年先もわたくしを憶《おぼ》えていて下さって、わたくしの命日には毎年ジーノ様がお墓参りにいらっしゃるなんて。もしかしてお花などもお持ち下さるのでしょうか？　素敵ですわ！

　今のわたくしが一番怖いのは、ジーノ様がわたくしをお忘れになってしまうことです。わたくしは生涯、ジーノ様のことを忘れません。ジーノ様にも、わたくしを憶《おぼ》えていてほしく思います。たとえ心に刺さった小さな棘《とげ》だとしても、ずっとわたくしをお忘れにならずにいて下さるのなら、この上無い幸せのように思えます。失恋して初めて知りました。愛する方の記憶からも消えてしまうのは、とても怖く、とても苦しいことです。

　それと、お父様はお忘れですわ。

「ジーノ様は、わたくしの呪いを解く手立てをお探しになって旧世界の遺跡《ダンジョン》にまで挑まれたのですよ。このお薬はその集大成なのでしょう。飲まないなんて、あり得ませんわ」

　旧世界の遺跡《ダンジョン》の生還成功率は平均で三分ほどだと学園で習いました。遺跡により差はありますが、安全な旧世界の遺跡《ダンジョン》でも生還成功率が一割を超えることはありません。それほど危険なことを、わたくしのためにして下さったのです。それに気付いたときは、本当に血の気が引きました。

「そうだが、小僧はお前を裏切ったのだぞ」

「大丈夫ですわ。別の女性に心を移してしまわれましたが、わたくしのことを憎んではいらっしゃらないと思いますの」

　卒業パーティでもわたくしのことを悪くは仰っていませんでした。というよりも褒め過ぎなほどお褒め下さいました。わたくしをお嫌いではないと思います。

　そういえば、わたくしを「世界最高、史上最高の女性」とも仰っていましたわね。あのときはジーノ様のことだけで頭がいっぱいで気になりませんでしたが、大勢の方の前であんなことを仰るなんて。

皆様はわたくしをどのような目でご覧になっていたのでしょうか……考えるのも怖いですわね。

「それから、この手紙も一緒に入っていた」

それは論文とは別に書かれたジーノ様からのお手紙でした。

あら。わたくし、いつ死んでもおかしくないんですの？　それならお薬を飲んで死んでも同じですわね。また一つ、お薬を飲む理由が出来ましたわ。

それにしても、匿名のお手紙だというのに、こんなにお気遣い下さるなんて……こんなにお優しい文面では、すぐにどなたが書かれたのか分かってしまいますわよ。

ここ一ヶ月ほどジーノ様とは上手《うま》く行っていませんでしたし、婚約も破棄されてしまいました。それなのに、今になってこんなにも温かいお手紙を下さるのですね……涙で字がよく見えませんわ。

「……ジーノ様」

気持ちを抑えきれずに手紙を抱き締めると、ジーノ様への想いが言葉になってあふれてしまいます。

もう婚約者ではありませんから、本当ならジーノリウス様とお呼びするべきです。ですが、それはまだ出来そうもありません。ジーノ様から頂いた指輪も、まだ外せていません。大切な繋がりが断たれてしまうようで、心の中の大切な何かが壊れてしまうようで、全てを変えたくないのです。

手紙に書かれていた注意書きに従い体調を整えることに専念します。食欲が無くても食事を摂り、夜は睡眠薬を使って寝てしまいます。ジーノ様が苦心してお作り下さったお薬ですもの。しっかりと体調を整えて必ず解呪を成功させてみせます。

あら？　ついこの前まで、わたくしは死ぬことまで考えていたはずですのに、今は解呪を成功させることを考えていますわね。体調が戻って少しは元気が出てきたのでしょうか。

体調も十分整ったので、いよいよお薬を飲むことにします。このお薬を飲むと高熱が出るから、こちらの解熱剤兼睡眠薬も一緒に飲めば良いのですね。

「お父様、お母様。今からお薬を飲みますわ。解呪には約十四時間掛かるそうですから、明日のご昼食はご一緒出来ると思いますわ」

「気をしっかり持つのだぞ。必ず生き抜くという心持ちを忘れるな」

「解呪出来ても出来なくても、あなたはわたくしたちの大切な娘よ。明日の昼食はご馳走《ちそう》を用意しておくから、食堂までちゃんと来てね」

お父様とお母様は順番にわたくしを抱き締められ、励ましのお言葉を下さいます。

「ブリジット。途中起きてしまうと効果が出ないそうだから、わたくしが自然に目覚めるまで近くで騒ぎを起こさないように手配をお願いね」

「それは、この家の女主人であるわたくしが厳に命じておくわ」

お母様がご手配下さるようです。これで騒ぎを起こす人もいないでしょう。

皆様が部屋を退出されたので、わたくしはベッドに潜り込みお薬を飲みます。魔法が付与された睡眠薬だけあって、一分もしないうちに強烈な眠気が襲って来ます。

魔法薬は普通のお薬よりずっと早く効果が出るのですが、この解呪薬は十四時間も掛かるのですね。随分と特殊なお薬ですわね。

そんなことを考えているうちにわたくしは眠りに就いてしまいます。


ゆっくりと意識が覚醒《かくせい》していき、わたくしは目を開けます。横を見ると、声を出さずに大泣きしているブリジットがいました。

「うわあああん！　お嬢ざまあああ！　よがっだあああ！　目を覚まざれだあああ！」

泣きながらブリジットが抱き着いて来ます。わたくしが目を覚まさないのではないかと心配して泣いてくれていたのですね。

「お嬢ざまあああ！　早ぐううう！　見でくだざいいいい！」

ブリジットは鏡を差し出します。

「これが……わたくし……？」

鏡に映るのは、銀色の髪に若草色の瞳《ひとみ》をした、お母様によく似たお顔立ちのお美しい女性でした。

……これ、本当にわたくしのお顔なんでしょうか。昨日《きのう》見たお顔とは全くの別人ですけれど。見慣れない女性が自分だという実感が持てず、角度を変えて何度も鏡を覗《のぞ》き込んでしまいます。

「さあ、お嬢様。お着替えをして、そのお姿を旦那《だんな》様と奥様にお見せしましょう。お二人とも、朝からずっと食堂でお待ちです」

長いこと鏡を眺めていると、いつの間にか立ち直ったブリジットが朝の準備を調えてくれていました。着替えるときに確認しましたが、お顔だけではなく全身からも瘤《こぶ》が消え、お肌も緑色の部分は消えて無くなっています。

（やりましたわ！　ジーノ様！　解呪薬の作製は成功しましたわ！）

心の中でジーノ様に成功をお伝えします。


「アナ⁉　アナなのね⁉」

「ほ、本当に……アナ……なのか？」

食堂の扉を使用人が開けると、お父様とお母様が立ち上がられるほど驚愕《きようがく》されます。お父様とお母様は駆け寄って来られると、お二人でわたくしを抱き締めて下さいます。

お父様は目を真《ま》っ赤《か》にされて何度もハンカチで涙を拭《ぬぐ》っていらっしゃいます。

お母様は、お顔をくしゃくしゃにされて声を上げて泣かれ、ずっとわたくしを抱き締めて下さいます。王女としての教育を受けられたお母様がここまで感情を顕わにされるのは、大変珍しいことです。

『どうしてわたくしは、こんなお顔なの？』

幼い頃《ころ》、容姿を理由にいじめられて帰って来たわたくしは、お母様にそうお尋ねしたことがあります。

『ごめんなさい。綺麗《きれい》に産んで上げられなくて、ごめんなさい』

お母様はそう仰《おつしや》って泣かれました。大きな手でわたくしを抱き締められて、わたくしの肩にぽろぽろと涙を零《こぼ》されたのです。お母様の涙に大きな衝撃を受けたわたくしは、それ以降いじめられてもそれを隠すようになりました。お母様を悲しませてはいけない、そう思ったのです。

きっとお母様は、今日までずっとご自分を責めていらっしゃったのだと思います。わたくしを綺麗に産めなかったことを、ずっと悔やんでいらっしゃったのだと思います。だからここまで取り乱されるのです。

お父様とお母様のお心が温かすぎて、涙が零れます。

第六章　真相を知るアナスタシア

◆◆◆アナスタシア視点◆◆◆

「わたくし、ジーノ様にお逢《あ》いしに行ってみようと思いますの。名前さえ無い珍しい呪《のろ》いを解呪して下さったのですもの。セブンズワース家の者として、お礼を申し上げないわけにはいきませんわ」

解呪に成功してから二週間ほど経《た》った日の夕食の席で、お父様とお母様にそう切り出します。

「お父様、ジーノ様がどちらにいらっしゃるかご存《ぞん》知《じ》ですの？」

お父様は執事長のマシューに視線を向けます。マシューは首を横に振ります。

「小僧の居場所は分からんが、浮気相手の居場所なら分かるぞ。今のところ手掛かりはそれだけだ」

浮気相手……あのジーノ様の瞳の色のドレスを纏《まと》われていたケイト様という方でしょう。浮気相手にお会いするのは気が進みません。一気に気持ちが沈んでしまいます。

でも、それでもお会いしに行きます。薬の開発が成功したとお知りになったなら、きっとジーノ様は喜ばれます。お喜びになるご様子を直接拝見することは叶《かな》わないかもしれません。それでも、ジーノ様がお喜びになることをしたいのです。今のわたくしがジーノ様のために出来る数少ないことです。

「浮気相手のところに行くなら、伝言を頼みたい。セブンズワース家への侮辱は、アナの呪いを解いたことで赦《ゆる》すとな。配下の者を通じて伝えても罠《わな》だと警戒されて姿を見せないだろうが、アナがその姿で行って直接伝えれば小僧も信じて姿を現すじゃろう」

……聞き捨てなりませんわね。まさか、お父様はジーノ様を害されるおつもりなのでしょうか。まさかジーノ様は、お父様の害意にお気付きになって御身を隠されたのでしょうか。

「お父様！　まさか！　ジーノ様を害されようなんて、お考えではありませんよね⁉」

「い、いや。だから赦すと」

わたくしの剣幕にお父様は狼狽《うろた》えていらっしゃいます。ですが、これは許せませんわ！

「よろしいですか！　もしジーノ様に何かされたら、絶対に！　何があっても！　わたくしはお父様を赦しませんからね⁉　もしお父様がジーノ様にかすり傷一つでも付けられたなら、わたくしは修道院に行ってジーノ様への贖罪《しょくざい》のために生涯祈りを捧《ささ》げることにしますわ！　二度とお父様とはお会いしませんから！　面会要請なんて、くれぐれもなさらないように！」

お父様がジーノ様を害されることだけは絶対に避けなくてはなりません。念を押します。

「いや、だから、もう赦すと言っただろう。それに、別に怪我《けが》をさせようと思っていたわけではなくてだな。今回の件はどう考えてもおかしいから、先《ま》ずは捕らえて話を聞こうと思ってだな」

「よ・ろ・し・い・で・す・わ・ね⁉」

「あ、ああ。害することはないと誓おう」

お誓い下さったのでようやく安心します。貴族は誓いを破りません。これでお父様がジーノ様を害されることは無いはずです。

ですがこれで、どうしても浮気相手の女性にお会いしなくてはならなくなりました。逃亡生活はお辛《つら》いと思います。一刻も早く当家の意向をお伝えし、ジーノ様が普通の生活へお戻り出来るようにしなくてはなりません。

◆◆◆

ジーノ様の現婚約者であるケイト様は、ラーバン商会の王都本店で働かれているとのことです。ラーバン商会は、ジーノ様が経営されている商会です。お父様がジーノ様に対して良からぬことをお考えにならなければ、きっと仲睦《なかむつ》まじくお二人で商会を経営されていたのだと思います。

馬車を降りて店内に入ると、店員の方がご用聞きに来られます。

「ケイト様にお話がありますの。接客をされているようですから、お待ちしますわ」

店の隅でケイト様の接客が終わるのをお待ちします。気にしないように努めても、視線はついケイト様に向かってしまいます。

ケイト様は何度も屈託無く笑われています。明るい方のようです。人懐こいご気性なのか、男性客を冗談で笑わせていらっしゃいます。明るく快活で、よくお笑いになり、お話もお上手な方だと、少し拝見しただけでも分かります。

いじけていて、引込み思案で、顔のコンプレックスから上手《うま》く笑えず、冗談も苦手でつまらないわたくしとは正反対です。どちらが魅力的かなんて、どなたでも分かります。

そして、ケイト様はわたくしよりもずっと豊かなお胸です。男性は大きなお胸がお好きだとお聞きしたことがあります。ジーノ様も男性です。きっと、あのようなお胸がお好きなのでしょう。

まだケイト様とお話もしていないのに、敗北感に叩《たた》きのめされて惨めな気持ちになります。これからお話ししてお二人のお幸せなご様子をお聞きしたら、この比ではないくらい打ちのめされるでしょう。表情を取り繕えるでしょうか……自信がありません。

「お待たせしました。私にご用とお伺いしましたが」

接客を終えられたケイト様がわたくしのところにいらっしゃいます。茶色い髪に茶色の瞳。お近くで拝見するとぱっちりとした瞳でお可愛《かわい》らしいお顔立ちです。この方がジーノ様のご寵愛《ちょうあい》を受けられ、ジーノ様のお子様を宿された方ですのね。

もちろん、わたくしはジーノ様とはそのような関係には至っていません。この女性は、わたくしの存じ上げないジーノ様をご存知なのです。ついジーノ様のお子様を宿すお腹《なか》に目が行ってしまい、嫉妬《しっと》と敗北感で押《お》し潰《つぶ》されそうになります。

「ご挨拶《あいさつ》するのは初めてですわね。改めましてご挨拶申し上げます。セブンズワース家が長女、アナスタシアと申します。お会い出来て光栄ですわ」

笑顔を精いっぱいに作って自己紹介をすると、ケイト様は目を丸くされて驚かれます。まさか、捨てられた女が訪ねて来るなんてお考えにはならなかったのでしょう。

「えええええ⁉　ジーノ様のお姫様ですか⁉　全っっ然別人じゃないですか⁉」

ああ。そういえば卒業パーティでお会いしたときとは、まるで容姿が違いますわね。驚かれたのは容姿の方ですのね。恋に敗れた女だと強烈に自覚させられて、それで頭がいっぱいですっかり忘れていました。

それにしても、ケイト様はやはり、ジーノ様を愛称でお呼びしているのですね。男女の契りを交わされるほど深い仲なのです。わたくしとジーノ様よりずっと親密な間柄なのですから、愛称でお呼びするなんて当たり前なのでしょう。

ケイト様の言動一つ一つでいちいち傷付いてしまいます。失恋の傷が癒えたと言うには程遠いことを実感します。

「はい。ジーノリウス様から頂いたお薬のおかげで呪いが解けましたの」

婚約者の前でジーノ様を愛称でお呼びするわけにはいきません。ジーノリウス様とお呼びします。わたくしにはもう、ジーノ様を愛称でお呼びする資格はありません。捨てられた女として立場を弁《わきま》え、対外的には距離を置いた呼び方でお呼びしなくてはなりません。

バルバリエ家から勘当処分を受けられ、アドルニー家からも復帰をお認め頂けなかったジーノ様は、現在家名をお持ちではありません。名前呼びが一番距離を置いた呼び方となります。

でも、心の中ではジーノ様とお呼びします。心の中のとても大切な何かが壊れてしまうようで、変えることが出来ません。

「あー。そういえばそんなこと言ってましたね。半信半疑でしたけど、本当に薬の開発に成功したんですね」

ケイト様はシシシシと笑われます。笑顔の絶えない明るい方ですわね。陰気なわたくしとは大違いです。明るく朗らかなケイト様と共に過ごされる時間は、暗いわたくしとの時間よりずっと楽しい時間なのでしょうね。ケイト様の何を拝見しても惨めな気持ちになります。

「はい。呪いを解呪して頂いたのでせめて一言お礼をと思いまして、こちらにお顔を出させて頂きましたの。ジーノリウス様はどちらにいらっしゃいますの？」

「知りませんよ」

　これは、セブンズワース家を警戒していらっしゃいますわね。

「ご心配なさらなくても、セブンズワース家はもうジーノリウス様に何かをするつもりはありませんわ。わたくしを解呪して下さった功績を以《もっ》て、当家を侮辱されたことは相殺されることになりましたの」

「あ、そうなんですか？　でも私、本当に知らないんです」

　……どういうことでしょう？　身重の婚約者を置いてお逃げになるなんて、まさかジーノ様がなさるはずありませんし……つい怪訝《けげん》な目をケイト様に向けてしまいます。

「あの、婚約されている方の居場所をご存知ないんですの？」

「あー。ジーノ様、私との婚約、破棄しちゃったんですよ」

「ええっ！！？」

　驚きで淑女らしからぬお声が出てしまいます。

「良かったら事情をお話ししましょうか？　私、平民だからお貴族様の礼儀とかさっぱりですけど、それで良ければお話ししますよ？」

　にこにことお笑いになって、ケイト様は仰います。

「平民の方に貴族の礼儀を押し付けるようなことはしませんわ。ですが、部外者のわたくしにお話ししてしまってもよろしいのですか？　こちらとしては、大変ありがたいお話ですが」

　詳しくお聞きしたくて堪《たま》りませんが、今のわたくしはジーノ様の婚約者でも何でもありません。立場を弁え、第三者がお聞きしても良いお話なのか確認を取ります。

「もっちろんです。私がジーノ様と結んだ契約は『お姫様と婚約破棄するまで婚約者のふりをすること』です。『婚約破棄した後に事情を話すな』とは契約で取り決めてませんから」

「へっ⁉　婚約者の、ふり⁉」

わたくしは固まってしまいます。そんなわたくしをご覧になって、ケイト様はニシシシシと笑われます。

「ささ。行きましょ。行きましょ。ここじゃなんですから、応接室で話しましょ」

そう仰《おつしや》ったケイト様は、ぐいぐいとわたくしの背中を押されます。護衛が反応し掛けますが視線で制します。ケイト様に押され、わたくしは店の奥へと向かいます。


「では、第一王子殿下もしくは王太子殿下と、わたくしとの婚約を成立させるためにジーノリウス様は身を引かれた、ということですの？」

「そうなんですよ。ジーノ様、お姫様のこと本気で好きだったんですよ。あの後、泣いちゃって大変だったんですから」

ジーノ様が涙を流されたご様子を、ケイト様はソファに置かれていたクッションをジーノ様の頭に見立てて実演しつつ笑い話としてお話し下さいます。

笑い話に仕立ててくれて助かりました。真面目《まじめ》にお話し下さったなら、きっとわたくしはお声を上げて泣いてしまったことでしょう。お陰で、はらはらと涙を落とす程度で済んでいます。

ですが、ケイト様がお胸にお顔を埋《うず》められたのは納得がいきません。

そんなの、破廉恥ですわ！　わたくし以外のお胸に……いいえ、わたくしにはとてもそんな勇気は無いのですが……でも、ジーノ様がどうしてもと仰るなら……。

一日に二度も婚約破棄されたお話は、お声を上げて笑ってしまいました。ケイト様がされたジーノ様の口真似《くちまね》は、特徴を捉《とら》えていてよく似ていらっしゃいました。

最大の懸念であるお子様のことですが、お子様を宿されるどころか口付けも交わされていないとのことです。心の底から安堵《あんど》しました。

淑女らしくかなり遠回しにお尋ねしたのですが、極めて直截《ちょくせつ》にご回答されたので怯《ひる》んでしまいました。平民の方は随分と開放的なんですのね。こういうお話を平民の方としたのは初めてなのですが、女性がこれほど直接的な表現を使われるなんて思いませんでした。

ケイト様からお教え頂くまで存じませんでしたが、平民の皆様は家族や婚約者だけではなく親しい友人なども愛称でお呼びするそうです。貴族女性にとって異性の愛称呼びは大きな意味を持ちます。ですが平民の方にとってはそこまで深い意味は無く、ケイト様は幼馴染《おさななじみ》の男性なども愛称呼びされているとのことです。

ケイト様がジーノ様を愛称呼びされているのは、別にお慕いされているからというわけではないようです。ジーノ様のことを何とも思っていらっしゃらないと分かって本当に良かったです。

お可愛らしいお顔立ちで、陽気で人懐こく、お話も面白く、お胸も大きいケイト様は、女性のわたくしから見ても大変魅力的です。この方とジーノ様の取り合いになったら、わたくしでは勝てないと思います。

そう思っていることをケイト様にお伝えします。

「ええっ？　いやいや。何言ってんの？　ジーノ様、すごくカッコいいし、優しいし、紳士だし、商才すごいし、私の体じろじろ見たりしないし、信頼感もあってちょっと良いなって思ったけど、お姫様相手じゃ到底勝ち目無いから私諦《あきら》めたんだよ？」

ケイト様は、ジーノ様を何とも思われていないのではなかったようです。「諦めた」と仰っていますからケイト様がジーノ様に積極的にアプローチされることは無いと思います。それでも、これほど魅力的な方が僅《わず》かなりともジーノ様にご好意をお持ちだと不安になってしまいます。

それにしても「諦めた」なんて、仰らなくて良いことまで仰ってしまわれるのですね。素直で素敵な方ですわ。こんな素敵な方の豊かなお胸にお顔を埋《うず》められて、ジーノ様はどんなお気持ちだったのでしょうね。

ああ。今気が付きました。わたくしは、悔しいのですわ。この黒い感情は嫉妬です。

普通の貴族令息なら、女性の体で触れたことがあるのは手のひらだけです。ジーノ様もおそらく、女性のお胸にお顔を埋められたのは初めてだったと思います。出来れば、その初めてのお相手はわたくしであってほしかったのです。

「私がお姫様に話そうって思ったのは、ジーノ様があんまりにも可哀想《かわいそう》だったからですよ。お姫様のために平民にまで落ちて、商会も手放して、今も浮草の逃亡生活でしょ？　ジーノ様は何も悪くないのに、あんまりじゃないですか」

そのお言葉だけは、これまでの軽い口調ではなく真剣なものでした。

「わたくしもそう思いますわ。このままではジーノ様があまりにもお可哀想です。ジーノ様の地位と名誉の回復に、わたくしも尽力することをここにお約束しますわ」

ケイト様はお話ししなくても良いことまで正直にお話し下さいました。ケイト様の正直さに誠意を以て応《こた》えるため、わたくしもケイト様には自分の気持ちに正直に振る舞おうと思います。ですので、ジーノ様を愛称でお呼びします。

そして、この愛称呼びは、わたくしの決意です。わたくしはもう、幸せを諦めません。またジーノ様とお呼び出来るように、絶対に成ってみせます。

「頼むわね、お姫様。そういうのって、平民の私じゃ無理だから」

ケイト様とお会いした帰りの馬車の中で、わたくしは涙が止まりませんでした。笑い話にして下さったからこそ、これまで何とか泣き崩れずに保っていられたのです。

もうわたくしへの想《おも》いなんて残されていないと思っていたのに、ジーノ様はまだわたくしをお想い下さり、わたくしのために泥を被《かぶ》られ貴族位まで失われたのです。涙を堪《こら》えるなんて到底出来ません。

そういえば、以前ジーノ様は第一王子殿下についてお尋ねになりました。わたくしの返答は社交辞令を超えるものではなく、今まであの発言が問題だとは思っていませんでした。ですが、もし縁談のお話をジーノ様がご存知だったなら、わたくしのあの言葉によって第一王子殿下とわたくしとの縁談を良縁だと誤解されてもおかしくはありません。思えば、ジーノ様が変わられたのはあの日からです。今更ながら、迂闊《うかつ》な発言をしてしまった愚かさを後悔します。

家に帰り、着替えることもせずそのままお母様の許へと向かいます。ケイト様のところから泣いて帰り、お母様に抱き着いた途端子供のように大声を上げて泣き出すわたくしを見て、お母様は大層驚かれます。

お母様はわたくしの肩をお抱き下さり、涙で声を詰まらせながらの辿々《たどたど》しいわたくしのお話を根気よくお聞き下さいます。わたくしがお話を続けているとお母様はだんだん目を三角にされ、お父様をお呼びするよう使用人に言い付けます。お父様がいらっしゃったので、もう一度ご説明します。

「では、小僧が婚約を破棄したのは奴《やつ》の浮気が理由ではなく、儂《わし》から両殿下との婚約の話を聞いたから、ということなのか⁉」

お父様は呆然《ぼうぜん》とされています。

「あなた？　第一王子殿下と王太子殿下から婚約の打診があったことは、わたくしもお聞きしています。ですが、呪《のろ》いが解けたら婚約を結ぶなんてお話、わたくし一切お聞きしていませんわ？」

お母様が青筋を立てながらにっこりと笑われます。

「いや、しかしだな。まさか解呪薬を開発するだなんて、思ってもみなくてだな」

お父様のお顔からは焦燥がありありと見て取れます。

「たとえ解呪薬の開発に成功するとは思わなかったとしても、ジーノリウスさんがアナの呪いの解呪法を求めて旧世界の遺跡《ダンジョン》に行ったことは、あなたもご存知《ぞんじ》でしょう？　アナの呪いを解こうと頑張っている人に対して、一体何を考えて、やる気を削《そ》ぐようなことを言われたのかしら？」

お母様は一層深い笑みを浮かべられます。お父様の言い訳がお気に召さなかったようです。

「いや、あの」

「およそこの国の宰相とは思えないあなたの迂闊な一言のために、アナがどれほど苦しんだのか、あなたもよーくご存知でしょう？　後でゆっくっくっくりとお話ししましょうね？」

お母様は、優雅な笑みと青筋を一緒に浮かべられてそう仰います。お父様は真っ青で、お顔は引《ひ》き攣《つ》っておいでです。

「それで、アナはこれからどうしたいのかしら？」

「ジーノ様が、わたくしのために周囲からの嘲笑《ちょうしょう》をお受けになって、わたくしのために貴族位を失われるなんて、とても耐えられません。ジーノ様のご身分を回復させ、ジーノ様の名誉を挽回《ばんかい》することに尽力したく思いますわ」

「それは心配いらないわ。当家なら問題無く出来るもの。そのことではなくて、ジーノリウスさんのことはどう想っているの？　あんなことがあって、やっぱり赦《ゆる》せない？」

「……呪いが解けてから、本当に解呪出来たのかのご確認のためにたくさんの宮廷魔道士の方がいらっしゃいました。わたくしをご覧になった魔道士の皆様は、一様に奇跡だと驚かれていました。魔道士の皆様は、ジーノ様の論文は現在の魔法学の数百年先を行く驚くべき理論だとも仰っていました……そのとき、わたくしは思いましたの。本来なら数百年先に発明されるはずだった解呪薬を、ジーノ様はわたくしのために今ご用意下さったのだって……わたくしのために奇跡を起こして下さったんだって、そう思いましたの……そう思ったら……涙が止まりませんでしたの」

言葉が詰まってしまいます。涙が止まらない状況で、更に当時の気持ちを想い出してしまい感極まってお声が出なくなってしまったのです。

お母様はお話の続きを催促するでもなく、お優しい目で静かにお待ち下さいます。

「……わ、わたくしは、今も変わらずジーノ様と結ばれたく思います……わたくしのために奇跡を起こして下さる方も、わたくしのために全《すべ》てをお捨てになって下さる方も、他にはいらっしゃいません……お逢《あ》い出来たことが奇跡のような……本当に、本当に、素敵な方です……もう、ジーノ様以外は考えられません」

涙で言葉を詰まらせながらですが、何とか申し上げたいことはお伝え出来ました。

「そうね。アナのために奇跡を起こしてくれる人も、アナのために全てを擲《なげう》ってくれる人も他にいないわね。アナ、手放しては絶対に駄目よ」

お母様が再婚約をお認め下さったので、あとはジーノ様をお捜しして、もう一度縁談を調えるだけです。嬉《うれ》しくてますます涙が零《こぼ》れてしまいます。

ジーノ様とお茶会やお庭の散策をご一緒して、他愛もない、ですがとても楽しいお喋《しゃべ》りがまた出来るのです。穏やかで何気無い日常がどれほど大切なものだったのか、今なら痛いほど分かります。


お母様にお話があったので『双色蛍』と呼ばれる第五十五応接室に向かいます。使用人が扉を開けると、お母様だけではなくお父様もいらっしゃいます。お母様はソファに座られ、お父様は床に正座されています。

「あら? 反省したというのは嘘《うそ》だったのかしら?」

おそらく、父親としての威厳を気にされたのだと思います。わたくしを見付けられたお父様は立ち上がられ、ソファに座ろうとされます。ですが、お母様のその一言でまた床に正座されます。

座り直されたお父様に、お母様は日頃《ひごろ》のジーノ様に対するお父様の態度についての問題を列挙され始めます。お父様の問題は、婚約を結び直す可能性があるような仰り様をジーノ様にしてしまわれたことだったはずです。今回の件とは直接関係無いことへのご叱責が、もう始まっています。

これは、出直した方が良さそうですわね。お母様のお怒りはこれから広範囲に延焼しそうです。

「仕方ないじゃろう。小僧はすぐアナに抱き着くし、アナに対するマナーがまるでなっておらん。儂まで小僧を家族と認めてしまったら、ますます小僧が付け上がるじゃろう？」

「あら。ジーノさんの態度は、全てあなたのせいでしょう？」

「どういうことですの？」

お父様とお母様の会話が気になって、ついお尋ねしてしまいます。ジーノ様のわたくしへの態度とお父様、どのような関係があるのでしょうか。無関係のように思えます。

「ジーノさんの女性の扱いに関する教育は必要最小限にするようにって、バルバリエ家に強く要請したのはこの人なの」

「だって！　仕方ないじゃろう⁉　ジェニーもアナも揃《そろ》って小僧を格好良いって褒めるんじゃもん！　この上女性の扱いまでスマートだったら、アナは簡単に小僧に夢中になってしまうじゃろう⁉」

「……お父様」

小さい！　小さいですわあ！　そんな理由で他家の貴族教育に干渉するなんて、信じられませんわ。なんて残念なお父様なのでしょう。本当に、この国の宰相なんでしょうか。

「儂は悪くない！　アナは、アナは儂だけのお姫様なんじゃ！」

お父様は何やら叫ばれていますが、お母様はそれを軽くあしらっていらっしゃいます。

思い返してみれば、異性の愛称呼びが貴族女性にとって特別な意味があることも、ジーノ様はご存知ありませんでした。ジーノ様がその意味に気付かれたのはかなり後になってから、バルバリエ家のお義兄様《にいさま》との雑談時です。お父様の影響と思《おぼ》しきことがいくつも思い浮かんで来ます。

「そうね。あなたへの罰とジーノさんの名誉回復は、一緒に終わらせてしまうのが良いかもしれないわね。こうしましょう？」

お母様のご提案にお父様は全力で抵抗されていらっしゃいました。ですが無駄な努力だったようで、最終的には承諾されました。

◆◆◆

セブンズワース家の総力を挙げたジーノ様捜索が始まりましたが、難航しています。目撃情報をまとめてみると、早馬でも辿《たど》り着《つ》かないような距離を一晩で移動したことになってしまったりで情報も錯綜《さくそう》しています。

王都でジーノ様を見失った隠密《おんみつ》三人からも直接お話をお聞きましたが、ふいと路地裏に入ったので追い掛けたらお姿は無く煙のように消えられたというのです。身を隠せるような場所は無く、移動されたとしても目視出来る範囲にいらっしゃらないとおかしい、という状況だったそうです。

東方には、忽然《こつぜん》と姿を消す技を使うニンジャーという集団がいるそうです。見失うのは考えられない状況で見失ったため、ジーノ様はニンジャーの隠遁術《いんとんじゅつ》をお使いになるのではないか、目撃証言の矛盾もニンジャーの隠遁術によるものはないか、と隠密の皆様は推測していました。

忽然と消える技は、ニンジャーでも上位に位置するハイクラスニンジャーでないと使えない難しい技だそうです。もしジーノ様がハイクラスニンジャーの技をお使いになるなら、相当な隠遁術の手練《てだれ》です。その場合、当家隠密衆でも追跡は困難とのことです。

報告をお聞きして気持ちが沈んでしまいます。

◆◆◆

「お初にお目に掛かります。リンチ準男爵家が当主、デイビーと申します。お会いで来て光栄です」

そうご挨拶《あいさつ》された女性は劇作家のデイビー・リンチ様です。

女性が貴族家の当主として爵位を得ることは通常ありません。ですが、芸術などで多大な功績を挙げられた方は女性でも叙爵されることがあります。極めて優秀な人材の国外流出を防止するための特例です。当主を名乗られたことからも分かるように、リンチ様もまた王国屈指の劇作家様です。

ちなみに、刺繍《ししゅう》科の先生方も爵位をお持ちです。

お母様がお考えになったジーノ様の名誉回復策は、演劇でした。卒業パーティでの婚約破棄によって、ジーノ様の名誉は大きく失墜されています。その婚約破棄を題材として劇を作り、婚約破棄はジーノ様の素晴らしいお人柄故のものだと、劇によって広めてしまおうというのです。

もちろん、素晴らしい劇の台本を作ったところでその劇が流行するとは限りません。ですから、この台本を使用して上演を行った劇団には当家から補助金をお出しします。無観客でも十分な収益が出るほどの補助金です。きっとたくさんの劇団で何度も上演されると思います。

かなりお金を使うことになりますが、その分だけお父様のお小遣いと財産が減らされます。

「ジーノリウス様を主役とするよりも、アナスタシア様を主役にした方が良いと思います」

実情をご理解頂こうと婚約破棄に至るまでのことをお話しすると、リンチ様はそう仰《おっしゃ》います。

「わたくしを劇にしても、つまらないと思いますの。人と違うところなんて呪いと在学研究生になったことくらいですわ。生活だって家と学園の往復で単調そのものですもの。劇にするほどでもない、ありきたりで平凡な人生だと思いますわ」

わたくしよりもずっと、ジーノ様の方が主役に相応《ふさわ》しいと思います。十歳のときに設立された商会は、今や国内大手商会の一角です。編入試験では前代未聞の満点を取られ、しかも他の問題を解く序《つい》でに数学の未解決問題まで解決してしまわれました。学園では様々なイベントを企画されることで注目と称賛を浴びられ、更に剣術大会では『王国五剣』に勝利までされたのです。

わたくしには、そんな輝かしい功績はありません。ジーノ様と比べることさえお恥ずかしい、退屈で見窄《みすぼ》らしい人生です。ジーノ様を主役とされた方が、ずっと面白い劇になると思います。

「数行でまとめてしまえば、誰《だれ》の人生だって平凡です。出世して役職者になっても女優と結婚しても、他の人より出世した、他の人より綺麗《きれい》な人と結婚した、という面白みの無い言葉で収まってしまいます。ですが、簡潔に言い表せば月並みだからといって、平凡で面白くない人生とは限らないのですよ」

リンチ様はそう仰います。

「でも、わたくしの人生なんて本当につまらないものですわ」

「そんなことはありません。誰の人生であっても、まとめられた数行の中に数多くの劇的なドラマがあるのです。自分では退屈に思えても、自分が思うほど退屈ではないのが人の人生です。自分の人生は平凡だ、自分の人生はつまらない、そう仰る方はそれにお気付きではないだけです」

さすがは王国屈指の劇作家様ですわね。仰ることがとってもプロっぽい感じですわ。

「すごいですわ。やっぱりここはプロの方に全てお任せしますわ」


「何じゃこれは！　こんなものが認められるか！」

『紫真珠』の名を持つ当家第二十応接室に、お父様のお怒りのお声が響きます。

劇の台本制作をお願いしてから一週間後、リンチ様は台本を完成させ当家にお持ち下さいました。

お父様がお顔を真っ赤《まか》にされてお怒りになったのは、その台本を読まれたからです。

実話を元にした劇なので、わたくしやお父様も微妙に名前を変えて登場します。そのお父様の役どころが、かなり三枚目だったのです。お父様も貴族ですから、名誉を重んじます。元が実話であることが大々的に公表される劇で三枚目の役柄なのは、とてもお苦しいことだと思います。

「あら。役柄はわたくしの意向でこうなったんですけど、何かご不満でもあるのかしら？」

「え⁉　き、君の意向だったのか⁉　てっきりリンチ卿《きょう》のアイディアかと……」

お母様のにっこりとした笑顔をご覧になって、お父様のお顔は真っ赤から真っ青へと変わります。

「劇のタイトルの『ゴブリン令嬢』はアナを侮辱する言葉よ。侮辱の言葉をタイトルに使うことにアナだって同意しているのに、あなたはどんなことにご不満をお持ちなのかしら？　ジーノさんの名誉回復のために、アナだって自分を犠牲にしているのに」

「い、いや、しかしだな。いくらなんでもこれは……当家の資金で制作した劇で、儂《わし》をここまで扱《こ》き下ろさなくても……」

しばらく抵抗されていたお父様ですが、結局ご承認下さいました。実話を基準にしているので今後の現実の流れ次第で修正も入りますが、当面はこの台本で劇が制作されます。

お父様は今すっかり元気、いえ生気を失っていらっしゃいます。呆然《ぼうぜん》とソファに座られるご様子は、立ち枯れた草花《くさばな》のようです。

「アナの一言、相当効いたみたいね」

いたずらが成功し過ぎて困ったことになってしまった子供のように、お母様は笑われます。役柄に抵抗されるお父様に、わたくしは申し上げてしまったのです。

『お父様は全く反省していらっしゃいませんのね。軽蔑《けいべつ》してしまいそうですわ』

その一言でお父様のお顔から表情が抜け落ちてしまい、それまでの抵抗が嘘のようにあっさりと承認されたのです。

ジーノ様の名誉回復をお父様が邪魔されているような気がして、頭に血が上ってしまいました。それで強く申し上げ過ぎてしまったのです。お父様には「軽蔑」という言葉を使うべきではありませんでした。後でスカーフに刺繍をして日頃の感謝とともにお父様にプレゼントして、フォローすることにします。

第七章　離れた二人のそれぞれ

◆◆◆ジーノリウス視点◆◆◆

「ねえ。カーク。悪いんだけど、今日の用心棒やってくれない？」

私の家の入口まで来た四十代の恰幅《かっぷく》の良い女性が言う。私が用心棒を勤める夜の店のママだ。

カークとはカークライルの愛称で、私のことだ。身を隠している最中なので、今はジーノリウスではなく偽名のカークライルを名乗っている。貴族女性が男性を愛称で呼ぶのは婚約者や恋人だけだが、平民は結構気軽に愛称呼びをする。夜の店の女性は、今では全員が私を愛称呼びする。

「今日の担当はブルースさんだろう？」

私の雇用主でしかも歳上《としうえ》だが、彼女には敬語を使わない。敬語を使わず気軽に話すよう、その雇用主である彼女から強く要請されたからだ。夜の店の女性は敬語を嫌う人が多い。

「ブルースさん、寝込んじゃったのよ。風邪引いちゃったみたいなの」

「分かった。私が担当しよう」

用心棒の仕事はずっと店にいなくても構わないが、居場所は店に教える必要がある。部屋に上がりたいというママの依頼を断り、居場所をブルースさんの家に指定して家を出る。

ブルースさんは六十前後の老人だ。足が悪く杖《つえ》を突《つ》いている。にもかかわらず腕が立ち、夜の店の用心棒をしている。おそらく逃遁隠密《とうとんおんみつ》なのだろう。もちろん詳しくは聞いていない。素性は詮索《せんさく》しないのが貧民街の礼儀だ。訳有りの人間なんて、ここには掃いて捨てるほどいる。私のカークライルが偽名なように、ブルースという名も偽名だろう。

ブルースさんの家のドアをノックすると老人が扉を開け、何の用で来たのかと文句を言う。不愉快そうな顔をする老人の横をすり抜け、買ってきた食材で料理を始める。

「誰がそんなこと頼んだ！」

「誰にも頼まれていません。私が勝手にやっているだけです」

独居老人だった頃《ころ》、熱を出すと大変だった。その苦労を知っているから、彼を放って置けなかった。この国には水道が無く、生活用水は水場から自分で汲《く》んで来る必要がある。冷蔵魔道具を買えるのは貴族並に裕福な者だけなので、庶民は食材の買い置きもあまり出来ない。この時代の独居老人は前世よりも遥《はる》かに大変で、熱を出したなら尚更だ。

「何考えてやがる。人の家に勝手に上がり込んで料理始める馬鹿がどこにいる」

文句を言いつつも、ブルースさんはポリッジを食べてくれる。

ポリッジとは石臼《いしうす》で引いた雑穀の粥《かゆ》だ。殻を剥《む》いた雑穀を煮るオカーユは貴族の料理だが、殻ごと石臼で引いた雑穀を煮るポリッジは庶民の料理だ。

ここは家賃が安い代わりに水場まで遠い集合住宅だ。ブルースさんは足が悪く、熱が無くても水汲みは大変だ。ブルースさんが食べている間に水瓶いっぱいまで水を補充する。薪《まき》も残り少ないので補充しておく。薪の補充もまた、足の悪い老人には重労働だ。

そうやって世話をしていたら、熱が引く頃にはブルースさんと仲良くなった。ときどき酒とつまみを持ってブルースさんの家に行くようになったのは、それからだ。独居老人の辛《つら》さを知る私は、孤独な彼を一人にはしておけなかった。

「こんな金も無いジジイと仲良くしたって、良いことなんて無いだろうが」などと苦笑いで文句を言いつつも、ブルースさんは酒に付き合ってくれる。


茸《きのこ》の塩漬けと雑穀酒を持ってブルースさんの家に遊びに行き、いつものように二人で酒を飲む。

話題は勤務先の女性たちの話になる。

「しかし坊主。お前、店の女から大人気だな。全員がお前に夢中じゃねえかよ」

「あれは営業トークでしょう。こんなつまらない男を持ち上げすぎですよ。不自然です」

ブルースさんは不思議なものでも見るような目でじっと私を見る。

「店の誰かと付き合うつもりは無いのか？　まだ若いんだから、恋人でも作ったらどうだ？」

「恋人を作るつもりはありませんね。百歩譲って作るにしても、店の女性は難しいでしょうね」

「夜の女は駄目か？」

「この仕事を始めるまでは水商売の女性に恐怖を感じていました。でも今は平気です。得体の知れない存在ではなく普通の人間だと、仕事で関わるうちに理解出来ましたから。難しいと思ったのは、彼女たちが皆、男性から人気があるからですよ」

「そりゃまあ、男を落とすのが仕事だからな。それが出来る奴《やつ》だけが仕事を続けられるんだ。男好きするのが多くて当たり前だ。それの何が駄目なんだ？」

「あれだけ周りの男性から言い寄られているのです。仮に付き合ったとしても、私のような魅力の無い男ではすぐに捨てられるでしょう」

　またブルースさんは私をじっと見る。

「……その顔、本気で言ってんだよな？」

「ええ」

「坊主……お前、自分に自信が無さ過ぎだぞ」

　呆《あき》れ顔《がお》のブルースさんはそこから説教モードに入ってしまう。酒の席で自分と考えの違う若者を見付けたら説教をしたくなるのが年寄りだ。気持ちは理解出来るので、それに付き合う。

「例えばだな、どう見ても自分より上だと思う男が自分の恋人に言い寄って来たとして、坊主。お前はどうする？」

　アナを想《おも》い出してしまう。第一王子殿下と王太子殿下、私ではとても太刀《たち》打ちも出来ないような身分の人たちだった。

「……二人が幸せになるような形で身を引くと思います」

「戦いもせずにか？」

「ええ」

　ブルースさんは驚く。

　継続的な努力の大切さについて説教をしているときの質問だった。おそらくブルースさんは、負けん気を見せる回答を私から引き出したかったのだろう。その答えを受けて、そういう事態にならないように普段から自身の向上に努めるべきだと、自信を持つには日頃《ひごろ》の努力が大事だと、そういう説教がしたかったはずだ。

それは分かったのだが、予定調和の回答は出来なかった。脳裏に浮かんだアナとの想い出が、それをさせてくれなかった。

「……お前、俺の予想を上回るぐらいおかしいぞ。その自信の無さは異常だ」

自信が無いのではない。自分を正しく評価しているだけだ。

「そもそもの問題としてだな。勝てはしない相手でも惚《ほ》れた女のために闘うなんて、男なら当たり前のことなんだよ。お前はもう、その点からしておかしいんだよ」

惚れた女のために男は身を捨てて戦うべきだ。それでこそ男だ——前世の日本でも、大昔はそんな価値観だったと思う。この国は文明だけではなく価値観もまた日本より遅れている。日本人から見たら前時代的な価値観の彼らからすれば、戦わなかった私は理解し難い存在なのだろう。

「しかし、相手のことを思うなら二人の将来の道を整えて身を引くのが一番では？」

「大事なのはな、将来だけじゃないんだよ。過去の想い出も、将来と同じぐらい大事なんだ。恋人が負ける喧嘩《けんか》をしてくれたことも、女からしてみれば良い想い出になるんだよ。好きな女の想い出を守ってやるってのも大事なことだぞ。男にはな、やせ我慢してでも格好付けなきゃならない場面があるんだよ」

想い出、か。考えたことが無かった……。

「ですが、元恋人が誰《だれ》と恋仲になったとしても、その恋人が私以下ということはないと思います。新しい恋人と比べてみればすぐに私が問題だらけだと気付きますから、良い想い出になどなりようがないのではありませんか？」

私だって、許されるならアナの大切な想い出になりたい。だがそれは、男として底辺の私には到底実現し得ない夢だ。アナはすぐにどちらかの王子殿下と婚約する。婚約すればすぐに気付くだろう。私がどれだけ駄目な男だったのかを。付け焼き刃で良い想い出になろうとしてもメッキはすぐに剥《は》がれる。それなら、アナが心機一転出来るように酷い男と思われた方が良いと思う。

「だからお前、その辺の考えが根本的におかしいんだよ。何でそんなに自信が無いんだ？」

おかしいのだろうか。これまでの経験に基づいて自分を正しく評価出来ていると思うが。

「それとな。惚れた女は自分の手で幸せにしてやるもんなんだよ。そのために男は足掻《あが》かなきゃならないんだ。足掻かずに別の男に幸せにして貰《もら》おうって、その根性がいかん」

足掻けばなんとかなったのだろうか。どう足掻けば、アナを手放さずに済んだのだろう……見当が付かない。

エリックさんは、姉上を想って足掻いていた。言っては何だが、到底勝ち目の無い戦いだった。それでも彼は足掻いて、最後は勝利を手にしていた。あれこそ、男としてあるべき姿なのだろう。

「過去に何があったか知らんが、大事なのは未来だ。次は絶対に他の男に譲るなよ？　それが男ってもんだ」

それが男、か……アナを手放してしまった私は、やはり男としては全く駄目なのだろう。他の人に託さなければアナを幸せに出来なかった情けない男だ。自信なんて持てるわけがない。エリックさんのような人に、私もなりたかった。

私の不甲斐無《ふがいな》さにブルースさんも呆れ、自信を付けるために武術を教えて貰うことになった。

「まあ。自信を付けることだけが目的じゃねえけどな。前から気になってたんだよ。お前の戦い方は、そのバカ高い基礎性能頼りで技の方はさっぱりなんだよ。宝の持ち腐れだ」

それは仕方無い。元々私は武門貴族ではない。アドルニー家にいた頃は剣術など嗜《たしな》み程度にしかしていなかった。本格的に鍛錬を始めたのは、アナの誘拐騒動があってからだ。

「それからお前、この国の貴族出身だろ？」

ぎくりとしてしまう。何故《なぜ》分かったのだ……調べたのだろうか……。

「安心しろ。誰かに言うつもりは無い」

ブルースさんは笑うが不安は加速する。まさかブルースさんは、家門と関係が切れた逃遁隠密ではなく未《いま》だに家門と繋《つな》がる潜伏任務中の隠密なのか？　そこからの情報か？

「言っとくけど、俺が調べたんじゃねえぞ。お前が俺に教えたんだ」

「私が教えたのですか？」

「色々あるけど、決定的なのは荒事のときのお前の歩法だな。この国の貴族の正統剣術の足運びを、誤魔化《ごまか》しもせずにそのまま使ってやがる。それじゃ自己紹介してるようなもんだぞ」

そんなことで分かるのか。確かに、学園で鍛錬した足運びを無意識にしてしまっていた。

「心配すんな。俺が教えてやるよ。出自が分からないような戦い方をな」

ブルースさんは機嫌良さそうに笑う。なるほどな。武術を教えてくれる本当の理由は、出自が分からない戦い方を教えてくれるためか。彼なりの厚意なのだろう。有り難い。

◆◆◆アナスタシア視点◆◆◆

学園を卒業し成人したので、いよいよ社交界デビューです。ジーノ様が未だお捜し出来てないので、エスコートはお父様にお願いしました。

わたくしの社交界デビューをエスコートされるのが夢だったらしく、お父様はとても上機嫌でした。ですが、誰のせいでこうなったのかとお母様からお叱《しか》りを受け、しゅんとしていらっしゃいました。

デビューということで、簡素な形式の夜会をお母様はお選び下さいました。細かいマナーが無い夜会なので多少失敗しても大丈夫です。簡素な形式なのでご紹介頂いてから入場するのではなく、着いた人たちからめいめいに入場する形式です。

社交界デビューに際しては、母親から花冠を贈られ、それで頭を飾るのが伝統です。この花冠の儀を行う家を上級貴族家と言います。わたくしが花冠を頭に載せてお父様にエスコートされて入場すると、会場は響《どよ》めきます。

宰相であり、筆頭公爵家の当主であるお父様のお顔は皆様ご存知《ぞんじ》なのでしょう。ですが、お父様がエスコートされる『花冠の乙女』には、思い当たる人物がいなかったのだと思います。

それでも髪色や瞳《ひとみ》の色、わたくしの年齢などから『花冠の乙女』がわたくしであると見当を付けられる方もいらっしゃったようです。そういう方は、目を皿のように大きく開けられわたくしをご覧になっています。

お父様と初舞踏をご一緒してから、お父様がお喋《しゃべ》りにお付き合い下さいます。ですが、お父様はお仕事のお話をしなくてはなりません。しばらくすると男性の集まりの場へと行かれてしまいました。

一人取り残されるわたくしは、いつもなら壁の花となります。ですがその日は、多くの男性が私の許《もと》へお集まりになりました。皆様はわたくしをダンスにお誘い下さり、中にはデートのお誘いまでされる方もいらっしゃいました。

過去にわたくしと縁談があった方もお声掛け下さいました。わたくしの容姿をお褒めになり、熱心にお茶会や観劇にお誘い下さいます。

『ブスが喋るな』

『それ以上近付くな。気持ち悪い』

縁談のときに頂いた厳しいお言葉が思い起こされ、熱心にお誘い頂いてもその手のひら返しを飲み込むことが出来ません。猫撫《ねこな》で声《ごえ》でのお誘いを気持ち悪く感じてしまいます。

デートにお誘い下さった方々には、婚約済みの方もたくさんいらっしゃいます。婚約破棄される苦しみを知るわたくしとしては、婚約者を蔑《ないがし》ろにした笑顔は不快でしかありませんでした。

呪《のろ》いが解ける前、挨拶《あいさつ》以外でわたくしにお声掛け下さる男性はいらっしゃいませんでした。パーティでは息を潜めるように壁際に立ち、男性に囲まれるお美しいご令嬢の華やかな笑顔を一人遠くから眺めていました。

あの頃のわたくしは、男性に囲まれて楽しそうにお笑いになるご令嬢を羨《うらや》ましく思っていました。ですが実際に自分が似たような状況に置かれると、煩わしいというのが本音です。

たくさんの男性とお話しして思ったのは、どなたも自慢話が多く子供っぽいということです。

ジーノ様なんて、当家の隠密衆からも逃げ遂《おお》せる程の逃走術をお持ちなのに、一言もわたくしにご自慢になって下さいません。国内随一と謳《うた》われる当家の隠密衆が絶賛するくらい高度な技術をお持ちでしたら、わたくしにもお教え頂きたかったです。

頼りないわたくしですので、お悩みをお話し下さらないのは仕方ありません。でもご自慢くらいは、して下さっても良いと思いますの。お教え頂けないのは寂しいです。

自慢話以外にも、同年代の男性の皆様は物の見方や考え方が感情的、独善的、狭窄《きようさく》的で、やはり子供っぽいという印象です。ときにお父様よりもお歳《とし》を召した方だと錯覚するほど深い包容力をお持ちのジーノ様は、やっぱり特別な方です。多くの男性とお話をするほど、ジーノ様への想いが募ります。

帰ったら刺繍《ししゆう》を創ることにします。ジーノ様にお贈りするための刺繍です。もちろんまだお捜し出来ていませんから、ジーノ様にはお渡し出来ません。それでもジーノ様のための刺繍を創れば、少しは寂しさも紛れるような気がします。

手の込んだものを創りますわ。少しでも長く、ジーノ様との繋がりを感じていられるように。いっぱい創りますわ。お逢《あ》いしたとき、お贈りする刺繍に困らないように。

◆◆◆

わたくしが瘤《こぶ》だらけだった頃、男性の皆様はわたくしに冷淡な態度を取られていました。それが今は、好意を全面に押し出されたような態度に変わられています。それで考え込んでしまいました。ジーノ様はどうでしょうか。呪いに掛かったわたくしをジーノ様は可愛《かわい》いと仰《おつしや》って下さり、お優しくして下さいました。容姿が変わり、多くの男性がわたくしへの態度を変えられたのです。ジーノ様も、わたくしへの態度を変えられるのではないでしょうか。ジーノ様だって男性なのです。

以前の容姿でしたら、ジーノ様が可愛いとお褒め下さったのですから大丈夫です。でも、今の容姿はどうでしょうか……今のわたくしを目にされて、もしジーノ様が落胆されたら……。

学園卒業前の約一ヶ月間、ジーノ様はわたくしに視線を向けて下さいませんでした。わたくしへのご興味を失《な》くされ、冷たく無関心になってしまわれたジーノ様は、ああなってしまわれるのでしょうか……。

想像すると、恐怖で手が震えてしまいます。

そうですわ！　容姿を変える医術があったはずですわ！　主治医のスザンナ先生にご相談しましょう！


「スザンナ先生。お伺いしたいことがありますの」

『孔雀《くじゃく》』の別名を持つ第六十一応接室で、主治医のスザンナ・ウェルカー先生にそう切り出します。

先生は、わたくしのお呼び出しに応じてお越し下さったのです。

「ええ。何でもお聞き下さい。私で分かることでしたら、全《すべ》てお答えしますよ」

「わたくし、呪いが解けて瘤が消えましたの」

「ええ。おめでとうございます。お綺麗になりましたね」

「それでご相談なのですが……瘤をもう一度作ることは出来ますの？」

「……あの……今なんと？」

「わたくし、瘤をもう一度作って元のお顔に戻したいと思っておりますの。先生の医術でそれは可能でしょうか？」

「…………」

スザンナ先生は目を丸くされ、お口を開けられたまま何も仰いません。横を見れば、ブリジットもまた目を皿のようにしてわたくしを見ています。

「スザンナ先生？」

「え？　……あ……ええ。似たような瘤を作ることは可能ですよ。瘤を取ることは難しいのですが、作るのは簡単です。皮膚の下に針で液体を入れるだけですから」

「まあ。出来るのですね？　それでは、肌の一部を元の緑色に戻すことは出来ますの？」

「…………」

「あの、先生？」

「……え、ええ。出来ますよ。入れ墨を入れるだけで良いのですから」

「まあ、素晴らしいですわ。では、早速お願いしたいですわ」

「お、お、お、お待ち下さいお嬢様！」

慌てたお顔でブリジットが言います。

「あら。何かしら？」

「そのようなことは一度、旦那様《だんな》と奥様に相談された方が良いと思います。そうですよね？　スザンナ先生？」

「え、ええ。施術には旦那様と奥様の許可があった方が良いですね」

「まあ。それでは早速、お父様とお母様にご許可を頂いてまいりますわ」

そうですわね。お母様は、わたくしを綺麗《きれい》にお産みになれなかったことを後悔していらっしゃったんですもの。今度はわたくしの意思で容姿を変えるのですから、お母様が気にされる必要なんてありません。それをはっきりさせておかなくてはなりませんわ。


「それで、わたくしのところに来たわけね」

そう仰ってお母様は深いため息を吐《つ》かれます。

「ねえアナ。医術で容姿を変えることはいつでも出来るわ。だから、どちらがいいかはジーノさんに選んでもらう、というのはどうかしら？」

「さすがお母様ですわ。そうですわね。ジーノ様のために容姿を変えるんですもの。ジーノ様にお選び頂くのが最良ですわね」

わたくしの笑顔をご覧になったお母様は、また深いため息を吐かれます。

それにしても、あれほど嫌っていた緑のお肌と瘤のお顔に戻りたく思うなんて、人生分かりませんわね。ですが、今のわたくしにとって最も重要なのはジーノ様との復縁です。

パーティで男性に囲まれるという憧《あこが》れだったことも経験しました。それが思ったほど楽しいものでなく、むしろ煩わしいものだと知ることも出来ました。もう元のわたくしに戻っても構いません。

◆◆◆

王家から夜会の招待状が届きました。参加者を未婚者に限った夜会です。

「断っても構わないわ。今は大変な時期ですもの」

お母様はそう仰います。ですが招待状の送り主は王家です。欠席は政治的に損失です。断っても構わないとお母様が仰る意味は、断ることによって生じる諸問題について、お母様が対処されるということです。

わたくしはもう、成人した淑女です。いつまでもお父様とお母様に頼るだけでは駄目です。そんな女性、ジーノ様に相応《ふさわ》しくありません。一人の成人女性として、自分のことは自分で対処出来なくてはなりません。

「アナが成長しようと頑張っているなら、もちろん応援するわ。でも注意なさい。王太子殿下も第一王子殿下もあなたを狙《ねら》っているわ」

王位継承権争いは激しさを増し、当家もその渦中に巻き込まれています。両殿下ともわたくしとの婚約をお望みなのです。今回の夜会は第一王子殿下ご主催です。きっと何か仕掛けて来られるでしょう。

未婚者だけの夜会にしたのは、お父様とお母様を排除するためだと思います。宰相のお父様や『女帝陛下』の異名をお持ちのお母様がいらっしゃっては成功しないようなことを、されるおつもりなんだと思います。

ですがわたくしは、その思惑に乗るつもりはありません。もう一度ジーノ様と婚約するために、思惑を躱《かわ》し切ってみせます。わたくし、頑張りますわ！

「いやあ、以前にも増してお美しくなられた」

「輝くようなお美しさです。前回お会いしたときよりも数段お美しい」

「お褒め頂き光栄ですわ」

「ああ。女神のような美しさだ。あなたに歌を捧《ささ》げる栄誉を、この私にお許し頂きたい」

「せっかくのお申し出ですがご遠慮させて頂きますわ。身に余る光栄ですもの」

パーティ会場に入ると、男性の皆様がわたくしを囲まれます。口々にお褒め下さいますので、わたくしは社交辞令の定型句で事務的に処理します。

最近は、お洒落《しゃれ》やエステを頑張っています。すぐには容姿を元に戻さないことにしましたので、次にジーノ様とお逢《あ》いするときはこの容姿です。ジーノ様がこの容姿をお気に召して下さるかは分かりません。それでも、最高の状態でお逢いしたいのです。頑張っているのは、いつジーノ様とお逢いしても大丈夫なようにです。

皆様からお褒め頂いて戸惑ってしまいます。呪いに掛かっていた頃《ころ》、少しでもご不快な思いをさせないようにと、わたくしは相当頑張りました。それでも、大した成果はありませんでした。ですが今は、少し頑張っただけで評価が格段に上がってしまいます。

ジーノ様から「可愛い」とお褒め頂けたときは、恥ずかしくなってしまったり飛び跳ねたくなるほど嬉《うれ》しくなってしまったりで、心が落ち着かなくて本当に大変でした。ですが今は、皆様のお褒めのお言葉の中でも気分が全然上向きません。それどころか、ジーノ様を想《おも》い出して悲しい気分になってしまいます。

またジーノ様から「可愛い」とお褒め頂きたいです。「可愛い」と仰るジーノ様の低いお声をお聞きしたいです。ジーノ様は今、何をされているのでしょうか……。

少し疲れてしまったので男性の輪から抜けると、リラード様がお声掛け下さいます。

「大変でしたわね。心中お察ししますわ。あちこちで評判の方でしたから素敵な方なのかと思っていましたけど、最低の男性でしたわね。セブンズワース様には何も責任はありませんから、どうぞお気を落とされませんように」

「お心遣いのお言葉、ありがとう存じます」

大変とは、卒業パーティでの婚約破棄のことです。「最低の男性」というお言葉にカチンと来ますが、お顔には出ないよう最大限の注意を払います。リラード様は婚約破棄の実情をご存知《ぞんじ》ではなく、ジーノ様の浮気が原因だとお思いなのです。

ジーノ様の有能さは多くの家がご存知です。ですが現在、ジーノ様を取り込まれようとされる家門は、存在しません。皆様は、当家がまだジーノ様に激怒していると勘違いされています。ですので、ジーノ様が貴族に復帰されることはあり得ず、今ジーノ様を家門に取り込んでしまわれたら当家による報復の巻き添えになるとお考えなのです。

皆様が勘違いされているのは、婚約破棄の実情や解呪薬の作製者を当家が秘密にしているからです。現段階では、実情は決して知られてはなりません。ジーノ様が復帰されれば不利益になるとお考えの家門にとって、護衛の騎士もいない今がジーノ様暗殺の好機なのです。ジーノ様の取り込みをお望みの家門にとっても、ジーノ様がどの家にも所属されていない今が最大のチャンスです。知られてしまえば、多くの家が様々な思惑でジーノ様の捜索を始められてしまいます。

「性根の腐った男性との婚約は解消して正解ですわ。わたくしも婚約破棄されてせいせいしましたもの」

「性根の腐った男性」というお言葉にまたムカッと来てしまいますが、表情に出さないよう注意します。リラード様もまた、数年前に王太子殿下から卒業パーティで婚約破棄を言い渡されていらっしゃいます。リラード様からしたら、王太子殿下は性根の腐った最低の男性なのでしょう。

「わたくしは、今もあの方をお慕いしていますわ。わたくしにとって唯一無二の、最高の方ですの」

実情はお話し出来ないので、こんな形での反論しか出来ません。悔しいです。ジーノ様はとっても、とっても素敵な方なのに！

そんなわたくしに、リラード様は憐《あわ》れみの目を向けられます。

「やあ。楽しんでいるかい？」

そうお声を掛けて来られたのは第一王子殿下です。

「第一王子殿下に、セブンズワース家が長女アナスタシアがご挨拶《あいさつ》申し上げます」

「第一王子殿下とは、他人行儀だな。私のことはクリスと呼んで貰《もら》えないか？」

何を仰《おつしや》っているのでしょう。クリスとは殿下の御名であるクリストファーの愛称です。貴族女性が異性を愛称でお呼びするのは婚約者や恋人、家族だけです。第一王子殿下はわたくしの従兄弟ではありますが、パーティなどの場で社交辞令程度のお話しかしていません。愛称で呼び合うほど親戚としてのお付き合いはありません。

「恐れ多いことと存じます」

当然お断りします。すると殿下は、果実酒をお勧め下さいます。

「申し訳ありません。あいにくまだグラスのお飲み物が飲み切れていませんの。よろしければ殿下がお召し上がり下さいませんか？」

男性からお飲み物をお勧め頂いたとき、女性は手にグラスがある場合はそれをお断りし、お勧め下さった男性にお飲みするようお願いすることが出来ます。今はグラスを手に持っているので、殿下ご自身にお飲み頂くようお願いします。

殿下の笑顔に焦りの色が混じったのが分かります。

女性からお願いされたら一口は飲むのがマナーです。すぐにお飲みになるのかと思ったら、一口もお飲みにはならずお話を続けられます。しばらくして、一切口を付けられないままお飲み物を使用人に下げ渡してしまわれました。

マナーを無視されても飲まれないなんて……どうやらお飲み物に何かを仕込んでいらっしゃったようです……。

男性がお勧め下さったお飲み物には十分注意するように、と淑女教育で習いました。今日は常にグラスを手放さないように、とお母様からもご指導頂きました。まさかそれらの知識が役に立つとは思いませんでした。

怖いですわ……ジーノ様から頂いた解毒の遺物《アーティファクト》の魔道具がありますけど、それでも怖いです。

「お集まりの諸君。今日は参加してくれてありがとう。せっかく未婚者が集まったパーティだ。ここで『花鳥の舞踏』を実施したいと思う」

すっかり怖くなってしまい、隅の方で目立たないようにしていると第一王子殿下が会場中央でお声を上げられます。

ここまでされるのですね……。

貴族の多くは政略で結婚が決まりますが、少ないながらもご自身でお相手を探される方もいらっしゃいます。『花鳥の舞踏』は、主にそういった方を対象とした夜会などで行われるものです。

絵画や刺繍《ししゅう》などでは花と鳥が一緒に描かれることが多いことが呼び名の由来です。普通は壁の花になって踊らないことも許されますが『花鳥の舞踏』のときは必ず一度は踊らなくてはなりません。そして、花が咲く枝に止まる鳥は出会いの象徴です。踊ったお相手とは、その後一度は必ずお会いしなくてはならないのです。

会場の皆様も戸惑っていらっしゃいます。『花鳥の舞踏』が行われるときは、招待状にその旨が明記されます。突然『花鳥の舞踏』の実施を宣言されるなんてマナー違反も甚だしいことです。

第一王子殿下はそんな会場のご様子を気にも掛けられず、楽団に演奏を命じられます。ここまで強引に『花鳥の舞踏』をされる狙《ねら》いは、踊ること自体ではなくその後お会いすることでしょう。わたくしと踊ってその後二人きりでお会いして、人を使ってそのときの仲睦《なかむつ》まじさを喧伝《けんでん》され、外堀を埋められるおつもりなんだと思います。

壁際に立って踊られる皆様を拝見していると、ジャーネイル様がこちらをお睨《にら》みになっていることに気付きます。グリマルディ侯爵家のご令嬢です。ジャーネイル様の許《もと》に向かいます。

あの方に謝罪しなくてはなりません。ジャーネイル様は第一王子殿下の婚約者です。本来なら卒業後すぐに結婚準備に入られるご予定だったのですが、それも見通しが立たなくなってしまいました。第一王子殿下がわたくしとの結婚をお望みになったからです。きっと、わたくしにご不満をお持ちだと思います。

「アナスタシア様がお悪いわけじゃないことは理解していますわあ。でもお、アナスタシア様を拝見しているとお、どうしてもイライラしてしまいますのお」

わたくしが謝罪すると、ジャーネイル様はそう仰います。

「そうですわよね。お気持ち、理解出来ますわ。一言謝罪をしたかっただけですから、すぐに立ち去りますわ」

立ち去ろうと思いましたが、ジャーネイル様が愚痴を零《こぼ》され始めたのでお話をお聞きします。相当溜《た》め込んでいらっしゃるご様子です。

ジャーネイル様もわたくしも、初等科からずっと特級クラスです。エカテリーナ様のようにお友達としてお付き合いしているわけではありませんが、それでも六歳の頃からずっとクラスメイトでした。お悩みもお話しし易いのだと思います。

「わたくしい、今まで家の方針にずっと従って来ましたわあ。それが貴族令嬢の幸せの道だってえ、皆様が仰っていましたわあ。それなのにい、結婚も出来ずに愛妾《あいしょう》なんてえ、あんまりですわあ」

「愛妾ですって⁉」

「そうですわあ」

ジャーネイル様とご結婚されたら、第一王子殿下は後継者としてグリマルディ家に入られます。ですが、グリマルディ家に臣籍降下して王族籍を失えば王位継承権争いから脱落してしまいます。そのため第一王子殿下が結婚を先延ばしにされている、ということは存じていました。ですが、愛妾のご提案をされているなんて存じませんでした。

そんな酷《ひど》いお話はお断りしてしまえば良いと思いますが、グリマルディ家は迷っていらっしゃるとのことです。上級貴族の大半は、成人前に婚約してしまいます。ジャーネイル様と年齢の釣り合う方で次のお相手をお探しするとなると「横取り」をされない限り見付かる可能性は低いです。結婚出来ないくらいならまだ国王陛下の愛妾の方が良いのかもしれない、とグリマルディ家はお考えのようです。

赦《ゆる》せません！　貴族は名誉を重んじます。貴族女性がそこまで軽んじられてしまっては、毒杯を呷《あお》られてもおかしくはありません。

涙を零されるジャーネイル様にくれぐれも早まったことをされないようにお願いし、当家も問題解決に助力するようお父様にお願いすることをお約束します。

ジャーネイル様のお話をお聞きしているうちに十一曲目が終わろうとしています。『花鳥の舞踏』では十二曲の間に最低一度は踊るのがルールです。残り一曲、わたくしは必ず踊らなくてはなりません。

第一王子殿下は、ずっとこちらにはいらっしゃいませんでした。ジャーネイル様とご一緒していたのでお声掛けし難かったのだと思います。ですが最後の一曲を前にして、いよいよこちらにいらっしゃいます。勝ち誇るように笑っていらっしゃいます。

「アナ。私と踊ってくれないか？」

愛称でお呼びになるなんて！　しかもジャーネイル様の前で！　そうお呼びして頂きたい男性は、ジーノ様だけですわ！

「第一王子殿下。恐縮ですが、わたくしを愛称でお呼びしないようお願い申し上げます。それから、恐れ多いことですのでダンスのお誘いはご遠慮申し上げますわ」

笑顔でそう申し上げ、第一王子殿下の横をすり抜けて舞踏の場に向かいます。わたくしが舞踏の場に立つとすぐに十二曲目が始まります。

意を決して、わたくしは一人で踊り始めます。

ダンスはペアで踊るものです。お一人で踊られる方なんて、いらっしゃいません。ですが、一人で踊ってはならないというルールもありません。十二曲の間に踊っていますから『花鳥の舞踏』のルールにも違反していません。

皆様の驚愕《きょうがく》の視線が、わたくしに集まるのを感じます。たくさんの方のひそひそ話が大きなざわめきとなって聞こえます。誰《だれ》もなさらないようなことをしているのですから、注目を集めて当然です。とっても、とっても恥ずかしいです。多分お顔は真《ま》っ赤《か》だと思います。

ですが、わたくしはジーノ様と結ばれたいのです。恥ずかしくても、やり遂げてみせます！　わたくし、頑張りますわ！

曲が終わってちらりと第一王子殿下を拝見すると、呆然《ぼうぜん》としていらっしゃいます。一人で踊るのは、さすがに予想外だったようです。

では、次はこちらの番ですわね……第一王子殿下、お覚悟なさいませ。

「皆様。『花鳥の舞踏』の十二曲がこれで終わりました。ですが、まだ踊られていない方がいらっしゃいます。楽団の皆様、十三曲目をお願いいたします」

会場中に響くほど大きなお声で、わたくしはそう申し上げます。

これも『花鳥の舞踏』のルールです。『花鳥の舞踏』では一番しか演奏しないので十二曲なんてあっという間です。恥ずかしくてお声掛け出来なかった方などは、追加の十三曲目で踊ることを強制されます。男女の人数が合わない場合はときに同性同士で踊られることもあり、お一人余ってしまわれる場合は主催者がその方のお相手をします。

今回、踊っていらっしゃらないのはジャーネイル様だけです。『花鳥の舞踏』では男女どちらからダンスにお誘いしても良いのですが、ジャーネイル様は男性をお誘い出来るような方ではありません。そしてジャーネイル様は、公的には第一王子殿下の婚約者です。その後デートしなくてはならない『花鳥の舞踏』で王族の婚約者をお誘いする勇気をお持ちの方は、当然いらっしゃいません。

一人余ってしまわれたジャーネイル様のダンスのお相手は、主催者の第一王子殿下です。

殿下は踊られてない方がいらっしゃるのを有耶無耶《うやむや》にされて、十二曲で終わらせるおつもりだったのでしょう。そうはさせません。

主催者でもないわたくしが十三曲目の演奏をお願いするのは礼に反しています。ですが、招待状に記載も無いのに『花鳥の舞踏』を行うのも礼に反しています。おあいこです。

お二人が踊られるご様子を拝見しながら、わたくしは遣る瀬《やせ》なくなってしまいます。十三曲目を追加する策は、ジャーネイル様も望まれたことなのです。あんな酷い扱いを受けられても、ジャーネイル様はまだ第一王子殿下とのダンスをお望みだったのです。

あの男性のどこが良いのでしょうか。あ、お顔はお美しいですわね。それだけです。わたくしの目には、とても酷い男性に映ってしまいます。

ダンスを終えられた第一王子殿下は、わたくしをお睨みになっています。王家主催の夜会でありながらマナーを無視して主催者でもない私が十三曲目をお願いしたことは、セブンズワースの権勢を誇示することになってしまっています。同時に、強烈なメッセージにもなっています。

――セブンズワース家は、第一王子殿下とジャーネイル様の婚姻を望んでいる――

当家の権威を添えてそう参加者にお伝えしたのだと、会場の皆様は受け取られたと思います。

これで、第一王子殿下は継承権争いで大きく後退されました。もし王太子殿下が廃太子になられたとしても、すぐに第一王子殿下が立太子されることは無いでしょう。


「十三曲目の追加は見事な策だな。叔母《おば》上のような『女帝陛下』ぶりだったぞ」

『花鳥の舞踏』が終わりまた歓談の時間になると、笑顔の王太子殿下がそうお声掛け下さいます。

叔母上とはお母様のことです。お母様は陛下の妹なので、殿下の叔母に当たります。

実際、お母様の策です。わたくし一人ではまだ心配だからと、お母様はたくさんのアドバイスを下さいました。招待状には無い『花鳥の舞踏』を実施されるのも、十三曲目を演奏しないのも、お母様は全《すべ》て読み切っていらっしゃいました。その上で対処法を何種類もお教え下さったのです。

わたくしはまだまだです。まさか第一王子殿下もそこまでなさらないでしょう、というわたくしの予測は外れてばかりで、結局全部お母様の仰った通りになりました。

わたくしが自分で考えた策は、一人で踊ったことくらいです。お母様は政治的に安全などなたかをダンスにお誘いするようご助言下さいました。でも『花鳥の舞踏』でダンスをご一緒したら、その後お会いしなくてはならなくなります。わたくしは、ジーノ様以外の方とのデートなんてしたくなかったのです。

わたくしは、もっと頑張らなくてはなりません。お母様のご助言に頼り切りで一人では何も出来ない成人女性なんて、ジーノ様に相応《ふさわ》しくありません。

「十二曲目の独り舞踊にも感動した。私にも愛する人がいるからな。アナスタシア嬢の気持ちはよく分かる。君の立場だったら、私も同じことをしていただろう」

「……今もまだ、そこまでマリオット様を想《おも》っていらっしゃるのですね」

陛下は王太子殿下と男爵令嬢のマリオット様との婚約をお認めにはなりませんでした。ですが殿下はまだ諦《あきら》めてはいらっしゃいません。今日のパーティでもずっと、マリオット様に付き添っていらっしゃいました。

「ああ。周囲から何と言われても諦められないからな。もし君と同じ立場になったら一人で踊るくらいはするさ……いや、それどころではないな。もし別れ話になったらきっと、みっともなくしがみ付くし、泣き喚《わめ》くし、土下座という平民の礼だってするな。君のときよりもずっと、見苦しい別れの場になるだろう」

苦笑いをされる殿下のお言葉は衝撃でした。とても王家の方のお言葉とは思えません。公の場で土下座をされた王族は、歴史を振り返ってもいらっしゃいません。

……この方はきっと、王族には向いていらっしゃらないのだと思います。ですが、お相手の女性を真摯《しんし》に愛されていることだけは分かります。

「独りで踊った君に敬意を表して、今日ここで側妃の話をするのは止《や》めておこう。だが、私は君を諦めるつもりは無い。彼女と結婚するためには、君を側妃にする必要がある。私たちの幸せのために、私は君を犠牲にするつもりだ」

「それはわたくしが決めることではありませんわ。父とご相談下さいませ」

お二人のために犠牲になるつもりはありません。わたくしはもう、自分の幸せを諦めません。その想《おも》いを言葉に込めつつ殿下に申し上げます。

「ああ。恨まれることは覚悟しているが、恨むのは私一人にしてくれ。彼女には手を出すな」

マリオット様の許へとお戻りになる途中、振り返られた王太子殿下はそう仰います。

ジーノ様が仰《おつしや》っていましたわね。王太子殿下は型破りな方ですが、ご本人はそれほどお悪い方ではないと。問題はマリオット様の仰ることを全て聞き入れてしまわれて、簡単に常識を飛び越えてしまわれることだと。ジーノ様の仰ることが何となく理解出来ました。

利害ではわたくしと対立していますが、そうされる殿下のお気持ちは十分に理解出来ます。


夜会から帰ったわたくしは、自室で考え込んでしまいました。色々と衝撃的なことがあった夜会でしたが、一番の衝撃は王太子殿下のお言葉です。

『もし別れ話になったらきっと、みっともなくしがみ付くし、泣き喚くし、土下座という平民の礼だってするな。君のときよりもずっと、見苦しい別れの場になるだろう』

ジーノ様が婚約を破棄されたとき、しがみ付くことも、泣き喚くことも、土下座することも、わたくしはしていません。王太子殿下はわたくしよりもずっと、必死に足掻《あが》かれるおつもりなのです。

幸せを諦めない——ジーノ様に頂いたお言葉を心の指針に、これまで頑張ってきたつもりでした。でも、頑張りが足りなかったように思います。王太子殿下の方がずっと、幸せを諦めないお覚悟をお持ちだったのです。

ケイト様が仰るには、ジーノ様が涙を零されたのは会場を出てすぐです。しがみ付き、泣き喚いてジーノ様が会場を出られるのをわたくしが遅らせていたなら、ジーノ様はわたくしの前で涙を零されたかもしれないのです。

あのとき、あれがジーノ様の狂言だと気付くことが出来ませんでした。ですがジーノ様が目の前で涙を零されたなら、わたくしにだって何かおかしいことは分かります。幸せを諦めない——これをもう少し頑張っていれば、婚約破棄を回避出来たかもしれないのです。

……もちろん、ジーノ様のお幸せが一番大事です。本当にジーノ様が別の女性とご結婚されたいのでしたら、それがジーノ様のお幸せに繋《つな》がるのだと分かったなら、わたくしは身を引きます。

でもあのときのわたくしは、それが本当にジーノ様のお幸せに繋がるのか、その確認さえ出来ませんでした。ケイト様がお子様を宿されたとお聞きして全てを諦めてしまい、考えることを放棄してしまったのです。

——幸せを諦めない——

これをもっと頑張らなくてはなりません。

恥や外聞を捨て、しがみ付き、泣き喚き、土下座出来るくらいに。

他の女性がジーノ様のお子様を宿されたとお聞きしても、絶望して諦めてしまわないくらいに。

どんな衝撃を受けても変わらず、ジーノ様のお幸せを考えられるくらいに。

◆◆◆

ジーノ様が姿を消されてからもう三ヶ月経《た》ちます。未《いま》だにジーノ様をお捜し出来ていません。

いかに優れた逃走術をお持ちだとしても、人間である以上生活しなくてはなりません。生活の痕《こん》跡《せき》はなかなか消せるものではなく、その痕跡からならハイクラスニンジャーでも見付けられると隠《おん》密《みつ》の皆様は言っていました。

特にジーノ様の場合はそうです。ジーノ様のこれまでのご収入と、アドルニー家とバルバリエ家に渡された賠償金の額から計算すると、ジーノ様はほぼ全財産を渡されたとのことです。謝罪のためにそこまでされるなんて、本当に誠実な方です。

ほぼ全財産を渡されたので、ジーノ様は資金をお持ちではありません。生活の糧を得なくてはなりません。ですが、貴族が平民に紛れて生活することは容易なことではありません。平民になった男性貴族の大半は、路上生活を送ることになるそうです。その点、ジーノ様は商会を経営された経歴をお持ちです。商人として生活されていることも考えられます。

そこで隠密衆の方々は、路上であぶれている方、最近商会に雇われた方や最近商会を起こされた方を対象として、他国にまで手を広げて捜索しています。

それなのに、未だにジーノ様らしき方の情報は得られていません。こういう場合、既に亡くなられているか、貴族家や他国に囚《とら》われている可能性が高いと教えられました。特に、ジーノ様は全財産を渡されました。最悪の覚悟をした上での行動だった可能性もあると……。

不安で胸がいっぱいになり泣いてしまいました。わたくしにはお祈りすることくらいしか出来ません。毎日教会にお伺いしてジーノ様のご無事をお祈りしています。

◆◆◆ジーノリウス視点◆◆◆

夜の店の用心棒のために自宅で待機していたとき、突然物凄《ものすご》い勢いでドアを叩《たた》く音がする。

「誰だ？」

「レーネよ！　お願い！　開けて！」

私が用心棒を勤める夜の店の女性だった。彼女は今日、非番のはずだ。何事かと思いつつ扉を開けると、転げるように彼女は私の部屋に飛び込む。

その姿を見て驚愕《きょうがく》する。貧民街にしては上等な彼女の貫頭衣は無残に引き裂かれていた。レーネは涙を流してガタガタと震えていた。何があったのかすぐに分かった。籠《かご》の中から私の上着を取り出して彼女の肩に掛ける。

「扉を閉めて！」

「しかし……」

私は一人暮らしだ。扉を閉めたら密室で男女が二人きりになってしまう。

「お願い！　あいつらに見付かるかもしれないの！」

暴漢に見付かることを恐れているのか。それなら仕方ない。私は扉を閉める。

貧民の一人暮らしなので、部屋にあるのはテーブル一つに椅子一つだ。それ以外に座れそうなものは藁《わら》を積み上げたベッドしかない。レーネを椅子に座らせて、私は立つことにする。ちょうどお湯を沸かしていたので、落ち着かせるために先《ま》ずは白湯《さゆ》を渡す。

「変わってるね。お湯飲むんだ」

ちびちびと白湯を飲んでいたレーネが言う。しばらくの無言の時間で少しは落ち着いたようだ。

貴族の暮らしが長かったのでお茶を飲むのがすっかり習慣になってしまっている。だが茶葉は高い。代わりに白湯を飲んでいる。

「ねえ。カークってさ。最近大きな失恋したでしょ?」

木製のカップを両手で持ち、ぽつりとそう言う。

カークとは私の偽名であるカークライルの愛称だ。夜の店の女性は、今では全員が私を愛称で呼ぶ。

「何故《なぜ》そう思う?」

「そりゃ分かるよ。背中だって哀愁漂ってるし、どこか遠くを見ているような哀《かな》しい目をよくしてるもん」

失恋した、という実感は無い。私はまだアナに化粧水を送ることが出来る。アナのために何か出来るならこの恋はずっと続く。そう思っている。

ただ、もう二度と逢《あ》えなくなってしまって悲しいだけだ。

「知ってる? 失恋の特効薬はね。新しい恋なんだよ? まあ、私は無理だろうけどね」

へへへとレーネは笑う。

「……何故無理なのだ?」

「だってあたし、こんな仕事してるし。それに、今だって男に襲われちゃったし……やっぱり、汚いよね」

「そんなことはない」

「……ホントにそう思ってくれてる?」

「もちろんだ」

「じゃあ……抱いて。あたしを抱いて、今の言葉が本当だって証明してみせて？」

手に持っていた木製のコップをテーブルに置くとレーネは椅子から立ち上がり、ゆっくりとこちらに歩いてくる。

「何を……」

思わず後退《あとずさ》りしてしまう。背筋に冷たい汗が流れる。

そこでドアが叩く音がして、会話は中断される。ノックしたのは衛兵だった。ここに犯罪に巻き込まれた女性がいるという情報を掴《つか》んだので来たそうだ。

一部屋しかない貧乏暮らしの家だ。レーネが隠れる場所など無く、部屋で唯一の女性であるレーネを衛兵は連れて行く。

レーネは不快そうな顔をしている。女性として聞かれたくないことを、これから取り調べで聞かれるのだ。当然、不快だろう。可哀想《かわいそう》に思うが庇《かば》う方法は無い。貧民街の住人が何を言っても彼らは取り合わない。

第八章　再会

◆◆◆アナスタシア視点◆◆◆

「お嬢様！　ジーノリウス様を発見しました！」

わたくしのお部屋に駆け込んで来たブリジットが興奮気味に言います。わたくしも思わず立ち上がってしまいます。

「ジーノ様は⁉　ジーノ様はご無事なんですの⁉」

「ご無事です。アモルーンの街の飲食店でコックをしているとのことです」

「よかった……」

万が一のことがあるかもしれないとお聞きしてから、ずっと不安でたまりませんでした。嬉《うれ》しくて泣いてしまいました。その場でお祈りを捧《ささ》げ、神様に感謝します。ジーノ様が婚約を破棄されてからもう半年になります。

それにしても、コックですか。ジーノ様は料理までお出来になるのですね。市井に下りた貴族令息が料理で生計を立てられるなんて、予想外にも程があります。発見が遅れたのも頷《うなず》けますわ。

……コックが出来るほどの調理技術をお持ちなら、少しは自慢されてわたくしにお教え下さっても良いと思いますの。お教え頂けないのは寂しいです。

夜会でお会いする同年代の男性はご自慢のお話も多いのに、ジーノ様は全然して下さいません。お聞きしたいですわ、ジーノ様のご自慢のお話。もっとジーノ様のことをお教え頂きたいです。

当家の要請により、バルバリエ家はジーノ様の勘当を取り消されています。ジーノ様さえお捜し出来たら、あとは婚約式をもう一度調えて正式に婚約するだけです。

うふふふ。ようやくジーノ様にお逢い出来ますわ。嬉しくてお歌を歌ってしまいそうです。あら、いけませんわ。気付いたらくるくると踊っていましたわ。

半年ぶりにお逢いするんですもの。少しでも綺麗《きれい》なわたくしでお逢いしたいですわ。ドレスを新調して、エステも受けなくてはなりませんわね。この容姿をジーノ様がどう思われるかは、まだ分かりません。でも、最善は尽くしたいです。

「ブリジット。ドレスを新調したいわ。仕立て屋さんを呼んでくれるかしら。それからエステも受けたいから美容施術師さんも呼んでほしいわ」

「お嬢様。新調したドレスでジーノリウス様に会いに行かれるおつもりですか？」

「ええ。半年ぶりにお逢いするんですもの。少しでも綺麗なわたくしでお逢いしたいですわ」

「いけません。すぐにでも会いに行かれるべきです」

「あら。なぜかしら？」

「ジーノリウス様は、勤める飲食店で基本的に厨房《ちゆうぼう》を担当されているのですが、料理を提供するために店内に現れることもよくあるそうです。見目麗しい男性が料理を運んでくれ、話し掛ければ気さくに会話してくれる、ということで今やその店は女性に大人気です。ジーノリウス様が勤務を終える時間になると毎日、何人もの女性が店の裏口で待ち構え、競ってジーノリウス様を食事に誘っ

ています。店の常連客ということでジーノリウス様も断わり切れず、食事にはお付き合いしていま
す」
「そ、そ、そうなんですの？」
動揺が隠せず、声が震えてしまいます。
「はい。私どもがジーノリウス様を発見出来たのも、平民にはまず見られないような美しい容姿で
雑談にも気さくに応じてくれる飲食店の男性が街の女性の間で話題となり、それを隠密が聞き付け
たからです」
「ま、ま、街で話題になるほどですの？」
「それだけではありません」
「な、何ですの？　まだ何かあるんですの？」
「ジーノリウス様は現在、昼は飲食店で働き、夜は歓楽街で用心棒の仕事もされています」
「用心棒ですの？　も、もしかして、お怪我《けが》などをされていますの？」
「それは大丈夫かと。ジーノリウス様が勤務しているかの確認のため、隠密が酔客を装って店で暴
れてみたのです。しかし、何をされたのかも分からぬまま簡単にジーノリウス様に制圧されてしま
いました。その任務は、ジーノリウス様の無手格闘術の実力を測り、危ういようなら店に圧力を掛
けて用心棒を即座に辞めさせることも視野に入れたものでした。ですが我らでは、実力を測ること
さえ出来なかったのです。当家隠密を赤子扱いするほどの手練《てだれ》です。無法者や酔客相手なら、お怪
我をすることは無いでしょう」
……ジーノ様は、剣術だけではなく無手の武術もお上手なのですね。当家隠密を驚かせるほどに。

もっと自慢されて、わたくしにもお教え下されば良いのに。

それはともかく、お怪我の心配がないなら何が問題なのでしょう？

「ジーノリウス様が用心棒を務める店は、女性が男性の相手をする夜の店です。端整な顔立ちで恐ろしく腕が立ち、若くて親切で、そして紳士的な男性ということで、多くの女性従業員がジーノリウス様に夢中です。彼女たちは夜の女性です。女の色香で男を籠絡《ろうらく》することにかけてはプロです。女性慣れしていないジーノリウス様では、そういつまでも耐えられるものではないでしょう」

「な、な、な、な、なんですって⁉」

「夜の女性は危険です。これは隠密がジーノリウス様の監視を始めた直後のことです。ジーノリウス様の勤務先で働く女性がジーノリウス様の自宅前で自ら服を破き、半裸になってからジーノリウス様の家に転がり込み、暴漢に襲われたと涙ながらに訴えました。更に、追って来る暴漢に怯《おび》えるふりをして、ジーノリウス様に家の扉を閉めさせたのです」

「そんな！　そ、そ、そ、それで、ど、ど、どうなりましたの⁉　ま、ま、まさかジーノ様とその女性は、い、い、い、一夜を共にしてしまわれたんですの⁉」

「いえ。ジーノリウス様の家に暴漢に襲われた女性がいると、即座に当家隠密が衛兵に通報しました。衛兵は事情聴取のために女性を詰め所に連れて行きましたので、夜を共にはしてはいません。ですが、その女性は要注意です。その後何度もジーノリウス様を食事に誘い、泣きながら恐怖を訴えジーノリウス様の同情を引こうとしています。女性には不慣れなジーノリウス様らしく、それが狂言であることに全く気付いていません。ジーノリウス様はお優しい方ですが、その弱点を見事に突《つ》かれたのです。女性の目論見《もくろみ》通りジーノリウス様は同情してしまい、一人になるのが怖いと訴える女性を憐《あわ》れみ、時間が許す限り女性の側《そば》にいるそうです」

市井に下りた貴族令息がいかに女性の籠絡に弱いかについて、ブリジットは丁寧に解説してくれました。

貴族令息は政略結婚が基本です。政略結婚とは別に恋を楽しむようなご令息なら話は別ですが、浮気などされない真面目《まじめ》なご令息は婚約者以外とはお付き合いはされません。

婚約者とのお付き合いも、月に何度かお茶をしてエスコートやダンスのときなどに手が触れ合う程度です。密室で二人きりになることもありません。

ところが平民女性は、男性に腕を絡めてお胸を押し付けられたり、抱き着かれたりされるのだそうです。貴族女性が絶対しないような過激なアプローチに、貴族令息はコロッと落ちてしまわれるとのことです。

「た、た、た、大変ですわ。ど、ど、ど、ど、どうしましょう?」

「隠密の調べでは、まだ特定の女性はいらっしゃらないようです。ですが、ジーノリウス様に熱烈なアプローチをする女性は、その女性以外にも数多くいます。特定の女性が出来てしまうのも時間の問題かと」

「そ、そ、そのような女性が、た、た、た、た、たくさんいらっしゃるんですの⁉」

「お嬢様。お急ぎ下さい。ジーノリウス様は誠実な方です。一度恋仲に成ったなら、その女性を簡単に捨てることはないでしょう。平民女性を見初めてしまったなら、貴族には戻らず平民としてその女性と生涯を共にすることも十分考えられます。誰かと恋仲に成る前にジーノリウス様を奪い去るのです」

ジーノ様が貴族復帰を望まれないなんて、考えたこともありませんでした。こうしてはいられませんわ。一刻も早くジーノ様にお逢いしなくてはなりません。

お父様は夜間の急な出立を渋っていらっしゃいましたが、お母様は苦笑されながらもお認め下さいました。一番速い馬車を出して貰《もら》います。最速での到着を目指し、早馬を出して途中の街で馬を替えられるように手配もしました。

貴族が飲食店や夜の店で働いていたというのは外聞が悪いので隠蔽《いんぺい》工作が必要です。そのための要員は後から追い掛けて来るようです。馬車ではなく騎馬で追い掛けるため、わたくしたちよりも早く着く見込みとのことです。


頭が真っ白になったまま家を飛び出してしまいましたが、これからジーノ様とお逢いすることを考えると不安になってしまいます。

婚約破棄から、もう半年経《た》ちます。恋愛小説なら、失恋した主人公が新たな恋を見付けるには十分な時間です。多くの女性から積極的なアプローチを受けていらっしゃるなら、ジーノ様がお気持ちを変えられていてもおかしくはありません。

その場合、復縁するにはわたくしが恋の戦いに打ち勝って、ジーノ様のご寵愛《ちょうあい》を得なくてはなりません。ですが、夜の女性を始めとした多くの女性に、恋の戦いで勝てる気がしません……。

「ブリジット。わたくし、夜の店の女性に勝てる自信がありませんわ……」

馬車に同乗しているブリジットに、わたくしはつい不安を漏らしてしまいます。

「大丈夫です。ジーノリウス様にはまだ恋仲の女性はいませんから」

「恋仲には成られていなくても、ご好意をお持ちの方はいらっしゃるかも知れないでしょう？　そんな方がいらっしゃったら、わたくしどうすれば……」

「そうですね。恋愛経験の少ないお嬢様では、駆け引きでは勝負になりません。正面突破が良いと思います。勇気を持って、お嬢様の素直なお気持ちを出来るだけはっきりとジーノリウス様にお伝えするのです。好意を示してくれる異性は、誰《だれ》でも気になるものです。意識しているうちにいつの間にかその人を好きになっている、というのはよくあることです」

素直な気持ちをそのままお伝えする、ですか……素直な気持ちなら「結婚したい」の一言に尽きます。でも、女性が男性にプロポーズするなんてお話、お聞きしたことがありません。

「そんなことをして、はしたないとお思いにならないかしら」

「お嬢様。『恋は言った者勝ち』です。より早いタイミングで、よりはっきりと気持ちを伝えた者が勝つのです」

勝つ、ですか……そうですわね。わたくしは戦わなくてはならないのです。そして、敵は百戦錬磨の夜の女性の方々です。わたくしのような女では、相当無理をしなくては大勢の中から抜きん出ることなんて出来ません。

……そうでしたわ。わたくしは決めたのですわ。

――幸せを諦《あきら》めない――

それを頑張ると。ジーノ様に意中の方がいらっしゃると分かっても、それだけではもう諦めません。恥も外聞も捨てて、みっともなくしがみ付きます。

してみせますわ、プロポーズ！　わたくし、頑張りますわ！

出来ることは全部して、ジーノ様からお断りされても食い下がって詳しくお話をお聞きして、それで、諦めた方がジーノ様のお幸せに繋《つな》がると分かったなら……わたくしは身を引きます。

自分の幸せは諦めません。でも、ジーノ様は、とても大切な方です。どうしてもお幸せになって頂きたい、とても、とても大切な方なのです。ジーノ様がお幸せにならなくては、わたくしも幸せにはなれないのです。

「それからお嬢様。スキンシップも重要です。男性の心を繋ぎ止めるために重要なのはスキンシップです」

「スキンシップ、ですの？　どのようにすれば良いのかしら？」

「そうですね。ジーノリウス様の手を握られてはいかがでしょうか」

考えたこともありませんでした。思えば、これまでわたくしはジーノ様から愛を与えて頂くばかりでした。ジーノ様のお心を繋ぎ止める努力は、これといってしていません。これではいけません。わたくしは変わらなくてはなりません。

「ありがとう、ブリジット。わたくし、頑張りますわ」

「もう一つ、一刻も早くジーノリウス様のお住まいを移すことです。夜の店の女性が半裸で転がり込んで以降、他の夜の店の女性も対抗心を燃やして何とかジーノリウス様の部屋に入り込もうと画策しています。今のところギリギリ部屋には入れていませんが、女性に不慣れなジーノリウス様です。いつ上がり込まれてしまってもおかしくありません。もうとにかく危なっかしくて、見張りの隠密もヒヤヒヤの連続だそうです」

「そ、そ、そ、そ、それは、た、た、た、大変ですわね」

なんということでしょう！　ジーノ様の貞操の危機ですわ！

もう、宿屋で休んでいる時間なんてありません。睡眠は馬車の中で取ることにして、昼夜を問わず馬車を走らせますわ。


馬車が貧民街の一角で停《と》まります。バラック小屋と石造りの家が混在する場所でした。二階に上がる階段が半分ほど崩れていて、一階の壁にも穴が空いて一部屋は使い物にならなくなっている石造りの建物が目の前にあります。その建物の二階の一室がジーノ様のお住まいです。

思わず涙が零《こぼ》れてしまいます。婚約破棄なんてされずに今もバルバリエ家で暮らされていたなら、ジーノ様は何不自由無い生活をされていたはずなのです。それなのに、こんなところにお住まいになって……。

最後の一歩を踏み出す勇気が出ずしばらくお住まいの前で立ち止まっていると、お一人の女性がジーノ様のお部屋の方に向かって行かれます。当家隠密の男性がブリジットに何かを伝えています。

「お嬢様。例の夜の店の女性です」

何ですって！　大変ですわ！

ブリジットの報告を聞いて、慌ててこちらにお呼びします。そして、重要なお話があるので少し時間を譲ってほしいとお願いして金貨をお渡しします。

「こんなに貰えるなら少しぐらい構わないけどね。でもさ。身なりからしてあんた、かなり大きい商家の娘だろ？　カークを愛人に囲おうってんなら無駄だと思うよ。あいつ、大のお貴族様嫌いで、大の大商家嫌いだからね」

カークとはジーノ様の偽名の愛称でしょう。ジーノ様は、ここではカークライルという偽名をお使いだとお聞きしています。

ケイト様から平民の風習について少しお聞きしています。貴族女性が愛称でお呼びする男性は、家族と婚約者と恋仲の方だけです。ですが平民女性の場合、特別な関係ではなくても異性を愛称でお呼びすることがあるそうです。

平民の方が愛称呼びされる場合も、普通は敬称を付けるそうです。愛称を呼び捨てで呼ばれるのは、恋仲の方や兄弟同然で育った幼馴染《おさななじみ》……そんな、極親しい方だけとのことです。

……ジーノ様はもう、こちらで人間関係をお築きになっているのですね。愛称を呼び捨てでお呼びになるほどの深い人間関係を……わたくしにはもう、居場所は無いかもしれません……。

「無理だとは思うけど、せいぜい頑張んな。恨むなら、そんな家に生まれた自分を恨むんだね」

俯《うつむ》いてしまったわたくしに勝ち誇ったような笑顔でそう仰《おっしゃ》って、その女性は立ち去られます。

……いえ。諦めませんわ。みっともなくしがみ付くって、もう決めたんですもの。たとえジーノ様に意中の方がいらっしゃっても、諦めずに頑張りますわ！

◆◆◆ジーノリウス視点◆◆◆

コックの仕事を終え、いつものように女性に食事を奢《おご》って貰い帰宅する。自宅でのんびりしていると、部屋のドアをノックする音がする。夜にこの部屋のドアをノックするのは、ほぼ用心棒の仕事の要請だ。いつもより時間が早いが、そういうこともあるだろう。刃物除《よ》けの小手を付けてから扉を開ける。

扉の前に立っていたのは用心棒をしている店の店員ではなかった。貧民街には場違いなドレスを着た女性だった。

「どちらさ……」

途中まで言い掛け、驚愕《きょうがく》のあまり言葉を失う。

編まれた髪は艶《つや》やかな銀色だった。涙を溢《あふ》れさせたその瞳《ひとみ》は、若草色だった。セブンズワース家の義母上《ははうえ》によく似た、優しげで儚《はかな》げな美しい顔立ちの女性だった。ぽろぽろと涙を零しながらも眩《まばゆ》いばかりの笑顔だった。

「ジーノ様……」

懐かしい、鈴が鳴るような声で呟《つぶや》くようにそう言うと、アナは飛び掛かるように私に抱き着く。

「セブンズワース様？」

「アナとお呼び下さいませ」

グスグスと泣くアナは、私に抱き着いたまま答える。

「いけません。お離れ下さい。あなたは王妃となられる身。このようなことをしては醜聞となります」

身分差故に強引に引き離すことが出来ず、私は離れるようアナに言う。

「王妃になどなりませんわ！」

「え？」

「『幸せになることを諦めるな』って、ジーノ様は以前そう仰いましたよね？　ですから、わたく

し は諦めませんの！　ジーノ様のお心をもう一度掴《つか》んでみせますわ！」

それは駄目だ！　幸せになりたいなら、貧民街で暮らす平民を選ぶなんて以《もっ》ての外だ！

強引にアナを引き離す。平民が貴族にするのは大変な非礼だが躊躇《ちゅうちょ》はしない。これがアナのためになると、私には分かっている。

「私は平民です！　私と結ばれてしまったら、幸せは遠退《とおの》いてしまいます！」

感情が昂《たかぶ》り、つい声が大きくなってしまう
「それなら大丈夫ですわ。まだ公にはしていませんが、当家の要請によりバルバリエ家は勘当を取り消されていますの。ジーノ様は平民ではありませんわ」

「えっ⁉」

どういうことだ？　セブンズワースの家門を公然と侮辱したのだ。貴族らしい貴族であるあの公爵夫妻が、家の名誉に関わる問題を簡単に赦《ゆる》すとは思えない……。

「……たとえセブンズワース家が許したとしても、私ではもう駄目なのです。こんな醜聞に塗《まみ》れた男と結婚しては、セブンズワース様は決して幸せにはなれません」

「それも問題ありませんわ。当家は既に名誉回復策を準備していますもの」

「解決策⁉」

「はい。ご安心下さいませ」

……確かに、セブンズワース家なら醜聞も無かったことに出来るのかも知れない。どういう理由でそのようなことをするのか分からないが、やろうと思えば出来るはずだ。だが、それでも駄目だ。

「……やはり、他の人を選んで下さい」

アナは驚いた顔をする。

「……どうしてですの？」

「私では……私では駄目なのだ！　アナがもっと幸せになれる男性は、他にいるのだ！」

こんなことを言いたくはない。アナとずっと一緒にいたい。それでも私は歯を食いしばって、怒鳴るようにアナを拒絶する。

これがアナのためだ。そうだ！　アナのためなのだ！

呪《のろ》いが解け、今のアナには何一つ結婚の障害は無い。絶大な権勢を誇るセブンズワース家の一人娘だ。障害が無いどころか、多くの者がアナとの結婚を強く望むはずだ。

アナは知らないのだ。親しくなった男性が私だけだから。多くの選択肢の中から私を選ぶのは大間違いだということを。私以上にアナを幸せに出来る男性が他に沢山いることを。

私だってアナと結ばれたい。だが私は、アナとはまるで釣り合わない駄目な男だ。ここは身を引く以外に無い。それがアナのためには最善だ。

そうだ。アナには幻滅して貰おう。

「……それに、私は君が幻滅するような大きな秘密を抱えている……私を選ぶのは最悪の選択だ」

「ジーノ様が何か秘密をお持ちなのは存じておりますわ。それも、わたくしにとっては大した問題ではありませんの。ジーノ様からご信頼頂いて、いつかお話しして頂けるよう頑張るだけですわ」

「何を言う！　君を信頼していないなんてことは絶対に無い！　話せなかったのは……君に嫌われてしまうのが怖かったからだ」

「ジーノ様を嫌いに思うなんて、あり得ませんわ」

アナはふわりと笑う。心に春風が吹き込むような暖かな笑顔は、絶対の自信で溢《あふ》れていた。

話せなかったのは、中身が老人だと知られるのが怖かったからだ。老人を好む女性なんていない。

だが、今回はそれが幸いした。ただでさえ情けない男な上に中身は老人なのだ。この事実を知ったなら、アナはきっと幻滅する。別の男を選んでくれるはずだ。

「今更だが、聞いてほしい」

私は前世のことを話す。元老人というだけではない。女性から蛇蝎《だかつ》の如《ごと》く嫌われ、孤独でみじめな人生だったことも全《すべ》て話す。地の底を這《は》い回る醜悪な虫のような、私の本当の姿を全て晒《さら》す。

アナは静かに聞いてくれた。優しく、哀《かな》しい目をしていた。

「これで分かっただろう。私の成績が良いのは、前世の知識があるからだ。剣術が強いのは魔法を使っているからだ。数学の未解決問題を解決出来たのも、前世では解決済みだったからだ。商会経営が上手《うま》くいったのも、前世にあったものを再現したからだ」

「ジーノ様が自信をお持ちではないのは、それが原因だったのですね」

「そうだ。全ては前世の知識という反則のお陰だ。自分の力で達成出来たことなんて何一つ無い。本当の私は……本当に不甲斐《ふがい》ない、駄目な男なのだ」

「そうではありませんわ」

穏やかに微笑《ほほえ》んでアナはゆっくりと首を振る。

「ジーノ様が自信をお持ちではないのは、前世でお辛《つら》い思いをされたからだと思いましたの。わたくしも経験があるから分かりますわ。ずっと否定され続けると、自分を高く評価出来なくなってしまいますの」

ブルースさんも言っていたな。私の自信の無さは異常だと。アナからもそう見えるのか。

「わたくしも、容姿を蔑《さげす》まれてばかりでしたので、殻に閉じ籠《こ》もってしまっていましたの。それで、他の方が苦手になっていたのですわ」

「そうか。アナも呪いのせいで辛い思いを沢山して来たのだったな。私も同じだ。女性が苦手だ」

「女性だけではありませんわ。男性に対してもどなたに対しても、ジーノ様は一線を引かれていらっしゃると思いますわ」

「なに？」

「お義姉様《ねえさま》からお聞きしましたわ。ジーノ様は、アドルニー家のご家族の皆様にも弱みをお見せにならないって。アンソニー様もジャスティン様も仰っていましたわ」

よく分からない。したいように行動しているだけだ。弱みを見せないようにしているという自覚は無い。

「わたくしも……何度もいじめられて、それで理不尽に傷付けられることへの恐れが心の中に生まれてしまっていましたの。心の奥底、なかなか気付かないところにそれが出来てしまっていたんですの。傷付けられるのではないかと、どなたに対してもどこかで恐れているので、わたくし、男性だけではなく女性に対しても無意識に一歩距離を置いてしまっていましたわ。それでお友達もなかなか作れませんでしたし、お母様にもいじめを隠してしまいましたの」

女性は確かに怖いが、男性や家族は別に怖くない。私の場合は、少し違うように思える。

「これはお母様の受け売りですわ。家族、夫婦、婚約者……お互い心から想《おも》い合う関係なら、お相手を気遣われての隠し事は間違いなんだそうですわ。お互い想い合うからこそ、正直にお話しするべきで、家族とはそういう関係だってお母様は仰っていましたわ。ですので、わたくしがいじめを隠してしまったのは間違いで、一歩踏み込んで打ち明ける勇気を持ってほしいって、お母様は仰いましたの」

ようやく理解出来た。人間関係で更に一歩踏み込む勇気のことを言っていたのか。

……アナの言う通りかもしれない。女性だけではなく同性に対しても、私は一歩踏み込めていない。

王子殿下お二人からアナに縁談の打診があったことを知って苦悩していたとき、アンソニーたちは悩みがあるなら話すように言ってくれた。何故《なぜ》話さないのか、と彼らは怒り混じりの不思議そうな顔をしていた。それでも私は、結局彼らに何も話さなかった。全て一人で考えて、一人で決めてしまっていた。

姉上たちに対しても、私は隠し事ばかりだ。前世のことだけではない。商会でトラブルがあっても誰《だれ》にも話さず、全て自分一人で解決してしまっていた。

なるほど。私は歪《ゆが》んでいるのだな……。

だが、これで決心が付いた。やはり私は、アナと復縁してはならない。アナもまた呪いのせいで歪んでしまったことがあると言っても、二十年にも満たない短い時間での歪みだ。そして、アナの心の成長速度は凄《すさ》まじい。歪みなんてすぐに正してしまえる。

私は違う。私の歪みは前世で八十二年掛けて捻《ね》じ曲げられたもので、鋼のように強靭《きょうじん》だ。しかも心は老人だ。凝り固まった頭の私では、アナのような速度で歪みを直すことは出来ない。

長い年月を掛けなければ直る見込みの無い、醜い歪みを持つ男だ。そんな私がアナを幸せになんて、出来っこない。

「アナの言う通りだ。私は歪んでいる。この歪みは一朝一夕で直るようなものではない。だからこそ、君のことは受け入れられない。絶対に、だ。私以上に君を幸せに出来る男が、他に沢山いる。そちらを選んでほしい」

その言葉を聞いたアナは強い光を目に宿らせる。何かを決意したかのような目だった。そしてアナは、私の前で跪《ひざまず》く。何をするつもりなのだ？

「結婚して下さいませ。ジーノ様を必ずお幸せにすると約束します。だから、ご自分の幸せを諦《あきら》めないで下さいませ」

っ！！！

私の手の甲にキスをしたアナはそう言った。アナがしたのは、男性がする求婚の作法だった。求婚は、男性が女性に対してするのがこの国の作法だ。女性からの求婚は許されていないので、女性用の作法は存在しない。だからアナは、男性の作法で私にプロポーズした。

女性からの求婚が認められないこの国でそれをするには……どれほどの勇気が必要だったのだろうか……。

どれほどの覚悟で、ここに跪いたのだろうか……。

絶対に受け入れないという私の言葉の直後だ……それをするには、どれほど強い想いが必要だろうか……。

涙が溢れて、アナが良く見えない。

「し、しかし！　先程も言ったように、この歪みはそう簡単には直らない！」

先ほど私は、アナを受け入れないことを固く決意した。アナが食い下がっても、詰め将棋のように一手一手確実に追い詰めて、アナを追い返すつもりだった。

アナのプロポーズは、そんな私の算段を木っ端微塵《みじん》に吹き飛ばしてしまった。感情をそのまま吐露するような、計算も策略も無い愚直な言葉しか、口から出て来なかった。

「もしジーノ様が変わられたいのでしたら、ジーノ様のお心に深く踏み込んで、わたくしがジーノ様を変えてみせますわ。ジーノ様と同じ心の傷を持つわたくしなら出来ます。すぐに直される必要なんてありませんわ。わたくし、ずっとジーノ様のお傍《そば》にいますもの。もちろん、変わられたくないのでしたら、そのままでも構いませんわ。今のままでもジーノ様は素敵ですもの。ですから、ご自分の幸せだけは諦めないで下さいませ」

感情的な私とは正反対に、アナは穏やかに話す。胸が締め付けられ苦しくなるような、穏やかで柔らかな言葉だった。

「何故、そこまで……」

最後まで言葉は出なかった。溢れ続ける大粒の涙が、私の喉《のど》を詰まらせた。

「ジーノ様が、わたくしにそうして下さったからですわ。ジーノ様にプロポーズして頂いて、自分の幸せを諦めないようにというお言葉を頂いて、わたくしは変わりましたわ。幸せを諦めずに足掻《あが》く勇気を貰《もら》えました。ジーノ様とご一緒する日々の中で、幸せとは何なのか理解することが出来ました。他の方にどこか一線引いてしまっていることに気付けたのも、一歩踏み込むことでお友達が出来たのも、全てジーノ様のお陰ですわ。ですから、今度はわたくしの番です。もしジーノ様が変わられることをお望みなら、ジーノ様がされたように、わたくしもジーノ様を変えてみせますわ」

全てを融《と》かしてしまうような熱量の、あまりにも優しい笑顔だった。

包み込んでしまうようなアナの穏やかな言葉は、心の中の凍っていた部分をその熱量で融かしてしまう。凍り付いた心が生命力を吹き返すことで、ようやく気付く。

ああ。そうか。私は、諦めていたのだ。


自分が幸せになることを。

アナと共に幸せになることを。


心が活力を取り戻すと、アナへの愛《いと》おしさが胸いっぱいに広がる。

「も、もう一つの理由は、ジ、ジ、ジーノ様を、あ、あ、あ、愛しているから、ですわ！」

強い光を宿して私を見上げていたアナの目は、今は恥ずかしさで明後日《あさって》の方を向いてしまっている。顔だけではなく耳まで真《ま》っ赤《か》だ。

恥ずかしさを乗り越え、アナは正面から、正直に、想いを伝えてくれた……。


なんて素敵な人だ。

なんと可愛《かわい》らしい人だ。

世界で一番、大切な人だ。

愛している……心から君を。

「アナ‼　私もだ！　心から、心から君を愛している！」

気付いたらそう叫んでいて、気付いたら跪く真っ赤な顔のアナを抱き上げていて、気付いたらアナを強く抱きしめていた。そのままアナと唇を重ねる。

「すまなかった。アナ、もう一生君を離さない」

「はい。生涯ご一緒させて頂きますわ」

唇を離してからアナと言葉を交わす。その言葉のやり取りで、またアナが愛おしくて仕方なくなる。


やはり私は、この大切な人の隣にいたい。

ずっと未来まで。

未来のその先まで。


私たちはもう一度、唇を重ね合わせた。

第九章　とても大切な、何気ない日常

◆◆◆ジーノリウス視点◆◆◆

「すまなかった。君を沢山傷付けてしまった」

貧民街の自室で私は右膝《みぎひざ》を突《つ》く片膝《かたひざ》立ちになり、左手を胸に当てて謝罪する。前世の土下座に相当する貴族の最大級の謝罪方法だ。

「お立ち下さいませ。謝罪は結構ですわ。わたくしのためにして下さったことですもの」

雲一つ無い春の空のような笑顔だった。あれだけのことをした私を、一点の蟠《わだかま》りもなく赦してくれているのが分かる。本当にこの人の優しさは、広くて深い海のようだ。私では到底釣り合わない最高の女性だ。

「失礼します、ジーノリウス様。お優しいお嬢様は何も仰《おつしや》いませんので、私が代わりに申し上げます。今日という今日は！　申し上げずにはいられません！　ジーノリウス様の稚拙な行動のせいで、お嬢様がどれほど苦しまれたと思ってるんですか⁉」

そう言ったのは、アナの後ろから出てきたブリジットさんだ。怒りでわなわなと震えている。

正座の風習は貴族には無いと思っていたが、セブンズワース家にはあるそうだ。お説教を聞くときの家門独自の伝統的姿勢らしい。床に正座させられた私は、ブリジットさんからお説教を受ける。

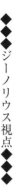

ブリジットさんをアナは止めようとしたが、そのアナを私が止めた。

長いお説教が終わって今後の話し合いとなり、私はアナと一緒に帰ることが決まった。

話し合いも一段落したので私は風呂《ふろ》に行くことにする。その日はまだ体を清めていなかったのだ。店が賑《にぎ》わうにはまだ早いので、この時間なら空きの風呂が沢山あるはずだ。

夜の店だが、一階は酒を飲む店で、そこで女性を口説き落とせたなら二階で情を交わすことが出来るシステムだ。二階にはいくつもの部屋があり、各部屋には風呂が設置されている。店の関係者は掃除と湯の補充さえ自分でするなら使い放題だ。高級店のため設備は結構豪華だし、風呂好きな私は非常に重宝している。

どこの風呂に行くのかと聞かれたので、用心棒をしている夜の店の風呂をいつも借りているのでそこだと答える。

「わ、わたくしも！　わたくしもご一緒しますわ！」

「えっ⁉」

「え？　……あっ！　あ、あの、あの、ち、ち、違いますの。お、お、お風呂をご一緒したいということでなくて、あの、あの、あの、お店までご一緒したいということで」

真っ赤になって手をぶんぶんと振って、アナはわたわたと慌てている。

驚いた……おそらく私の心臓は数秒止まっていた。アナは耳まで真っ赤だが、おそらく私も耳まで真っ赤だろう。

「いや、私一人で行こう」

夜の店には、誰彼構わず女性に抱き着く酔客だっている。あんな場所でアナを待たせて、一人で風呂になんて入れるわけがない。

「そうですか……」

「アナ？」

アナは不安そうで、顔色は真っ青だった。

「非常識です！　お嬢様がいらっしゃるのに風俗店に行かれるなんて！」

気遣わし気にアナの肩を抱くブリジットさんは、射殺さんばかりに私を睨《にら》む。

何か誤解があるようだ。そういうことは今まで一度も無いし、風俗店に行くのも客として行くのではなく単に風呂を借りるだけだと二人に説明する。そんなことよりも、夜の女性に少しでも気になる人がいるのかとアナが尋ねるのでいないと答える。それでアナは安心した顔を見せる。

どうやらアナは、夜の店の女性と私との関係を不安に思っているようだ。だから私は説明する。私に気になる女性がいないだけではなく、夜の女性もまた、私に好意を持つ者など一人もいないということを。そういう関係は一切無かったことをはっきりと説明する。

安心してもらうために説明したのだが、私が説明するほどアナは不安そうな顔になる。

「や、やっぱり、行かないで下さいませ。あ、危なすぎますわ」

終《つい》には涙目でそんなことを言い出す。

確かに、女性が行くには危険な場所だ。だが私はそこの用心棒なのだ。全く危険ではない。しかしアナがそこまで心配するなら行くのを止《や》めよう。残念だが風呂は諦める。

あと少ししたら、夜の街も賑わう時間だ。アナたちは宿泊する場所が必要だが、私の家に泊まるのは無理だ。一部屋な上に寝具も藁《わら》のベッド一つしかない。どうするのか聞いたら、街の最高級宿を押さえてあるという。

私も誘われたが断った。一番安い部屋の一泊料金でさえ、おそらく私の月収より高い。前世で庶民だった私はすんなりと貧民街に馴染《なじ》んでしまい、金銭感覚もすっかり貧民街のものになってしまっていた。月収より高い宿に泊まるのは大きな抵抗がある。

だがアナは、この部屋は危険過ぎて私一人には出来ないので、どうしても来てほしいと言い出す。これでも夜の店で用心棒もしているから強盗が入っても問題無いと言ったのだが、夜の店で働いているからこそ危ないのだとアナは言う。私が対処した酔客らが「お礼参り」すると思っているのだろう。不安そうな顔をするアナをそのままにはしておけない。アナの願いを聞き入れ、宿屋に泊まることにする。

飲食店と夜の店は、セブンズワースの隠密《おんみつ》が処理をしてくれることになった。この国では多くの貴族が商売をしているし、私だって商会を経営していた。貴族が商売をすること自体には何の問題も無い。だが貴族が平民に使われる立場になるのは大問題であり、隠蔽《いんぺい》が必要だった。

身分社会では、どの身分の者も分相応の振る舞いを強制される。平民が貴族に指図することが許されないのと同様に、平民の命令に唯々諾々と貴族が従うこともまた許されない。禁を犯したなら、平民なら無礼討ちされ、貴族なら社交界で非難の嵐《あらし》だ。

もし貴族が従業員として働きたいなら、自分と同等以上の爵位の貴族が経営する商会などを探してそこで働くしかない。だから貴族の市井での働き口なんて、数えるほどしかない。身分に縛られて窮屈な思いをしているのは、平民も貴族も同じだ。

それ以外に、夜の店で働いていたことは絶対に隠さなければならない。平民の下で働いて貴族の誇りを汚したという噂《うわさ》以外に、爛《ただ》れた生活を送っていたという噂まで社交界に流れてしまう。

セブンズワースの工作員たちは「商家の主が家出息子を回収しに来た」というストーリーで誤魔《ごま》化《か》すようだ。そのための準備は既にしてあり、恰幅《かっぷく》の良い商会主役の隠密や護衛役の厳つい隠密なども、実在する商家の紋章まで持ってアナと一緒に来ている。

その商会は私も知っているところだった。そこがセブンズワース家の裏工作用の商会だというのは、そのとき初めて知った。

手際の良さに感心し「さすがセブンズワースの隠密だな」と褒めたら、隠密たちは渋い顔をする。どうやら私関連の任務は失敗続きらしい。王都で私に撒《ま》かれたという隠密は、悔しそうに自分の失敗談を話してくれた。

思い出した。確か、バルバリエ家を出てからずっと尾行されていたから隠密系魔法で姿を隠したのだった。使った魔法は、前世ではバードウォッチングのときなどに使われる山ボーイ・山ガール御用達の隠形《おんぎょう》魔法だ。

勤務していた店に私は近付くことも出来ず、別れの挨拶《あいさつ》もしないまま立ち去ることになった。今日の用心棒の仕事は「家出息子を急遽《きゅうきょ》連れ去る詫《わ》びとして、今日は商家の護衛が代役で用心棒を務める」という設定で店側に話すそうだ。

実際、商家の家出息子という設定に疑念を持たれ突っ込んだ質問をされたら、付け焼き刃の私ではボロを出してしまう危険もある。彼らとはこのまま会わないのが最も安全という言い分には説得力がある。根掘り葉掘り家出息子の設定に突っ込みを入れるほど私に執着する者はいないと思うが、アナや隠密衆はまた違う考えのようだ。挨拶もせず去るのは非礼だが、貴族家の名誉のためなのだから仕方ない。

宿に移動後、アナにはすぐに休んで貰うことにした。車中泊の繰り返しで、アナはかなり疲れている。

それでも、少しでもアナと話をしたかった。アナの就寝の準備が調うまでの僅《わず》かな間だけだが、宿の談話室を借りてアナと二人で話をした。

話すことは沢山あるはずなのだが、胸一杯に熱が広がっていて言葉が出て来ない。それはアナも同じようで、無言の時間の多いぽつぽつした会話だった。それでも、泣きたくなるほど嬉《うれ》しかった。

言葉なんて要らない。アナがそこにいてくれたら、それだけで良い。

「よろしければ、こちらを。わたくしが馬車の中で読んでいたものですけど」

就寝の準備が調ったことを使用人が伝えに来てアナと一緒に談話室を出ようとしたとき、アナはそう言って本を差し出す。

今日、私は外出禁止だ。私がいた痕跡《こんせき》を消す裏工作の真っ最中なので、当人が出歩いては不都合が生じるのだ。アナが寝てしまうと外に出られない私は暇になる。その退屈しのぎにと本を用意してくれたのだ。

何も変わっていない。細やかな気遣いの出来る心優しい女性だ。

ちなみにアナは、馬車の中で本を読んでも酔わない。本が好きで、幼い頃《ころ》からそうしているので鍛えられている。

本を貸してくれたのは有り難い。普段なら用心棒の勤務時間だ。まだ眠くはない。部屋に戻り、そのうち一冊を手に取る。

ディービー・トーマスの歴史小説だった。貴族史で学んだのでこの人物は知っている。飲食店の多店舗展開を成功させ準男爵位を叙爵した者だ。アナは様々な本を読む。

孤児だったディービーだが、幸運にも六歳のとき平民夫妻に養子として引き取られる。だが、その二年後に養父母が馬車の事故で他界してしまう。養父母が亡くなった場合、養子は孤児院に戻されるのが普通だ。だが養母の母が彼を引き取った。その恩に感謝し、ディービーは一生懸命働いた。レストラン事業を順調に拡大させ、遂には準男爵位を得ることになる。

養祖母が亡くなるとき、ディービーは涙ながらに感謝を伝える。だが養祖母は笑いながら言う。救われたのは自分だと。娘を亡くして辛《つら》いとき、ディービーがいたから立ち直れたのだと。養祖母はディービーを救うと同時に、自分自身も救っていたのだ。

――他人を救うことは自分も救うことだ。他人を幸せにすることは自分も幸せになることだ――

その本はその言葉で結ばれていた。

涙が止まらない。こういう家族物に私は弱い。もう逢《あ》えない前世の家族を思い出してしまう。

本の余韻に浸っていると、色々とやるべきことを思い出す。そう言えば、ケイト嬢はどうしているのだろう。セブンズワース家の制裁が向かないように手は打ったが完璧《かんぺき》ではない。明日、人払い出来るタイミングでアナに聞いてみよう。

◆◆◆アナスタシア視点◆◆◆

ジーノ様と復縁出来て本当に良かったです。馬車の中では不安ばかりが募り、あまり眠れませんでした。とても疲れています。でも気分は幸せの絶頂で、とても高揚しています。踊り出してしまいそうです。

「お、お嬢様⁉」

いけません。本当にくるくると踊り出してしまいましたわ。ブリジットが驚いています。

「お嬢様がジーノリウス様にされたあれは、男性のプロポーズの作法ですよね？　会話が聞こえない位置に下がっていましたからお話の内容までは分かりませんが、遠目からもプロポーズされたことだけは分かりました。驚きましたよ」

わたくしの就寝の支度をしてくれながら、ブリジットはとても良い笑顔で言います。

「え？　プロポーズするように言ったのは、ブリジットですわよね？」

ブリジットは考え込んでしまいます。忘れてしまったのでしょうか。

「ああ。馬車の中で申し上げたあれですか。確かに、正直に気持ちを伝えるように申し上げました。ですがあれは、好きだという気持ちをお伝えした方が良いという意味です。女性から男性にプロポーズするなんて、そんな非常識なご提案するわけないじゃないですか」

「そうなんですの⁉」

そういうことはもっと早く教えてほしかったです……大変な勘違いをして暴走してしまったよう

です……恥ずかしいですわ……お顔から火が出そうです……。

「結果的に良かったのではありませんか。遠目から見ただけですけど、お嬢様のプロポーズが決定打になったみたいですし。お嬢様が勘違いされたのは、お二人が結ばれる運命だったということですよ」

恥ずかしくてお顔を手で覆ってしまっているわたくしをブリジットが慰めてくれます。

「……そうですわね」

終わり良ければ総《すべ》て良しです。勘違いして良かったと思うことにしますわ。お顔は焼けるように熱いですが、そう自分に言い聞かせます。

「そうですよ。あの唐変木《とうへんぼく》には、普通にアプローチしても伝わらないですから。夜の店の女性の恋心にだって、全くお気付きではなかったじゃないですか」

唐変木……相変わらずブリジットは、ジーノ様に遠慮がありませんわね。ブリジットはジーノ様と仲良しなのです。

直截《ちょくせつ》にお伝えしなくてはならないというのは、ブリジットの言う通りです。暴漢に襲われたので信頼出来る男性が側《そば》にいてくれないと不安だと訴えられた女性の件でも、突然手が痺《しび》れる病気になったので代わりに料理を作ってくれる男性が必要だと泣き縋《すが》られた女性の件でもそうです。それが狂言だということも、女性の好意にも、ジーノ様は全くお気付きではありませんでした。

夜の女性のお気持ちに全然お気付きではないから、ジーノ様が夜の店に行かれると仰《おつしや》ったとき不安で堪《たま》らなくなってしまったのです。猛獣の群れの中に子猫を放すような気持ちになってしまい、つい申し上げてしまったのです。

『や、やっぱり、い、行かないで下さいませ。あ、危なすぎますわ』

後悔しています。そんなことを申し上げてしまうのは、きっと鬱陶《うっとう》しい女です。こんなことを繰り返していたら、ジーノ様はわたくしをお嫌いになってしまわれます。

でも不安で仕方なかったのです。夜の店へご入浴に行かれるなんてジーノ様が突然仰るから――

『わ、わたくしも！　わたくしもご一緒しますわ！』

『えっ⁉』

ああああああああ‼　思い出してしまいましたわああああああ‼

「お、お嬢様⁉」

すごい勢いでベッドを転がり始めたわたくしにブリジットが驚いています。


今日、ジーノ様とわたくしは王都に戻ります。王都からここまで、馬を交換することによりほぼ休まず馬車を走らせました。帰路では往路でお借りした所に馬をお返しして、お借りした際に預けた馬を代わりにお返し頂くことを繰り返します。

定期的に疲れていない馬との交換になるので、休まずに馬車を走らせて王都に帰ることも出来ます。ですが、わたくしたちは急がずにのんびりした日程で王都へと向かいます。

だって、久しぶりにジーノ様とお逢いしたんですもの。馬車の旅をゆっくりご一緒したいですわ。

今日のわたくしには、大きな目標があります！　ジーノ様と馬車でご一緒しているときに手をお繋《つな》ぎするのです！

わたくしは、婚約者という地位に慢心していました。アドルニー家のお義姉様《ねえさま》のケースのように婚約が解消されてしまった例はいくつかあります。そういうお話があることは知っていましたが、これまでは対岸の火事のように思っていました。ですが、婚約破棄を自分自身で経験し、ようやく他人事《ひとごと》ではないと心で理解出来ました。

そして、ジーノ様は女性から大人気です。貧民街でも不安で仕方なくなるくらいモテモテでした。ジーノ様のお心を繋ぎ止める努力を、わたくしはしなくてはなりません。そのためのスキンシップです。

今日は一日、ジーノ様と馬車でご一緒です。そのとき、手をお繋ぎしようと思います。大冒険です。でもわたくし、頑張りますわ！

手をお繋ぎするには、馬車での座る位置が大事です。いつものようにジーノ様と向かい合わせに座っては、手をお繋ぎすることは難しいです。遠すぎます。ジーノ様のお隣に座らなくてはなりません。

「ありがとう存じます」

ジーノ様のエスコートで馬車に乗ります。いつもなら、先に乗ったわたくしが先に席に座ります。それでは駄目です。わたくしの向かい側にジーノ様はお座りになってしまいます。ジーノ様のお隣に座るためには、先《ま》ずジーノ様にお座り頂かなくてはなりません。

「お先にどうぞ」

「うん？　ああ。では先に座ろう」

ジーノ様がお座りになりました。あのお隣に、わたくしは座るのです。普通はしないことをするのはとても緊張します。でも、頑張ります！　この困難、乗り越えてみせますわ！

「えい！」

……大失敗です。覚悟を決めて挑んだので、何とかお隣に座ることは出来ました。ですが、勢い余って掛け声が漏れてしまいました。掛け声とともに座る淑女なんて、あり得ません……。

ジーノ様は窓の外を向かれています。お気付きにならなかったふりをして下さっているのです。ですが、お肩は震えていらっしゃいます……。

恥ずかしいです……。


もう馬車が走り始めて時間が経《た》ちますが、まだ手をお繋ぎ出来ていません。ジーノ様の手はすぐそこです。少し手を伸ばせば届く位置なのですが、行動に移す勇気が出ません。

エスコートなどの理由があるときは、抵抗なく手をお繋ぎ出来ます。でも、何の理由もなく、わたくしの方から、というのはとても難しいです。

「アナ。熊がいるぞ」

ジーノ様がそう仰ったので窓の外に目を向けます。

「まあ！」

三メルトはありそうな大きな熊でした。川岸でのんびりと日向《ひなた》ぼっこをしているのが、橋の上の馬車から見えます。

「すごいですわ！　本物の熊なんて、初めて見ましたわ！　びっくりするくらい大きいですわ！」

ジーノ様は、にこにことお笑いです。熊ではなく、立ち上がって窓に身を乗り出すわたくしをご覧になっています。

「ふふ。可愛《かわい》い」

っ！？

……ずっと、ずっと、願っていました。ジーノ様に「可愛い」とお褒め頂ける日がまた来ることを、ずっと夢見ていました。

呪いが解けてわたくしの容姿は変わってしまいました。もう、ジーノ様がお褒め下さった昔の容姿ではありません。それでも……ジーノ様は何一つお変わりありませんでした。以前と同じ低いお声で、わたくしを「可愛い」とお褒め下さいます……。

駄目です。嬉しくて涙を抑えることが出来ません。

「アナ？　どうした？」

「すごく、すごく嬉しいですわ。容姿が変わっても、わたくしを可愛いとお褒め下さるなんて」

ぽろぽろ涙を零《こぼ》しながらも笑顔でジーノ様にそうお伝えします。

「……容姿など関係ない。アナ、君が可愛いのだ」

ジーノ様はとてもお優しい眼差《まなざ》しでそう仰います。そのお言葉が心に響いて、ますます涙があふれてしまいます。

そっと手を伸ばして、ジーノ様の手を握ります。さっきまでは出来なかったことが、今は出来ます。ジーノ様が勇気を下さったのです。

やっぱりわたくしは、この方しか考えられません。もう二度と、この方を離したくありません。

その想《おも》いを込めて、わたくしはしっかりと握ります。

◆◆◆ジーノリウス視点◆◆◆

貧民街から王都に向かう馬車の中で、アナは突然泣き出した。慌てて慰めたら、アナはなんと！　私の手を握ったのだ！　驚愕《きょうがく》だった！

アナを見ると耳まで赤くしている。かなり無理をして私の手を握ってくれたことは、明らかだった。

「アナ！　なんて可愛いのだ！」

「そこまでです！　ジーノリウス様！」

衝動が抑えきれずアナに抱き着こうとしてしまった。だが、顔のすぐ横に鋭く突き出された槍《やり》に驚き、私は動きを止めてしまう。稲妻のような刺突を繰り出したのは、向かい側に座るブリジットさんだった。

馬車に乗るとき、普段ならアナと私は向かい合わせに座る。ブリジットさんが座るのはアナと同じ側だ。今日は何故《なぜ》か、アナが私の隣に座った。だからブリジットさんは、私たちの向かいに一人で座った。護身用に積んである短槍を取り出し手元に置きつつ、だ。

アナと再会したとき、私はアナにキスをしてしまった。あれ以降、ブリジットさんは最高レベルで私を警戒している。槍を手に私を見据えるブリジットさんは、殺し合いをする覚悟を終えた開戦直前の兵士のようだ。

「すまない。アナがあまりにも可愛くて理性が飛んでしまったのだ」

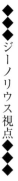

殺気に中《あ》てられ背中に嫌な汗を掻《か》きつつ、私は椅子に座り直す。

その後もアナは何度も圧倒的な可愛らしさを見せ、何度も私の理性を吹き飛ばした。切れ味を想像すると総毛立ってしまうような槍の穂先が、その度に鋭い風切り音と共に私の顔のすぐ横に突き出された。

私のいた街まで、アナはかなりの強行軍で来ている。昨日《きのう》もベッドには早目に入ったが、高揚してなかなか寝付けなかったのだそうだ。相当疲れていたようで、馬車の中でアナは眠ってしまった。

私の手を握ったまま、私の肩に頭を預けアナは幸せそうに眠っている。それを見たブリジットさんは、真《ま》っ赤《か》になった目に何度もハンカチを当てていた。ブリジットさんにとっても、アナは大切な人なのだ。


アナの希望で、帰り道はのんびりと帰ることになった。まだ日が高いうちに河辺の高級宿に入る。宿にチェックインして少し休み、それからアナと一緒に軽く街中を散策する。

「まあ」

木彫りの装飾品が売られている露店でアナが感嘆する。アナが見ているのは腕輪だ。黄楊《つげ》の木材にデフォルメされたクマの顔が彫られ、それに革紐《かわひも》が通されている。安価な上にドレスに合うものではなく、およそ貴族令嬢が身に着ける装飾品ではない。だがアナは、デフォルメされたクマが大好きなのだ。

「それを貰《もら》おう」

クマを愛《め》でるアナの可愛らしさにほっこりしつつ、その装飾品を買う。平民向けの、しかも店舗ではなく露店で売られる装飾品だ。この程度なら今の私の手持ちでも十分に買える。

しばらく散策した私たちは、宿に戻り酒場でアナと酒を飲むことにする。

この国では飲酒に法的な年齢制限は無い。しかし学園のパーティで酒が出るようになるのは高等科からだ。その酒もアルコール度数はかなり低い。度数の高い大人向けの酒は、学園を卒業して成人してから飲むものだ。それがこの国の上級貴族の慣例だ。

私は、商人として大人に交じって仕事をしていた。普通の上級貴族とは違い、大人向けの酒を飲んだことはある。アナの前でも私一人が一杯だけ度数の高い酒を飲むことはあった。だが、アナと一緒に大人向けの酒を飲むのはこれが初めてだ。大人向けの酒が解禁になる卒業パーティで婚約を破棄し、それ以降アナとは逢《あ》っていなかったからだ。

宿の最上階にある酒場の一番上等な個室の窓からは広く流れる河が見える。二つに別れた河の流れは、細長い中州を通り過ぎるとまた一つに戻る。静かな水面《みなも》は夕日が砕けずに映《うつ》り、水面とあまり高さの変わらない平坦《へいたん》な中州で白い水鳥が羽根を休めている。夕暮れの陽《ひ》が、河を鳥を朱色に染めていく。

アナと同じソファに並んで座り、それを一緒に眺めながらゆったりと葡萄《ぶどう》酒を飲む。

人払い出来る状況になったので、ケイト嬢についてアナに尋ねる。

「もちろんご無事ですわ。当家に事情をお教え下さった功労者ですもの。現在は当家の隠密《おんみつ》をたくさんお付けして、十分な安全を確保していますわ」

無事と分かってほっとする。ケイト嬢が事実を秘匿してしまうと、事実を聞き出すためにセブンズワース家が彼女を拷問に掛ける危険もあった。聞かれたら自分の身の安全を最優先に考えて包み隠さず話すよう、ケイト嬢には伝えてあった。その通りにしてくれたようだ。

「……ケイト様は、ジーノ様にお戻り頂きたいみたいですわ」

アナはケイト嬢と連絡を取っていて、私への伝言を彼女から頼まれていた。商会の持分の六割を返すから商会の会頭として戻って来てほしいとのことだ。ケイト嬢の持分は四割だけ、地位も副会頭で良いと言う。経営雑務は副会頭の自分が担当するので、経営方針策定や商品開発は私に任せたいとのことだ。

私が商会を劇的に成長させたことを、ケイト嬢は知っている。一人で商会を経営するより私を利用した方が利は大きいと判断したのだろう。地位より儲《もう》けを選ぶのは、いかにもケイト嬢らしい。

アナはぐいっと一気に葡萄酒を飲み干す。二杯続けてだ。大丈夫だろうか。ケイト嬢の話になってから、アナはかなりのハイペースで飲んでいる。

「ジーノ様は……どうされますの？」

どうするのが最適だろうか……アナとまた婚約するなら、公爵家の後継者として実務に携わらなくてはならない。商会経営をする時間は無い。だが、経営に関する雑務を全《すべ》て引き受けてくれる者がいるなら公爵家の仕事と両立出来る。

私が起こした商会は、今や国内大手商会の一角だ。セブンズワース家の立場で考えても、手放すのは大きな損失だ。そして、私が少し関与するだけでも商会は更に成長出来る。両立可能なら両立が最善だ。

前向きに考えていると私が答えると、何故かアナは不機嫌そうな顔をする。商会経営の話をしていたのだが、ケイト嬢の胸の大きさの話へとアナは話題を変える。

「ジーノ様も、ケイト様のようにお胸の大きな女性がお好きなのでしょう？」

アナはそう言うと、ぷいっと顔を背《そむ》けて頬《ほお》をまん丸に膨らませる。

ケイト嬢はかなりの巨乳だ。だが、アナだって平均より大きいし、人よりずっと美しい曲線だ。何も問題ないと思う。気を取り直して話題を商会経営の話に戻すが、アナはまたケイト嬢の胸の話へと話題を戻す。

「お胸も大きくて、お可愛らしいお顔で、明るくてお話も面白くて……ケイト様は素敵な方だと思いますの」

アナはまたそっぽを向いてぷうっと頬を膨らませる。仕方がないので完全に話題を変える。

しばらく話しているとアナの呂律《ろれつ》が怪しくなって来た。先ほど商会の話をしているときにかなりハイペースで飲んだからだろう。何だかとても機嫌が良さそうだ。

「えい。ハサミ」

指をじゃんけんのチョキのようにしたアナは、テーブルの上に置かれた私の手を人差し指と中指で挟む。

「アナ！　なんて可愛いのだ！」

「そこまでです！　ジーノリウス様！」

気付いたらアナを抱き締めようとしてしまっていた。人払いしていたので壁際に控えていたブリジットさんだが、瞬間移動のように突然目の前に現れてそれを阻止する。心臓が飛び出るかと思うほどの猛烈な可愛さに、つい理性が飛んでしまった。

「酒席で女性に抱き着こうとするなんて！　ジーノリウス様、あなたはケダモノですか⁉」

ぐうの音も出ない。貴族としてはあり得ないマナー違反だ。

「さあ、お嬢様。ケダモノがいる部屋からはさっさと退散して、今日はもうお休みしましょう」

ブリジットさんは私のエスコートを許さず、陽気にふらふらと歩くアナを部屋へと連れ帰った。

◆◆◆

途中の街でバルバリエ家から早馬で私の服や装飾品などが届けられた。バルバリエの義父上《ちちうえ》からの手紙も一緒にだ。バルバリエ家は後回しでいいから、先《ま》ずはセブンズワース家に赴いて釈明をするようにと手紙には書かれていた。

だから私は今、バルバリエ家の貴族服を着てセブンズワース家にいる。王都に着いてから真っ先にここに来た。

『孔雀』の名を持つ第六十一応接室には、公爵夫妻が待っていた。アナはこの場にはいない。慣れない長旅で疲れた様子だったので休んで貰った。

「久しぶりね。ジーノさん」

「ジーノさん」という呼び方を聞いて感動してしまう。もう私とアナの婚約は解消されている。本来なら「ジーノリウスさん」と呼ぶべきなのだ。それでもこの人は、家族の呼び方で私を呼んでくれる。私も「義母上《ははうえ》」と呼ぶことにする。

「申し訳ありませんでした」

右膝《みぎひざ》を突《つ》く片膝立ちになり左手を胸に当てて頭を垂れる。貴族男性の最大級の謝罪だ。

「ようやく帰って来たか。この馬鹿者が」

「あなた？　違うでしょう？　先ず他に言うべきことがあるのではなくて？」

不貞腐《ふてくさ》れたような顔の公爵だったが、にっこりと笑う義母上を見て怯《ひる》んだような表情になる。

「先ずは立って、ソファに座って。一緒にお茶を飲みましょう？」

義母上に促されて私はソファに座る。この家で家族が集まるときは、いつもこうやって義母上が仕切っていた。こういうのも久しぶりだ。何だか嬉しくなってしまう。

「ああ。なんだ。その……すまなかった」

「……何故公爵が私に謝罪されるのですか？」

「あら？　アナから何も聞いていないの？」

「ええ。詳しくは聞いていません。勘当が取り消された理由やセブンズワース家が私との再婚約を望む理由などについては、公爵や義母上から聞こうと思っていましたので。逢わなかったこの半年のことでお互い話すことは他に沢山ありましたから、話題にも困りませんし」

ケイト嬢の話をするとアナは機嫌が悪くなる。だからケイト嬢が絡みそうな話は避けた。そのことを義母上に説明する。

「まったく。仕方のない子ね」

義母上はクスクスと笑う。

「それじゃあ、わたくしから説明するわね。ジーノさんが婚約を破棄して失踪《しっそう》したのは、呪《のろ》いさえ解けたならアナを王妃にって、この人が言ったからよね？　その目的は、第一王子殿下もしくは王太子殿下とアナの婚約のため、ということで良いのね？」

「はい。そうです」

「この人はそう言ったけど、それは全部忘れてほしいの。セブンズワース家としては、呪いが解けた今でもアナにはジーノさんと結婚してほしいと思っているわ」

「……私を選ぶ利が無いように思えますが」

第一王子殿下と王太子殿下、どちらを選んでも選んだ方が次の王だ。そしてアナは一人娘だ。長男がその次の王になり、次男以降の誰かが次代のセブンズワース公爵だ。公爵が王の実弟なら、この家の栄華は次代も続く。貴族らしい貴族の公爵や義母上が、その利益を捨てるとは思えない。

「ふふ。ジーノさんは自分の価値がまるで分かっていないのね。化粧水よ」

「化粧水、ですか？」

「そう。塗るだけで十歳以上若返る化粧水で、使うのを止《や》めると元に戻ってしまう。しかも出回って随分経《た》つのに未《いま》だに誰《だれ》も真似《まね》が出来ていない。このことには凄《すご》く価値があるの。王家が王女殿下とあなたの婚約を考えるくらいにね」

「えっ⁉　王女殿下との婚約ですか？」

嫌な汗が背中に流れる。王家を凌駕《りょうが》するほどの力を持つセブンズワース家ならともかく、平均的な侯爵家であるバルバリエ家では王家からの縁談を断り切れない。

「安心して。それも立ち消えたわ。ケイトさんのお陰ね。ジーノさんがアナのために貴族位さえ捨てたと知って、強引に婚姻を結ばせたら喜ぶどころか恨まれるって王太后殿下《おかあさま》や国王陛下《おにいさま》も思ったのよ。味方に引き入れるための婚約なのに、敵対してしまっては何の意味も無いでしょう？　獅子《しし》身中の虫になってしまうくらいなら、王家には入れない方が得策だって判断したのよ」

良かった。ほっと胸を撫《な》で下《お》ろす。

「というわけで、セブンズワース家としては王の外戚《がいせき》となるよりもジーノさんを後継者にする方が政略的にも上策と判断したの。もちろんそれ以外にも、アナがジーノさんとの結婚を望んでいるということも大きいわ。王子殿下とジーノさん、当家の利益がそれほど変わらないか王家との婚姻の方が少し上というだけなら、わたくしたちはアナを幸せにしてくれるあなたを選ぶわ」

元々はゴーレム製作のための資金集めで売り始めた化粧水だが、思わぬ効果を発揮してくれた。

安全性を考えて、化粧水に付与した魔法は治験を通った魔法をそのまま使った。このため魔法には解析ガードも付いてしまっている。現代の魔道士どころか前世の人たちだって、化粧水に付与された魔法の解析は不可能だ。解析出来るのは、前世の専門家たちだけだ。

女性は「自分の肌に合った化粧品」という言葉が大好きだ。このため市販の化粧水の成分や魔法式を分析し、それに手を加えて自分好みの化粧水を自作するということが一時期流行《はや》った。素人《しろうと》でも簡単に化粧水が作れるキットを販売する業者も多く出現した。

これに困ったのが魔法薬師会だ。消費者が自身で魔法付与なんか始めたら仕事が無くなり大損害だ。そこで魔法薬師会は与党に圧力を掛け、化粧品の付与魔法には必ず解析ガードを付与しなくてはならないという規制を作らせ、消費者による自作を阻止した。

前世の既得権益団体の横暴のお陰でアナとまた婚約出来るとは、人生何が幸いするか分からない。

「それから、アナのことね。使用人から報告があったんだけど、少し情緒不安定みたいなの」

「情緒不安定、ですか？」

「どうやら婚約破棄が心の傷になっているみたいなの。これからカウンセリングを受けさせるから、しばらくすれば落ち着くと思うわ。だから、しばらく我慢して貰えないかしら？」

普通の貴族女性なら、婚約したら結婚までは一本道だ。荒波に浮かぶ小舟のような下級貴族なら政局次第で相手が変わることも多いが、爵位が上がるほど小さな政局変動では動じなくなる。大貴族にもなれば相手が変わることはほとんど無い。アナにとって婚約破棄は大きな衝撃だっただろう。

アナが傷付くことは覚悟していた。しかし、こうやって実際の心の傷に直面させられると、全く覚悟が出来ていないことを思い知らされる。罪悪感で胸が苦しい。

そして、罪悪感を感じる自分と同時に歓喜している自分もいるのが分かる。傷付いたアナを私自身の手で癒やして上げられることに、私は喜んでいた。

貧民街では、婚約破棄されて傷付いたアナを癒《いや》す新たな婚約者を想像することが何度もあった。男を見詰めるアナの眼差《まなざ》しに次第に信頼の色が入り混じっていく場面を想像しては、全身が焼かれるように嫉妬《しっと》した。苦しくて、壁に頭を打ち付けたり壁を殴り付けたりということをよくしていた。

胸中を跋扈《ばっこ》する感情は、もはや嫉妬ではなかった。憎悪や怨念《おんねん》と呼ばれる類のものだった。ドス黒い感情で歪《ゆが》んでいく自分をひしひしと感じ、人を殺す選択をすることが自然だと感じる人間に、いずれはなってしまうように思えた。

自分で傷付けた女性を自分で癒せることに喜ぶなんて、およそ健全な思考ではない。もしかしたら怨毒《えんどく》に変異した嫉妬に歪められ、既に私は正常ではないのかもしれない。だがそれでも、自分の手でアナを癒せるというのは、どうしようもなく嬉しい。この権利は、絶対に手放したくはない。

「我慢することなど一切ありません。私自身の手でアナを癒やして上げられるなら無上の喜びです」

「そう言ってくれて嬉しいわ。アナの症状なんだけどね。あなたの周りに女性の影がチラつくと急に落ち着かなくなるみたいなの。ブリジットが煽った面もあるけど、それを加味しても様子がおかしかったそうよ」

「では、女性の影がチラついても気にならなくなるくらい、私がアナをドロドロに甘やかします」

「そんなことはしなくて良い！　カウンセリングで何とかなる！」

私の言葉を公爵が真っ赤《まっか》になって否定する。

その症状には心当たりがある。風呂《ふろ》を借りるために私が夜の店に行こうとしたとき、アナは涙目でそれを止めた。商会経営者に戻ることを言ったとき、アナはケイト嬢のことを殊更気にしていた。あれはアナの心の傷なのだろう。そうとは気付かず申し訳ないことをした。

ケイト嬢から打診のあった商会経営者に戻る話はなしだ。アナに負担は掛けられない。全《すべ》てアナの望み通りにしよう。

「あら。それは駄目よ。商会の持分の過半数をジーノさんが持っていて、少しの労力で商会を更に大きくすることが出来たら当家にとっても大きな利益になるわ」

「しかし、私がケイト嬢に近付くことになればアナは不安に思います」

「諦《あきら》めなさい。あなたが王都に来てからも商会は大きくなって、今や国内有数の大商会ですもの。いくらアナのためでも逃す利益が大きすぎるわ。当家の後継者なんだから、アナのことばっかりでは駄目よ。この家のために尽くしてくれる人が、家門には沢山いるわ。その人たちのことも考えてね。家門の頂点に立つって、沢山の人のことを考えるってことよ。アナは大丈夫よ。そのためのカウンセリングなんだから」

反論出来なかった。完膚無きまでの正論だった。

それからは穏やかで楽しい日々だった。セブンズワース家の玄関で出迎えをしてくれるアナと話し、時間を見付けてはアナとお茶をする。婚約破棄する前には当たり前のように繰り返していた何気ない日常だ。だが一度その日常を失った私は、それがどれほど貴重なものなのかを十分理解している。貴重なひとときを噛《か》み締《し》めるように、私はアナを慈しんだ。

◆◆◆

ケイト嬢からの提案を受け入れ、商会の会頭へ復帰した。最近は週二回程度の割合で商会に顔を出している。

「会頭、姐《あね》さんどこにいるか知ってます？」

「外回りに出ているはずだが」

会頭室の扉を半分だけ開けた五十代の従業員が私に尋ねる。姐さんとは、ケイト嬢のことだ。自分よりずっと歳上《としうえ》の従業員からもケイト嬢はそう呼ばれている。

年配の男性が若い女性から指示されるのを嫌うのは、前世でも今世でも同じだ。だが前世とは違ってこの国は身分社会だ。年配の平民男性は若い平民女性の指示には従いたがらないが、相手が貴族令嬢なら五歳の幼子《おさなご》にだって従順に従う。そういった男性の不満は、同じ階級の中だけの話だ。

ケイト嬢が商会従業員からすんなりと受け入れられたのは、貴族の私が全件委任したからだ。平民は、貴族の内紛に進んで関わろうとはしない。その後私が勘当されたとしても、最初に下された貴族の決定を覆して火中の栗を拾いたがる者はいない。ケイト嬢を会頭に据えるという当初の貴族の指示に、誰もが素直に従った。それが、ケイト嬢が会頭として上手《うま》くやれていた理由の一つだ。

「ケイト様、遅いですわね。もうお戻りになっても良い頃《ころ》ですけれど」

会頭室のソファに座るアナが言う。

義母上からの指示で会頭を引き受けることになってしまった。そのことをアナに伝えて謝罪した。

『わ、わたくしも、わたくしも商会にご一緒したいですわ』

懇願するような目で、そのときアナは言った。婚約破棄の心の傷から、アナはこんなことを言う。加害者として、アナの心の傷に気遣う気持ちを持たなくてはならない。それは分かっている。

だが、そのときのアナの壮絶な可愛《かわい》さは、そんな考えさえ一瞬で消し飛ばしてしまった。理性も思考も失った私は気が付いたらアナに抱き着こうとしていて、気が付いたらブリジットさんに阻止されていた。

そのような経緯で、私が商会に行くときはアナも同行するようになった。

入荷した在庫の確認のために席を立つ。アナも同行を希望したので、二人で倉庫へ向かう。従業員休憩室の前を通ると中から笑い声が聞こえる。かなり盛り上がっている。気になることがあったので室内を覗《のぞ》いてみる。

「それでは定例支店長会議を始める。順に報告してくれ」

ケイト嬢が言う。ビシッと音が聞こえそうなほどの大袈裟《おおげさ》なジェスチャーだ。明らかに私の物真似だった。一緒に休憩している従業員たちは笑っている。私と一緒に覗いているアナも笑いを堪《こら》えている。

先ほど気になったのはこれだ。行方《ゆくえ》不明だったケイト嬢の声が中から聞こえたのだ。

「ほう？　それは誰の物真似だ？」

「げげっ！　ジーノ様！」

背後から声を掛けると振り返ったケイト嬢は慌てる。

「あの、あのね、これはね……エヘヘヘヘヘ」

こいつ、笑って誤魔化《ごまか》す気だな。

「外回りに行っているはずの人間が、何故《なぜ》こんな所にいるのだ？」

「ぎゃあああ。痛い痛いいいいいい」

ケイト嬢のこめかみを拳《こぶし》でぐりぐりする。大して痛くはしていないが、ケイト嬢は大袈裟に痛がる。そんなケイト嬢に従業員は大爆笑だ。

これが、ケイトが商会で上手くやれているもう一つの理由だ。この女性は人の心に入り込むのが上手い。従業員ともすぐに良好な関係を築いてしまった。

早く仕事に戻るようケイト嬢に注意して、入荷確認を終えてからまた会頭室へと戻る。戻ったら一度休憩だ。私の仕事を手伝ってくれているアナも一緒に休憩してくれる。会頭室のソファに座ってアナと一緒にお茶を飲む。

難しい顔をしていたアナは、ティースプーンを手に取るとぽいっと床に投げ捨てる。唐突な奇行に目が点になってしまう。

「ジーノ様。わたくし、スプーンを落としてしまいましたわ」

「ああ。気にしなくても大丈夫だ。すぐに掃除させよう。ドレスは汚れていないか？」

「……はい」

何故かアナはしょんぼりと俯《うつむ》いてしまう。

「痛っ」

私の耳を強く引っ張ったのは、ブリジットさんだった。

「何をしているのです。どうしてお嬢様の頭をぐりぐりしないのですか？　お嬢様があまりにお可《か》哀想《わいそう》です」

引っ張った私の耳の耳元で、ブリジットさんがひそひそとした声で言う。

「何の話だ？」

「ちっ。この唐変木《とうへんぼく》が」

「え？」

「いえ。こちらの話です。よろしいですか、ジーノリウス様。先ほどジーノリウス様がケイト様の頭をぐりぐりされて、お嬢様は嫉妬されているのです。食器を落とされたのは、失敗をしたことでジーノリウス様にぐりぐりしてほしいからです。早くお嬢様にぐりぐりをお願いします」

何だと？　嫉妬？　アナが？　私に？

「アナ！　君はなんて可愛いのだ！」

「いい加減になさいませ！　誰《だれ》がそんな破廉恥なことをするよう言ったのですか！」

気付いたらアナを強く抱き締めてしまっていた。ブリジットさんはすぐに私を引き剥《は》がす。

私のせいでアナは傷付いて、私のせいでアナは落ち込んでしまった。私は反省し、謝罪しなくてはならない。だが、アナが嫉妬してくれたのは大変な衝撃だった。そういった考えも含め心の全て

がアナへの愛《いと》おしさ一色で塗り潰《つぶ》され、謝罪などすっ飛ばして抱き締めてしまった。

その日の夜、自室のベッドで考える。アナをよく知るブリジットさんから嫉妬だと教えられて、それが事実だと思ってあのときは舞い上がってしまった。だが、時間が経《た》つに連れて疑念も生まれる。

本当にアナは嫉妬してくれたのだろうか。私に嫉妬する女性などいるのだろうか。

私に女性の影がちらつくことをアナは恐れている。自身の将来が脅かされる恐怖だと、これまで思っていた。そう考えるのが合理的だと思っていた。違うのだろうか。もしかして夜の店に行くことを嫌がったのも、ケイト嬢に近付くことを嫌がったのも、アナが嫉妬してくれたのだろうか。そこまでアナは、私に執着してくれているのだろうか……。

「もしかしたら」という期待より「そんなはずがない」という現実感覚の方が強い。

ブルースさんは私の自信の無さは異常だと言っていた。アナもまた、私には自信が無いと言っていた。ブリジットさんの言葉が信じられないのも私の自信の無さの表れであり、心の歪みなのかもしれない。

もっとも、自覚しても簡単には直らない。これが私の心の歪みなら、二十年や三十年という短い時間で出来たものではない。もっと長い時間を掛け、しっかりと踏み固められて築かれた異常性だ。

悪事の限りを長年続けてきた極悪人がある日突然改心して善人になっても、誰もすぐには彼を信頼しない。彼の善行を見て感心はしても、時間が経てばその善良さを疑わしく思ってしまう。それと同じだ。極悪人の評価が急には変わらないように、私の自己評価もまた急には変わらない。どんな価値観でも、長い時間を掛けて築き上げたものはすぐには変わらない。

何にせよ、ケイト嬢との接し方は改める必要がある。つい彼女に気安い態度を取ってしまう原因は分かっている。ケイト嬢の人懐こさも理由の一つだが、一番の理由は他にある。彼女を見ていると前世の妹を思い出すのだ。人懐こいところも、型破りなところも、能天気なところも、本当によく似ている。

それでも、アナを不安にさせてしまうのは絶対に駄目だ。これ以上、ケイト嬢を通して前世の妹を懐かしんではならない。妹はもう二度と逢《あ》えない人であり、きっぱりと想いを断ち切る必要がある人だ。それをしっかりと、自分に言い聞かせなくてはならない。

◆◆◆

胸の前で指を重ね合わせて手を組み、跪《ひざまず》いて目を閉じるアナは、祈りを捧《ささ》げる聖女のようだ。『星蒼玉《せいそうぎょく》』の別名を持つ第十応接室の床に祈祷《きとう》用の敷物を敷き、そこに両膝《りょうひざ》を突《つ》いたアナはもう長い時間その姿勢だ。

瞑想《めいそう》を終えて目を開けたアナはふうと一息吐き、私に目を向けると花が咲くように笑う。立ち上がったアナがソファに座ると、それに合わせてブリジットさんがお茶を出す。

「魔法の訓練は『祈り』なのですね。驚きましたわ」

アナに前世のことを打ち明けたことを機に、私は魔法をアナに教えている。先ほどアナがしていたのは魔法の訓練だ。

「正確には、祈りではなく瞑想だ。魔法修練の基礎段階は、気脈と魔力脈の形成だ。脈の形成には瞑想が必要なのだ」

「私の門派の武功には、站椿《たんとう》という同じ姿勢で立ち続ける鍛錬法があります。それと似ていますね」

ブリジットさんが興味深そうに言う。いつもアナと一緒にいる彼女にまで隠すのは難しいからだ。

ブリジットさんには話している。私が魔法を使えることやアナに魔法を教えることは、ブリ

ジットさんには話している。

だが、私の前世のことは話していない。それを知っているのはアナだけだ。

「似ているのは、站椿《たんとう》も脈の形成を目的としたものだからだろう。もっとも、アナがしているのは魔力脈と気脈の両方の形成であるのに対して、武功のそれは気脈のみの形成を目的としたものだろうがな。瞑想時の姿勢の違うのは、必要とされる脈の循環経路が武功と魔法では違うからだ。站椿《たんとう》だけではない。この国の宗教の祈り、他の国の宗教の座禅もそうだ。いずれも異なる姿勢で瞑想するものだが、それぞれ異なる経路の脈を形成するためのものだと思う」

宗教や武功での瞑想は、前世で魔法が近代化されたときその合理性が解明された。魔法を使うには先《ま》ず魔力脈と気脈を体内で構築し、魔法を扱える体を作らなくてはならない。瞑想はそのためのものだ。アナは今、脈を構築している最中だ。

もちろん脈が形成されただけでは魔法は使えない。無数にある魔術回路を覚えなくてはならないし、それを正確に描く技術も要求され、魔術回路に対応する混元魔力——気を混ぜ合わせた魔力——の生成方法も覚える必要がある。修得すべきことは膨大であり、一朝一夕には魔法を使えない。

『開悟』という奇跡でも起きない限り、アナが魔法を使えるようになるのはずっと先の話だ。

「敬虔《けいけん》な信徒がたまに奇蹟《きせき》を顕《あらわ》すことがあるのは、そういう理由だったのですね」

ブリジットさんは感心したように言う。熱心に耳を傾けているのは、彼女にも魔法を教えているからだ。

教える内容はアナとは異なる。脈が形成されていないアナに教えているのは、前世で最も効率的とされた脈の構築法だ。だがブリジットさんの場合、既に気脈が形成されている。脈を持つ人が別の脈を構築すると、両者が衝突し合ってどちらも機能しなくなってしまう。だからブリジットさんに教えているのは、脈の構築方法ではなく既存の脈で発動可能な魔法の魔術回路などだ。

ブリジットさんが気脈を持つことは予想通りだ。一定水準以上に武功を修めた人は、流派独特の経路の気脈を持つのが普通だ。

意外だったのは、魔力脈も持っていたことだ。魔力脈は武功修練によっては形成されない。魔法を修練したことがないのに魔力脈を持っているのだから、ブリジットさんは生まれ付き魔力脈を持っていたということになる。戦闘獣が生まれ付き魔法を使えるように、人間でも極稀《まれ》に生まれ付き魔法を使える者がいる。

そういう者を『忌み子』と呼び嫌悪する家も多いが、一方で『先天魔道士』と呼びその才能を望む家もある。ブリジットさんはオードラン子爵家の養女で、養女になる前は浮浪児だった。彼女が数奇な運命を辿《たど》ったのは、生まれながらに魔法が使えたせいなのかもしれない。

「そうだ。意識せずに魔法を使っていて、術者本人でさえ神の奇蹟だと思っていることも多いがな。だが、それだけでは説明が付かない事例も確認されている。神はいるのだと思う」

「まあ。やっぱり神様はいらっしゃるのですね」

アナは嬉《うれ》しそうに笑う。結構信心深い人なのだ。

魔法の訓練が終わったら、次は古代語の勉強だ。

アナのためにゴーレムを一つ作った。発掘された水晶球に記録された本のページを獣皮紙に熱転写するゴーレムだ。そうして作られた本でアナは日本語や魔法を学んでいる。

魔法を教える以上、アナには治癒魔法を学んで貰《もら》いたい。脈の構築が終われば脈の循環、つまり周天循環が完成し、脈の経路を魔力が高速循環し始める。

アナは桁違《けたちが》いの魔力を持つ『魔導王』の卵だ。周天循環が完成すると『魔導王』は一般人の魔法を受け付けなくなる。莫大《ばくだい》な密度の魔力の高速循環は、それだけで強力な魔法障壁になってしまう。そうなるとアナは、攻撃魔法はもちろん治癒魔法も効かなくなってしまう。アナに病気や怪我《けが》があったとき、困ったことになってしまう。

『魔導王』に唯一効く魔法は『魔導王』レベルの魔力密度を持つ魔法だけであり、つまり基本的にアナが自分自身に掛けた魔法だけだ。だからアナには、基礎理論を学び終えたらすぐにでも治癒魔法を学んで貰いたい。

しかし、アナは治癒魔法よりも他の魔法に興味津々だ。今読んでいるのは小学生向けのレクレーション魔法の本だ。浮遊魔法のページを熱心に読んでいる。

アナに興味が無いなら仕方ない。技術的に大変ではあるが、治癒魔法の魔力密度を高める超高圧魔力圧縮機を私が作っておけば良い。魔力の正体は、魔素と呼ばれる電子よりも小さい極小微粒子だ。粒子の集合体であるため、工業技術による圧縮も可能だ。

「ジーノ様。こちらの文字なのですが、発音は『リクリエーション魔法』ですわよね？　ですが、ジーノ様の発音をお聞きすると『レクレーション魔法』と仰《おつしや》っているように聞こえるんですの」

そうだった。若い人はレクリエーションをリクリエーションと言うのだった。アナは私の発音を手本にしている。今後、発音には注意しなくてはならない。

それから、前世の若者言葉を覚える必要があるな。アナが今一番読みたいのは日本の恋愛小説だ。ライトノベルで使われている若者言葉について、いずれ聞かれることもあるだろう。


言語の勉強を終えたら、次はアナによる私のカウンセリングだ。アナ自身もカウンセリングを受けているが、アナもまたカウンセリングを学んでいる。私の心の歪《ゆが》みを直すためだ。

馬車が走る文明水準にもかかわらず、この国にはカウンセリング技術が存在する。必要は発明の母だからだろう。この時代の人たちは、前世とは違って魔物と生存競争をしている。命懸けの戦闘は、どの国でも毎週のように行われている。心的外傷を負う騎士や兵士も恒常的に発生しているが、彼らは時間と費用を掛けて戦闘技術を身に付けさせた貴重な存在だ。心の傷を負って戦えなくなった彼らをもう一度戦場で機能させる技術が、この時代には必要だったのだ。

貧民街でアナと再会したとき、激情に駆られて前世のことを話すことが出来た。だが素面《しらふ》で話すのは難しい。少しずつ、話せる範囲でアナに話す。話せる範囲のことでも話せないことも多い。当時の自分自身の感情が複雑すぎて言葉に出来ないのだ。それでも、自分なりに気持ちを整理して、説明出来る範囲で当時の気持ちを吐き出す。

ぽつぽつと話す私の言葉を、アナは優しい笑顔で聞いてくれ、温かい言葉を返してくれる。そんなアナだから、私も話すことが出来る。全《すべ》てを受け入れてくれるアナになら話すことが出来る。

アナと話すことで、私の考えも少しずつ変わっている。例えば他人に対して一線を引き、踏み込んだ人間関係を作らないことについての捉《とら》え方もそうだ。これまで一線を引くことが大人の対応だと思っていた。今は違う。傷付くことを恐れて人と距離を置くのは、精神的な幼稚さだと思うようになっている。

アナと話すことで自分の弱さを誤魔化《ごまか》すために作ったそれらしい理屈が消え、少しずつ素直に考えられるようになっている。考えが変わるほど、アナに話せることも多くなる。

女性との会話が苦手なこともアナには告白した。私が教える前から、アナは私の女性に対する苦手意識を知っていた。そんな男だと知っていても、これまでずっとアナは私を軽蔑《けいべつ》することなく側《そば》にいてくれたのだ。それどころか、私の告白をアナはとても喜んでくれ、女性とのコミュニケーション改善について協力を申し出てくれた。心が融《と》けてしまうような温かい女性だ。

「こんな、老人の面と幼稚な面を持つ男で、君は気持ち悪くはないのか？」

「成熟した面と子供っぽい面のどちらもお持ちなんて、当たり前のことですわ。お父様やお母様だって普段はとても大人ですけど、子供っぽい一面もお持ちですもの。大人の面と子供の面、どちらも併せ持つのが人間だと思いますわ」

どれほど醜い面を見せても、アナはこうやって包み込むようにそれを受け入れてくれる。深くて柔らかいアナの優しさにこうして触れる度に、鬱屈《うつくつ》した感情が少しずつ消えていく。

世界で唯一、アナだけが私の陰惨な過去を知り、世界で唯一、アナだけが積年の屈辱で捻《ね》じ曲がった私の感情を受け入れてくれる。元より大切だったアナが、今は更に大切でかけがえのない存在に成っている。

――アナこそが私の全てだ。この人に私の全てを捧《ささ》げるのは当然のことだ――

最近は極自然に、心から、そう思う。

「……ジーノ様は、どうお思いですか？　ジーノ様にとってはわたくしなんて子供でしょうけど、子供がお相手ではお嫌ではありませんか？　少しでも大人になれるようにって努力はしていますけど、やっぱりまだまだだと思いますの」

アナは不安そうな顔をする。

「いや。君は私よりずっと大人だ。努力なんて必要無い」

人生経験だけは長いから、肉体の年齢と精神の年齢が必ずしも一致しないことは良く知っている。中学生のようにキレやすい老人や小学生並みに我儘《わがまま》な中年なんて、嫌というほど見てきた。だから実年齢は気にならない。重要なのは精神年齢だ。その点、アナは私よりずっと成熟している。

「それから、年齢を気にする必要は無い。君が五十歳でも十歳でも、私は君を愛していた」

アナは真《ま》っ赤《か》になって俯《うつむ》いてしまう。可愛《かわい》い。凄《すご》く可愛い。

アナの魅力は精神年齢ではなくその心だ。とても強く、とても真《ま》っ直《す》ぐで、とても綺麗《きれい》で……夢中にならざるを得ない素晴らしい人だ。

◆◆◆

義母上《ははうえ》から演劇のチケットを貰った。私の名誉回復策だと言う。その演劇をアナと観《み》に行くことにした。

アナが街中にも出るようになったのは最近だ。それでも観劇の経験は私よりもずっと豊富だ。

セブンズワース公爵家ともなれば、歌劇や演劇、オペラ、オーケストラといったものは劇場に足を運んで鑑賞するものではない。劇団や楽団を呼び寄せて自宅の劇場で鑑賞するものだ。家から出なくても、アナは頻繁に劇を鑑賞している。

「ジーノ様」

セブンズワース家の玄関ホールに入った私を見付けると、アナは大輪の花のように笑う。

市井に下りるため今日のアナは商家の娘風のシンプルなワンピースドレスだ。やはりアナは何を着ても可愛い。

この世界の貴族女性は、足を見せることはない。ドレスで足先まで隠すのが普通だ。これが平民女性の場合は少し異なる。ふくらはぎを見せることは無いものの機能性を重視して丈の短いスカートを穿《は》く。平民の服を着た今日のアナは、踝《くるぶし》から下が見えている。

「あ、あまりご覧にならないで下さいませ」

気付けばアナの踝をじっと見詰めてしまっていた。それが恥ずかしかったのか、アナは真っ赤になってしまう。

可愛い。凄く可愛い。

アナの可愛らしさに中《あ》てられほんわかした気分になるが、凄《すさ》まじい形相のブリジットさんを見て正気に返る。不作法だった。紳士として女性の足を見続けてはならない。

「ああ。すまない。あまりにも魅力的だったから目が離せなかったのだ」

魅力的なのは自分の踝のことだと分かったようで、アナは余計に赤くなってしまう。

性は胸を隠す習慣がある国の女性は胸を見られても恥ずかしく思わないそうだ。
羞恥心《しゆうちしん》は、普段隠している部分を見せることで感じるものだと言う。胸を隠す習慣がある国の女性は胸を見られても恥ずかしく思わないそうだ。

普段は隠す裸を凝視されるのは、アナにとっては水着姿を凝視されるような感覚なのだろう。申し訳ないことをした。

ふと気付く。女性の体を凝視したのは、いつ以来だろうか。キモメンだった前世では、私が視線を向けるだけで女性は嫌悪感を顕《あら》わにした。風でスカートが捲《まく》れうっかり下着を見てしまったら、女性から睨《にら》まれ、罵倒《ばとう》され、ときに警察を呼ばれた。何十年もそんな扱いをされた私は無意識のうちに女性を視界から外すようになり、終《つい》には女性の体そのものを嫌悪するようにもなった。

その私が、特に嫌悪感を感じることなくアナの裸を凝視していたのだ。商家の娘風の服を着たアナを見たのは、初めてではない。アナの裸なら何度か見ているが、凝視したのはこれが初めてだ。

私にとって女性とは、自分とは違う世界の人間だった。画面の向こう側にいるキャラクターのような、決して越えることの出来ない境界の向こう側の世界の住人だった。アナだけが、画面の向こう側から飛び出して来てすぐ隣に来てくれた。そのアナの存在が、最近大きく変化している。

カウンセリングが原因だと思う。アナに私の秘密を打ち明けるほど、アナの体温をより確かに感じられるようになった。辛《つら》い過去をアナに吐露する度に、ＣＧで描かれた絵ではなく手を伸ばせば触れられる存在なのだと、より強く心で感じるようになった。

アナを馬車に乗せるためにエスコートをする。これまでは普通に出来ていたエスコートだが、今は手からアナの体温が伝わるだけで心が熱を帯びる。

今までよりずっと愛《いと》おしい存在に感じる。抱き締めてしまいたい。

王都の大通りで馬車から降りる。観劇の前に街の散策をするためだ。

「どこに行きたい？」

「モツ焼き屋さんに行きたいですわ」

「大丈夫か？　貴族が食べるものではないが」

「ケイト様からお伺いしましたわ。モツ焼きをジーノ様はとても美味《おい》しそうに召し上がっていらっしゃったって」

「ああ。そういうこともあったな」

「わたくしも拝見したいですわ。ケイト様だけがご覧になったジーノ様を……ジーノ様のことは……全て存じ上げたいんですの」

「アナ！　君は可愛すぎる！」

「そこまでです！　ジーノリウス様！」

また理性が飛んでブリジットさんのお世話になってしまった。本当に可愛い人だ。その可愛さに圧倒される度に、もうこれ以上は可愛くはならないだろうと思う。だがすぐにそれを悠々と越え、天井知らずに可愛くなっていく。

大切にしたい――その想《おも》いも高まる一方だ。

アナを連れてケイト嬢と一緒に来たモツ焼き屋を訪ねる。ケイト嬢は何種類も山盛りで買っていたが、今日は二串《くし》ずつだ。

カトラリーも借りられたので、アナはモツ焼きを串から外してフォークを使って食べる。

「あら。結構美味しいですわ」

アナはにこにことモツ焼きを食べている。良かった。なるべく癖の無いものを選んだことが功を奏したようだ。

「ジーノ様。わたくし、主任研究生に選ばれましたの」

上品に両手でカップを持ち、平民が水代わりに飲むクワスという低アルコールの飲み物を一口飲んでからアナが言う。

「凄いな。おめでとう」

研究生の中にも序列がある。卒業してそれほど経《た》っていないのに主任に選ばれるとは、さすがは在学研究生に抜擢《ばってき》された天才だ。アナの活躍を聞くのはとても楽しい。詳しく話を聞く。

「ジーノ様。わたくし、自慢しましたわ」

「うん？　そうか？」

「はい。ですから、ジーノ様も何かご自慢下さいませ」

「……自慢話が聞きたいのか？」

「お聞きしたいですわ」

アナが望むなら、何か自慢話をしなくてはならない。だが何を自慢すれば良いのだろうか。自慢出来るようなことなんて、私にはアナと親しいことぐらいしかないのだが。

「それでは、先《ま》ずは無手格闘術のご自慢をお聞きしたいですわ」

「先ずは」と言うなら、他の自慢話も聞きたいということなのか。普通は嫌がるものなのに。

私はブルースさんから習った格闘術について話す。なかなか自慢話は難しい。ただ自慢するだけでは山も谷も無い退屈な話になり、話にオチを付けようとすると失敗談になってしまう。あまり専門的過ぎてもアナが理解出来ず、つまらない話になる。話の組み立てに四苦八苦だ。

苦労はしたが、アナは興味津々の顔で聞いている。アナが楽しめたなら、これはこれで良い。

モッ焼きを食べ終えたら、王都大通りを散策する。私もアナも王都の街には詳しくない。お勧めデートスポットとしてバルバリエ家の義兄上《あにうえ》から聞いておいた雑貨屋や宝石店など、いくつかの店舗を巡ってみる。

上級貴族の場合、街で買い物することはほとんど無い。彼らが何かを買うときは、店に行くのではなく店を屋敷に呼び寄せる。陳列された商品から自分に合うものを選ぶことはなく、自分に合うものを店に作らせる。ウィンドウショッピングの経験が少ないアナは陳列された商品が新鮮なようで、大層可愛らしくはしゃいでいる。

大通りを抜け多くの露店が並ぶ王都西市場を歩いているとき、前方を歩く平民女性が恋人の男性の腕にしがみ付くように掴《つか》まって歩いているのが見えた。

「私も、アナとああなりたいものだ」

気を抜いていた私は、つい思ったことを口にしてしまった。アナは驚いた顔をして、それから俯《うつむ》いてしまう。

「よ……よろしいですわよ」

驚愕《きょうがく》のあまり言葉を失う。

なんと、俯いたまま顔を真っ赤にしてアナは私の腕にしがみ付いたのだ！

貴族女性が異性の体に触れるのは、手のひらだけだ。エスコートを受けるときも手のひらを男性の腕に乗せるだけだし、馬車の乗り降りなどでも男性が差し伸べた手に自分の手のひらを乗せるだけだ。この世界のダンスは前世の社交ダンスほど密着しないので、ダンスのときだって触れるのは手のひらだけだ。腕を絡ませるなんてことを、まして人前でそんなことをする貴族女性はいない。この国の価値観で見るなら、アナはかなり大胆なことをしている。

アナは真っ赤だが、おそらく私も真っ赤だ。お互い恥ずかしいために会話は無い。ただ腕を絡ませて並んで歩く。アナの柔らかさと体温を腕から感じ、アナがすぐ隣に確かにいてくれていることを実感しながら歩く。

幸せ――それ以外の言葉が思い付かない。だが、空だって飛んでしまいそうなこの気持ちは、その程度の言葉では到底言い表せない。

川沿いのレストランで食事をして、時間になったので劇場へと向かう。アナは市井の劇場に入ったのが初めてで、固定された座席と人の多さを見て興奮している。

セブンズワース家の劇場では、家人が観たい位置にゆったり座れるソファなどを使用人がセットしてくれる。固定座席は無い。私とアナが二人で観るときのソファは一つだ。私からすれば、広い劇場に豪奢《ごうしゃ》なソファがぽつんと置かれ、席の近くには飲み物やおつまみが置かれたテーブルがある方が不自然に思える。この辺は育ちの差だ。

貴族向けの個室観覧席もあるが、今日は敢《あ》えて固定座席に座る。もっとも、護衛や侍従が私たちを取り囲むように座るので、周りは見知った顔ばかりだ。

劇のタイトルは『ゴブリン令嬢』だ。実話が元であると銘打たれた劇で、主人公のモデルはアナだ。

◆◆◆

瘤《こぶ》だらけの覆面を被《かぶ》った少女アナシイは、その容姿のためにいじめられる。そんなときにいつも助けてくれる男の子がいた。少年の名はジノヴァだ。いつも自分の味方をしてくれ、ときどき二人だけで遊んでくれるジノヴァにアナシイは恋をする。

だがアナシイは想いを告げるつもりは無かった。ジノヴァは、美少年であり少女たちからの人気も高い。対してアナシイは『ゴブリン令嬢』と言われる醜い少女だ。到底釣り合わないと、アナシイは諦《あきら》めていた。

やがて二人は成長し、父親はアナシイに縁談話を持って来る。縁談はなかなか纏《まと》まらない。アナシイを見るなり見合い相手はアナシイを醜いと罵《ののし》り、縁談を断ってしまうのだ。そんな中、アナシイに縁談を申し込んで来た者がいた。ジノヴァだ。

アナシイは歓喜する。だが父親はその縁談を断ってしまう。家格が釣り合わないからだ。

「アナシイと結婚したいなら儂《わし》が納得する持参金を持って来い」

到底用意出来ないような巨額の持参金を、アナシイの父親はジノヴァに要求する。

「少し待ってて。必ず持参金を持ってくるから」

ジノヴァはアナシイにそう言って立ち去る。

ジノヴァは商会を設立し寸暇を惜しんで働く。なんとか持参金を貯《た》めたジノヴァは、もう一度アナシイの父親に婚約を申し込む。法外な持参金を吹っ掛けた父親は、過去の自分の言葉に首を絞められてしまう。渋々、アナシイとジノヴァの婚約を認める。

婚約してからも、アナシイは『ゴブリン令嬢』と罵られていじめられていた。

「君がすごい人だって、僕がみんなに認めさせてあげるよ。そうすればもういじめられないよ」

ジノヴァは刺繍《ししゅう》コンテストを開催する。アナシイが創った刺繍を見て皆が驚く。

「アナシイさんを在学研究生に抜擢します」

先生役の女優がそう言うと、たくさんの生徒役の役者がアナシイを称賛する。

「アナシイちゃん、刺繍上手なんだね。私にも教えて」

「在学研究生なんてすごいね。おめでとう。お友達になろう？」

アナシイの周りに人が増えていく。アナシイをいじめる人はいなくなった。

その様子を舞台の端から見て嫉妬《しっと》をする女性たちがいた。

「ブスが生意気なのよ！」

「止《や》めろ！」

アナシイに嫉妬した女性たちがアナシイをいじめる。そこにジノヴァが助けに入る。

「アナシイ、大丈夫？　くそっ、あいつらめ！　許さないぞ！」

「止めて。怒らないで……ブスなのは……本当だもん」

「そんなことない！　アナシイは可愛《かわい》い！」

「ジノヴァ？　何言ってるの？　私『ゴブリン令嬢』だよ？」

「信じられない？　それなら何回だって言ってやる。アナシイが信じるまで言ってやる。アナシイ、君は可愛い！　可愛い！　可愛い！　可愛い！　可愛い！　可愛い！　可愛い！」

「もう分かったから……ありがとう……嬉《うれ》しい」

アナシイは涙を流しながら笑う。

占い師の服装をした老人がジノヴァに話し掛ける。

「アナシイの呪《のろ》いを解く方法なら旧世界の遺跡《ダンジヨン》にあるぞ」

「本当？」

ジノヴァは商会の仕事でしばらく留守にするとアナシイに告げ、一人で旧世界の遺跡《ダンジヨン》に挑む。傷だらけになりながらも、ついにジノヴァは解呪薬の製法を手に入れる。

怪我《けが》だらけで帰ったジノヴァを見て心配するアナシイ。

「転んじゃった」

ジノヴァは笑って誤魔化《ごまか》す。

それからジノヴァは薬の材料集めに奔走する。ときにはオークと戦い、ときにはオーガと戦い、傷だらけになりながらも材料を集める。そして遂に薬を作ることに成功する。

薬を持ってアナシイの家に行ったジノヴァは、アナシイの父親の独り言を聞いてしまう。

「惜しい。アナシイが呪いに掛かっていなければ王子との縁談をまとめられたのに」

「どういうことですか？」

立ち聞きしてしまったジノヴァは、アナシイの父親に尋ねる。

「もう少しで縁談をまとめられそうだったのに、呪いが理由で断られたんじゃよ」

「じゃあアナシイの呪いが解けたら？」

「お前との婚約は破棄して王子様と婚約させる。アナシイだって王族になった方が幸せに決まってる。死ぬまで贅沢《ぜいたく》出来て、みんなが頭を下げるんだぞ？　愛なんてものはやがて冷める不確かなものじゃ。長い目で見れば王子様との結婚の方が良いに決まっとる。そうだ。そのときはおまえの浮気ということで、おまえから婚約破棄してくれんか？　お前の浮気が原因で、お前が自分勝手に婚約破棄するならアナシイの名誉には傷が付かん。アナシイの幸せのためだ。当然出来るな？」

アナシイの父親の言葉にショックを受けるジノヴァ。

「アナシイの幸せか……」

舞台で一人立つジノヴァはそう呟《つぶや》く。

場面は変わりアナシイとジノヴァの二人が舞台に立つ。

「ねえアナシイ。王子様をどう思う？」

アナシイと二人だけの舞台でジノヴァはアナシイに尋ねる。

「え？　素敵な方だと思うわ」

「じゃあ、王子様からプロポーズされたら？」

「それはもちろん、光栄だと思うわ」

「……そうか」

そう言ってジノヴァは舞台から消える。

「王子様を悪く言うと不敬になっちゃうからああ言ったけど、不味《まず》かったかな？　本当は王子様との結婚なんて嫌だよ。私が好きなのはジノヴァだもん」

舞台に一人立つアナシイはそう独り言を言う。

「アナシイ、君との婚約を破棄する！　僕の新しい婚約者はこの子、ケイだ！」

皆がパーティの装いをしている中、ジノヴァがそう言う。

「もう私のこと好きじゃないのね？　仕方ないよ。私『ゴブリン令嬢』だし。おめでとう。お幸せにね」

祝福はしつつも耐えきれず泣いて帰るアナシイ。家に帰るとジノヴァからの贈り物で解呪薬が届けられていた。それを飲むとたちまち呪いが解ける。女優は醜い覆面を外し、美しい顔を見せる。

美しい女性へと変わったアナシイを多くの男性が褒め称《たた》えるが、アナシイは喜べない。

「私が好きなのはジノヴァだもん。ジノヴァ……会いたいよ……」

多くの男性から取り囲むように跪《ひざまず》かれながらアナシイは嘆く。

「そうだ。解呪薬のお礼を言いに行こう。ジノヴァを一目でも見られたら、しばらくは頑張れるもん」

解呪薬のお礼を言うためにジノヴァの商会を訪ねるアナシイ。そこでケイから、婚約破棄は狂言であり、ケイはジノヴァの商会経営権を対価にそれに協力しただけだと教えられる。

アナシイが家に帰ると父親は王子様との縁談をまとめていた。

王子様とアナシイの見合いが始まる。

「これは美しい人だ。君のような人を妻に出来るとは、私は幸せだ」

「王子様、あなたとは結婚出来ません。私、好きな人がいるんです」

そう言ってアナシイは見合いの席を飛び出す。

街を彷徨《さまよ》うアナシイ。浮浪者になり路上で座り込んでいるジノヴァを見付け、アナシイは抱き着く。

「アナシイ？　駄目だよこんなことしちゃ。君は王子様と結婚して幸せになるんだ」

ジノヴァに復縁を迫るアナシイとアナシイを拒むジノヴァ。二人はしばらく言い争う。

「絶対に駄目だ！　アナシイとは絶対に結婚しないよ！　こんな浮浪者と結婚するなんて間違ってる！」

一際大きな声で怒鳴るジノヴァ。怒鳴られたアナシイは怯《ひる》まず、逆に決意を固めたような顔になる。

アナシイは跪いてジノヴァの手の甲にキスをする。

「結婚して下さい。私がジノヴァを幸せにします」

「そこまでするなら……分かったよ。一生大切にするよ」

二人でアナシイの父親の許へと向かう。

「アナシイ！　なんて馬鹿なことをしたんだ！　そんな男との結婚は認めんぞ！」

憤慨するアナシイの父親。

「認めて貰《もら》えないなら、私は家を出ます。家名を捨ててジノヴァと共に生きます」

「愛など十年も続かない。儂はお前を思って言っているんだ」

「いいえ。この愛は一生続きます。さようならお父様」

ジノヴァとアナシイは二人で出ていこうとする。

「あなた！　いい加減にしなさい！」

「ぎゃふん！」

突然舞台に登場したアナシイの母親に尻《しり》を蹴飛《けと》ばされ、父親は派手に転ぶ。

「分かった。結婚を認める。だから顔を、顔を踏むのは止めておくれ」

母親に踏まれながら父親は結婚を承認する。

ジノヴァとアナシイが抱き合ってキスをしたところで幕が下りる。

◆◆◆

割れんばかりの拍手が鳴り響く。涙が止まらず席を立てなかった。横を見ると、アナもまた泣いていた。

喫茶室に入って劇の感想を語り合う。私はアナシイに、アナはジノヴァに感情移入して泣いてしまったことが分かった。

「公爵の役どころは少し……いや、かなり可哀想《かわいそう》に思えたが」

「お母様のご意向ですわ。この国の宰相とは思えない迂闊《うかつ》なお言葉で、お母様も大層ご立腹でしたの」

そうだったのか。だが貴族は名誉を重んじる。失言の罰としては厳し過ぎるように思える。

「単に迂闊なお言葉を口にされただけではありませんわ。失言されるに至った環境も全《すべ》てお父様がお作りになったんですの。およそ宰相とは思えない計画性の無さにも、お母様はご立腹になったのですわ」

よく分からないが、それ以外にも公爵はやらかしているのか。アナも父親を悪く言いたくはないだろうし、この話はここで止めておこう。

「それにしても、何故《なぜ》あんなタイトルを選んだのだ？」

劇の題目は『ゴブリン令嬢』だ。言うまでもなくアナを侮辱する言葉だ。セブンズワース家の資金で劇を制作しておきながら、何故《なぜ》その家の令嬢を侮辱する言葉をタイトルに選ぶのだろう。名誉は、アナにとっても大事なもののはずだ。

「わたくしが同意したからですわ」

「……何故同意したのだ？」

「印象的なタイトルの方が人気も出るって、劇作家様が仰《おつしや》いましたの」

確かにインパクトは凄《すご》い。この国では、芸術の枠内でなら貴族への批判も許される。それでも、露骨な侮辱は普通なら避ける。まして実話が元と銘打った劇だ。タイトルで堂々と筆頭公爵家の令嬢を侮辱するのは相当な度胸だ。それだけでもかなりの話題性だ。

「しかし、アナの名誉はどうなる？」

「気にしていませんわ。ジーノ様の名誉回復に繋《つな》がるなら、わたくし何でもしますわ」

ぐっと拳《こぶし》を握りしめてアナは穏やかに笑う。切なくなるほど優しい笑顔だった。

耐えられなかった。到底抑えきれないほどアナを愛《いと》おしく想《おも》ってしまった。衝動的にアナを抱き締め、額にキスをする。

「少し目を離しただけで！　いい加減になさいませ！」

少し離れたところで護衛と打ち合わせをしていたブリジットさんは、慌てて戻って来て私を引き剥《は》がす。人前でそんなことをしてアナの醜聞になったらどうするのか、とブリジットさんにしこたま怒られた。

周囲の人たちが向ける好奇の目線でアナは真っ赤《まっか》になってしまう。私たちは逃げるように店を後にする。

「その、すまない。君の笑顔を見たら、耐えきれなかった」

「……い、いえ」

そうは言うが、アナは耳まで赤く目はうるうるしている。この国には、手の甲にキスをする習慣はあっても人前で顔にキスをする習慣は無い。貴族はもちろん、平民だってそんなことはしない。アナは相当恥ずかしかったと思う。申し訳ない。

◆◆◆

演劇『ゴブリン令嬢』は大流行した。国内だけではない。国外の劇団まで挙《こぞ》ってこの演目を興行した。国外の劇団であっても、上演すればセブンズワース家から補助金が出るからだ。

これまでこの国では、プロポーズは男性が女性にするものだった。『ゴブリン令嬢』の影響でそれが変わり、男性にプロポーズする女性も現れた。

女性がプロポーズしたという前例があり、しかもそれは筆頭公爵家の令嬢だ。身分の高さから「はしたない」と批判することも出来ず、平民の間では女性からのプロポーズが社会現象となるほど流行した。

影響を受けたのは平民だけではない。政略結婚が主流の貴族社会であるが、少数ながらも社交界で自ら結婚相手を探す者もいる。そういう貴族女性の中にも男性にプロポーズする者が現れ、それが社交界で大いに話題となった。

影響はそれだけには留《とど》まらなかった。これまで、たとえ意に沿わない相手であっても家が決めた相手と結婚することが令嬢の美徳とされて来た。それがこの国の常識だった。

しかし『ゴブリン令嬢』の主人公は、家の決めた縁談を台無しにし、勘当覚悟でその愛を貫き、自分からプロポーズをしてまで愛を勝ち取った。その意志の強さと常識を覆すことを恐れない生き方は、貴族令嬢に大きな影響を与えた。少なくない令嬢が劇の主人公、つまりアナに共感し憧《あこが》れた。

アナは多くの女性たちからお茶会の誘いを受けるようになった。

劇の主人公のイメージから、覇気を放つ凛《りん》とした女性を想像する人も多かった。しかし実際のアナはほんわかほのぼので、優しげで儚《はかな》げな美貌《びぼう》の持ち主だ。彼女たちは皆そのギャップにやられ、アナの崇拝者へと変わった。

アナと二人で夜会に出席すると多くの貴族女性に囲まれ、アナと私は質問攻めを受けるようになった。『ゴブリン令嬢』の話が概《おおむ》ね事実だと分かると「素敵ですわ」「ロマンチックですわ」「羨《うらや》ましいほどの恋ですわ」と女性たちは大興奮だった。

もちろん保守的な女性の中には、革新的な思想に顔を顰《しか》める者もいた。だが、そういう女性は主に中高年層だ。その大半がセブンズワース家の若返り化粧水を愛用している。アナを批判して化粧水の供給を止められたら死活問題のため、彼女たちは皆、公の場では口を噤《つぐ》んだ。

バルバリエ家の義妹《いもうと》二人もまた『ゴブリン令嬢』から多大な影響を受けた。

「さすがですわ、お義兄様《にいさま》。わたくし感動しましたわ」

「すごいですわ。そんけいしますわ」

観劇を終えた義妹たちから涙目で褒められ、アナを交えてのお茶会をねだられた。

バルバリエ家にアナを招いてお茶会を開いたところ、義妹はもとより義妹の友人たちまでキラッキラに目を輝かせてアナの話に聞き入っていた。

こうしてセブンズワース家による私の汚名返上策は大成功し、卒業パーティで私が起こした騒動を悪く言う者はいなくなった。それどころか私の評価は爆上がりとなり、特に若い女性から敬意を示されることが増えた。

◆◆◆

劇のお陰で私に対して批判的な人は減ったが、全くいないわけではない。王太子殿下もその一人だ。

私が婚約破棄した数年前、王太子殿下もまた卒業パーティで婚約破棄している。似たようなことをしているのに、私は婚約破棄で評価を大きく上げ、王太子殿下は評価を大きく落としている。

ただでさえアナを側妃にするという王太子殿下の計画には私が邪魔だ。その上、同じようなことをしても扱いに大きな差が出ている。それで気分を害したようで、王太子殿下は露骨に不機嫌そうな顔をしている。

「まさか、またセブンズワース嬢と婚約するつもりではないだろうな?」

今は王宮のパーティに参加している最中だ。アナが女性陣に囲まれて私が一人になったとき、男爵令嬢を連れた王太子殿下から声を掛けられた。それで言われたのがこの言葉だ。

「そのつもりです」

言質を取られないよう、余計なことは言わず端的に答える。

「不釣り合いだとは思わないのか？　貧乏子爵家の嫡男でもない男がセブンズワース家の令嬢と婚約とは」

「望外の幸運と考えています」

「不釣り合い」だとは答えない。「では婚約を遠慮しろ」という言葉が続くからだ。王太子殿下の言葉は、その失言を誘うためのものだ。殿下は私とアナの婚約を阻止したいのだ。

「結婚は身分差を考えるべきだ。そうは思わないか？」

他のことなら大人しくやり込められてやらないでもないが、アナを狙《ねら》うなら話は別だ。反撃させて貰う。

「殿下はついにマリオット嬢との結婚を諦《あきら》められたのですね。存じませんでした」

「何だと？」

「違うのですか？　結婚は身分差を考えるべきだと、先程仰ったではありませんか。てっきり、王族と男爵家という大きな身分差を考えてマリオット嬢とのご結婚を諦められたのかと思いましたが」

自分が身分差のある結婚を目指しておきながら、他人の身分差のある結婚を否定するのはダブルスタンダードもいいところだ。殿下がダブルスタンダードを気にしなかったのは、反撃されることを考えていなかったからだろう。それも理解は出来る。相手は王族だ。普通なら反撃なんてせずに静かに耐え、嵐《あらし》が過ぎるのを待つ。

「マリオット嬢も気落ちしないで下さい。きっとまた、良い出会いがあると思います」

王太子殿下の隣にいる男爵令嬢にそう言う。

実力主義を謳《うた》う学園では、身分による敬称の変化を認めていない。女子生徒に対しては一律に「嬢」の敬称を使わなくてはならない。しかしここは学園ではない。相手の身分により使うべき敬称は変わる。一律に「様」の敬称を使うことが許される女性とは違い、男性は使い分けのルールが少し複雑だ。

男性貴族が未婚女性に対して使う一般的な敬称なら「マリオット嬢」だ。これが王族と婚約関係にある未婚女性になると「マリオット様」に変わる。

陛下は二人の婚約を認めなかったので、マリオット嬢は王族の婚約者ではない。本来なら「マリオット嬢」と呼ぶべきなのだが、社交界では誰《だれ》もが「マリオット様」と呼ぶ。正しい敬称で呼ぶと王太子殿下が激怒するからだ。

だが私は敢《あ》えて「マリオット嬢」と呼んだ。王太子殿下の婚約者とは認めない、という意味だ。

「ディー様。私怖いです」

マリオット嬢が怯《おび》えた顔で王太子殿下に抱き着く。王太子殿下は、慌ててマリオット嬢を気遣う。

ディー様というのは、ディートフリート王太子殿下の愛称だろう。陛下が婚約を認めなかったのに未だに殿下を公の場で愛称呼びとは、図太い女性だ。何より、スキンシップが激し過ぎる。胸を押し付けるように殿下の腕にしがみ付いている。

男女の身体的な接触で許されるのは、ダンスや馬車乗降時のエスコートなどで手を繋ぐこと、それから平坦な場所でのエスコート時に女性が男性の腕に手を置くことだけだ。社交の場では、夫婦でさえそうしている。

ときどき私は理性を失ってアナを抱き締めてしまっているが、実はとんでもないマナー違反だったりする。

「貴様、王家の婚姻事情に口を挟むとは！　不敬であるぞ！」

怒気を帯びた声で王太子殿下は声を張り上げる。声が大きいので周囲の視線がこちらに集まる。

「失礼しました」

「アナスタシア嬢との婚約を辞退しろ。そしてアナスタシア嬢が私の側妃となるよう協力しろ。そうすれば赦《ゆる》してやろう」

「お断りします」

「何だと⁉　貴様、王家の命を聞き入れないというのか⁉」

「王命ではありませんので」

「貴様！　自分が何を言っているのか分かっているのか⁉　たかが子爵家の分際で、王家に逆らうのか⁉」

「陛下が命じられたわけでもなく、王家の総意でもありません。何故王家に逆らうことになるのですか？」

「王太子の命であるぞ！　それでも逆らうのか⁉」

「もう一度はっきりと申し上げます。アナとの婚約を辞退するつもりはありません」

陛下が同調するならともかく、王太子殿下だけの意向に従う必要は無い。もっとも、たとえ王命でも従うつもりは無い。もう二度とアナを離さない。国が相手でも戦うつもりだ。

「貴様‼」

「何事ですか？」

王太子殿下の声が大きいので、これまで談笑していた人たちも会話を止《や》め皆がこちらを見ている。おそらく事態を収拾するためだろうが、王妃殿下がこちらに来てそう尋ねる。

「これは母上。私がセブンズワース嬢を側妃に召し上げてやると言っているのに、この者は無礼にもその邪魔をするのです。今からこの無礼者を処断するところです」

王太子殿下は、周りが静まり返って皆が注目しているときに大声でこれを言ってしまった。王妃殿下は顔を青褪《あおざ》めさせる。

宗教の関係でこの国は一夫一妻制だ。側妃が認められるのは王や王太子に子が生まれない非常事態のみで、最初から側妃前提で結婚するなら宗教の否定になってしまう。側妃を娶《めと》る計画があったとしても、現段階では計画を秘匿する必要があったのだ。

今暴露してしまえば、教会に近い立場の貴族は反発することになる。セブンズワース家だって、教会勢力との無用な対立を避けるべく公式に抗議し、自分たちは王太子殿下の計画とは無関係であることを示さなくてはならなくなる。

王太子殿下は、第一王子殿下との継承権争いの最中だ。ここでセブンズワース家から抗議され関係の悪化を周囲に印象付けてしまえば、おそらくは致命傷だ。

青褪めているのは王妃殿下だけではない。私もだ。

私は敢えて「マリオット嬢」と呼び、会話でも敢えて殿下の怒りを買う言葉を選んだ。怒らせたのは狙《ねら》い通りだが、ここまでの結果を引き出したかったわけではない。せいぜい殿下が怒鳴り声を上げ、私の胸倉でも掴《つか》んでくれたら十分だったのだ。まさか、この場で側妃計画を大声で言うほど分別の無い人だとは思わなかった。

「バルバリエ公子、騒がせてしまってごめんなさいね。ディートフリートは疲れているようね」

王妃殿下はそう言うと、王太子殿下を下がらせるよう衛兵に命じる。衛兵に両腕を掴まれ王太子殿下は退場して行く。

「本当にごめんなさい。謝罪の席は、また改めて設けるわ」

真っ青な顔でそう言うと、王妃殿下は去って行く。本当なら泣き叫びたいだろうに、そんな様子は一切見せなかった。立派な人だ。

気になったのはマリオット嬢だ。王太子殿下が側妃計画を口にしたとき、周囲の誰もが驚愕《きようがく》していた。それだけの重大事であり、当然の反応だ。だが、マリオット嬢だけは驚いていなかった。

側妃計画をこの夜会で口に出すことを、彼女は知っていたのではないだろうか。だとすれば、このトラブルは王太子殿下の計画の内ということだ。

……もしかして王太子殿下は、王太子の地位を捨てたかったのではないだろうか。

アナは『花鳥の舞踏』を一人で踊り、参加者の誰とも結婚の意思が無いことをはっきりと示したと聞いた。アナがその意志を貫き独身のまま何年も過ごしたなら、やり方次第では側妃計画も成ったのかもしれない。しかし私が貴族に復帰したことでアナが独身を貫くこともなくなり、側妃計画は実現困難となった。それを受けて、王太子殿下は計画を修正したのではないだろうか。

王太子殿下とマリオット嬢の結婚が認められなかった理由は、マリオット家では、王妃の後ろ盾が務まらないからだ。王権の弱いこの国で、王妃の後ろ盾まで弱かったら国は崩壊してしまう。しかし彼女が王妃にならないなら、実家が強い後ろ盾である必要は無い。王太子の地位を捨てたなら、二人が結婚出来る確率も格段に上がる。

　これまで、王太子殿下は型破りな人だと思っていた。マリオット嬢の言うことは何でも聞き入れてしまい、簡単に非常識なことをしてしまう困った人だと思っていた。もしかしたら殿下は、王太子の地位を捨てようと敢えて型破りに振る舞っていたのではないだろうか。

　もしそうなら憐《あわ》れだ。愛する人と結婚しようと足掻《あが》く王太子殿下も、我が子を王にしようと懸命に尻拭《しりぬぐ》いする王妃殿下も。

　傍《はた》から見たら殿下は愚かなのだろう。しかし、愛する女性のために地位を捨てようとする殿下の気持ちが、私には理解出来てしまう。

「陛下がお呼びです」

　近衛《このえ》騎士にそう言われ、私とアナは彼に付いて行く。夜会の会場からそれほど遠くない王宮の一室に通される。

「まあ、座ってくれ」

　挨拶《あいさつ》を終えると陛下はソファに座るように促す。アナと私は陛下の向かいに並んで座る。

「すまんかったのう」

　陛下が謝罪した！　元貧乏子爵家の四男坊としては驚愕の事態だ！

　……なるほど。人前では謝罪出来ないから別室に呼んだのか。

「私に対することでしたら、謝罪を受け入れます」

　陛下が謝罪した以上、バルバリエ家としては謝罪を受け入れざるを得ない。もう王家に抗議は出来ない。だがセブンズワース家は別だ。側妃計画に加担していたと思われて教会や教会に近い貴族との軋轢《あつれき》を生まないよう抗議はするだろう。「私に対すること」とは、セブンズワース家のことまでは関知しないという意味だ。

「それで十分じゃよ」

陛下は笑う。「それで十分」は、セブンズワース家の抗議を止めるつもりはないということだろう。自身の後ろ盾であるセブンズワース家は立てるつもりのようだ。

「アナはますます綺麗《きれい》になったのう。昔のジェニーにどんどん似て来とる」

「ふふ。ありがとう存じます。伯父様」

先ほど陛下が謝罪したことで、今は公的な場ではないと分かる。私的な場に合わせてアナは陛下を「伯父様」と呼ぶ。陛下は義母上《ははうえ》の実兄なのでアナから見たら伯父だ。

アナは陛下を「伯父様」と呼び、陛下はアナを家族の呼び方である愛称で呼んでいる。改めて、私とアナとの天と地ほどの身分差を実感してしまう。

呪《のろ》いが解けたアナは義母上似の美貌《びぼう》だ。義母上大好きのシスコン陛下は、義母上に似た姪《めい》っ子《こ》が可愛《かわい》いらしくデレデレしている。

「伯父様は、第一王子殿下や王太子殿下のご結婚についてどうお考えですの？」

さすが血縁者だ。凄《すご》いことを尋ねる。王位継承権争いの根幹問題だ。

そしてアナは「第一王子殿下」「王太子殿下」と二人を呼んだ。あまり親しい関係ではないが、アナにとって両殿下は従兄弟《いとこ》だ。名前で呼ぶことも出来たのに、距離を置いた呼び方を選んだ。どちらとの結婚も望んでいないことを、短い質問の中で示したのだ。

「王家の結婚には、親の意思なんて入り込む余地は無いんじゃよ。全《すべ》て政治の中で決まるものなんじゃ」

この国の王は、前世の絶対王政時代の王とは違う。王権は弱く、国が崩壊してしまわないよう貴族間のバランスを取りつつ国家運営している。ただでさえ難しいのに、滅多に冊立《さくりつ》されない側妃まで冊立された。その上、正妃に子が無いときのみ側妃が冊立されるはずなのに、両妃ともに男子を生むという珍事まで起きている。同母兄弟の王子同士でも継承権争いは激しいのに、今行われているのは異母兄弟の王子同士の争いだ。

王宮混迷期の王である陛下は、普通の親子、普通の夫婦というものにはあまり縁が無いのだろう。諦めてしまったような陛下の目は、人として当たり前の幸せを遠い憧《あこが》れに感じているようだった。

「ディーには分かって貰《もら》えんかったがのう」

陛下は力無く笑う。

ディーは王太子殿下の愛称だ。陛下の言葉からは、大問題を起こした王太子殿下に対する怒りは感じられない。滲《にじ》み出《で》ていたのは、父親の我が子に対する申し訳なさだった。

愛する人との結婚――人としての幸せの放棄を、陛下も望んで我が子に強制しているわけではないのだろう。国家を崩壊させないことで陛下も手一杯なのだ。

これは、油断出来ない。今のところ、陛下や王太后殿下は私たちの結婚に賛成してくれている。しかし彼らは、国家安定を第一に考える王族だ。私とアナの結婚が国家にとってマイナスと判断したら、あっさり意向を変えてしまうだろう。

陛下の言葉からすると、王子殿下の結婚事情は陛下でさえ意見を差し挟めないほど複雑だ。状況が複雑化し国が不安定になるほどに、王家の意向も変化させやすい。アナを得て継承権争いに勝利しようとする者にとっては、好都合なことだろう。

争いが短期間で決着すれば良い。もし長期化するなら結婚後も油断出来ない。私たちの離婚を画策する者が現れるかもしれない。この国では政略による離婚もよくある。離婚を厳しく禁じる宗教ではないため前世よりずっと離婚のハードルが低く、政略が介入しやすいのだ。

私は、更に成長しなくてはならない。アナの隣に居続けるために、謀略に負けないだけの強さを身に付けなくてはならない。


案の定、公爵はセブンズワース家として正式に王家に抗議した。

王妃殿下は、わざわざセブンズワース家にまで足を運び、公式な抗議の取り止めを願い出て深く頭を下げた。しかし、公爵は聞き入れなかった。現在、セブンズワース家は教会派勢力の取り込みを行っている最中だ。ここで抗議しないとセブンズワース家としても損失が大き過ぎるのだ。

教会と教会派貴族も連名で、宗教的戒律の尊重を公式に王家に要請した。

教会と教会派貴族の抗議は大した問題ではないが、セブンズワース家からのものは致命的だった。公式に抗議したことで、明確に王太子殿下と距離を置いたと周囲は思ってしまったのだ。

セブンズワース家と対立してしまっては、王太子殿下に王位継承の目は無い。そう考えた王太子殿下派の貴族は一斉に王太子殿下の許を離れ、まだ幼い第四王子殿下へと神輿《みこし》を変えた。

王太子殿下派が神輿を変える際に一部の貴族が派閥を離脱し、派閥の規模は縮小した。これで第一王子殿下派が有利になったのかというとそんなことはなく、第一王子殿下派もまた規模を縮小させている。アナが夜会で十三曲目を要請したことが効いているのだ。

支持者を失った王太子殿下は廃太子となり、ディートフリート王太子殿下はディートフリート第三王子殿下へと変わった。この絶好のチャンスに第一王子殿下も勢いを落とし、立太子出来なかった。王太子は空位となった。

私は王妃殿下を哀れに思った。我が子である第三王子殿下を王太子に就けその地位を維持するため、王妃殿下はずっと孤軍奮闘してきた。

王妃殿下は実利を重んじる人で、必要なら下級貴族にだって頭を下げる方だと言われている。だがそれは、我が子の地位を守るために下級貴族にも頭を下げざるを得なかったのだと、私は思っている。

権力欲の強い人だと言われているが、そうは思わない。たった一人で王太子殿下派閥を築き、今まで派閥を一人でまとめ続けて来たのだ。それほど有能な人が、王太子を担ぐことが泥舟であることに気付かないはずがない。現に、王太子殿下がリラード公爵令嬢に婚約破棄を突き付け、リラード家が離反して誰《だれ》の目から見ても王太子派の敗北が濃厚となっても、彼女はまだ息子を支えようとしていた。

権力を保ちたいだけなら、第三王子殿下を切り捨て別の有能な王子の後見に回っている。彼女にあるのは、権力欲ではなく息子への愛なのだと私は思う。

我が子のために必死に努力しても肝心の我が子が足を引っ張り続け、それどころか第三王子殿下は母親を非難してさえいる。本当に報われない。

第三王子が口を滑らせてアナを側妃にする計画を暴露してしまったとき、王妃殿下は顔色が悪かった。あれは、あの時点でこの展開を読んでいて、もう挽回《ばんかい》の手が無いことも分かってしまったからだろう。彼女はとても優秀な人なのだ。

「王族としての誇りをお持ちではない、権力を好まれる、と批判される方も多い王妃殿下に同情されるなんて、さすがジーノ様ですわ。包容力のあるものの見方をされて素敵ですわ」

アナにその話をしたら、うっとりした目でそう言われた。バルバリエ家の義妹《いもうと》二人に懐かれ、頻繁にお茶会をするようになって以降、アナは義妹たちと似てきたように思う。

第十章　アナは可愛《かわい》い！

◆◆◆アナスタシア視点◆◆◆

「ジーノ！　ここ座んなさい！」

ジーノ様との婚約が調いました。今、わたくしたちは王都の大聖堂にいます。先ほどお義姉様《ねえさま》がご家族とご一緒に到着されました。ジーノ様にお会いするなり仰《おつしや》ったのがこのお言葉です。

アドルニー家の皆様はカチカチにご緊張され、まるで置物のようにお座りになっています。ですがお義姉様だけは自然体です。

「痛っ！」

大聖堂に置かれた椅子にジーノ様がお座りになると、お義姉様は拳骨《げんこつ》を落とされました。座るよう仰ったのはこのためでしょう。ジーノ様は背がお高いので、お立ちになったままではお義姉様も拳骨を落とせません。

「あなたねえ！　なんで何にも言わずに突然いなくなっちゃったのよ!?　せめて一言ぐらい何か言いなさいよ！」

ジーノ様は婚約を破棄されると失踪《しつそう》されてしまいました。失踪前、お義姉様にご連絡はされませんでした。そのことをお義姉様はお怒りなのです。そのままお義姉様のお説教が始まります。あふれそうになる涙を懸命に堪《こら》えてお義姉様はお説教をされ、ジーノ様はそれを静かにお聞きしています。そのご様子から、ご姉弟《してい》の強くて温かい絆《きずな》を感じます。

「姉上」

「何よ！」

「その……愛している……姉上も、家族の皆も」

お義姉様はあんぐりとお口を開けられています。

カウンセリングでジーノ様は、アドルニー家のご家族に親愛のお気持ちをお言葉として表現されたことが一度もないと仰っていました。これから少しずつ表現してみると、ジーノ様はお約束して下さいました。それで、このお言葉なんだと思います。

不器用で、真《ま》っ直《す》ぐで、とても温かくて、ジーノ様らしいお言葉だと思います。

「バ、バッカじゃないの⁉　何よ突然⁉」

お義姉様はそう仰ると走ってお部屋を出て行かれます。もうすぐお式が始まるのに迷子《まいご》になってしまわれたら大変です。わたくしはお義姉様を追い掛けます。

無用な心配でした。大聖堂を出てすぐの廊下で、お義姉様は涙を零《こぼ》されていました。ドレスの袖《そで》口《ぐち》で涙を拭《ぬぐ》っていらっしゃったので、ハンカチをお渡しします。

◆◆◆ジーノリウス視点◆◆◆

アナとの婚約が調った。前回の婚約式はセブンズワース家敷地内の教会で執り行われたが、婚約破棄となった。縁起が良くないため、今度は外部の教会を借り切って執り行うことになった。貸し切りにするのは王都の大聖堂だ。大聖堂は、幅、奥行きともに百五十メルトは余裕でありそうな巨大建造物だ。

婚約式の立会人は、教皇猊下《げいか》だった。普段はウォルトディーズ聖国にいる方で、この国には用事が無い限り来ることはない。私たちの婚約式のために、わざわざ来てくれたのだ。

化粧水で莫大《ばくだい》な利益を上げているセブンズワース家は、教会勢力を支配下に置くために莫大な寄附をしている。教会からしてみればセブンズワース家は上得意客だ。大聖堂の急な貸し切り要請に快く応じてくれたのも、教皇猊下が直々に立会人を務めるのもそれが理由だろう。

セブンズワース家の親族として、王太后殿下と国王陛下が列席している。アナにとっては祖母と伯父だ。二人はそれなりにアナを可愛がっていたのだが、呪いが解け義母上《ははうえ》によく似た美しい女性になったので可愛さも爆発したらしい。二人ともデレデレな顔でアナと話をしている。ちなみに、この二人は化粧水の製造元が私であることを知っている。

コンサート会場にしたら一万人は入りそうな大聖堂が貸し切りで、教皇猊下、国王陛下、王太后殿下もご参加だ。その豪華さに、アドルニー子爵家の面々はガチガチに緊張している。椅子に座ったままぴくりとも動こうとしない。顔色も青を通り越して土気色だ。

そんな中、姉上だけは平常運転だった。先ほども拳骨を貰った。

バルバリエ家の列席者は義両親と義兄《あに》、義妹二人だ。義両親と義兄の成人組は落ち着いている。だが義妹二人は興奮気味だ。

上の義妹からは「さすがですわ。お義兄様《にいさま》」と言われ、下の義妹からは「すごいですわ。そんけいしますわ」と言われた。彼女たちは『ゴブリン令嬢』の劇に感銘を受けている。今日はあの劇の続きを観《み》ている気分なのだろう。

　前回は浮かれていただけの婚約式だが、今回は違う。婚約者としての地位を失ってみるとそのかけがえのなさを痛切に感じる。書類に署名するとき、契約書を見ただけで胸がジーンと熱くなる。ペンを持ち署名をすれば、感動が押し寄せてきて視界がぼやけた。それはアナも同じだったようで、ハンカチで目を押さえながら署名していた。

　婚約式には、誓いの言葉の儀式はない。だが、どうしてもアナに伝えたい言葉があった。私はアナの前に立つ。

「前回の婚約では、私はただ孤独な老後を免れたことを喜ぶだけだった。だが今回は違う。老後の孤独なんてどうでも良くなるほど、とても大切な人を見付けた。アナ、君だ。生まれて初めて、自分以上に大切だと自然に思える女性を私は見付けた。そんな君を幸せにしたい。そんな君の隣で、私も幸せになりたい。自分の幸せを諦《あきら》めないということを、君は教えてくれた。だから、私はもう決して諦めない。二度と離れないし、離さない。ずっと君の側《そば》にいる」

「幸せを諦めないことをわたくしにお教え下さったのはジーノ様ですわ。わたくし、前回の婚約式では幸せになった未来の自分を想像することさえ出来ませんでしたの。ジーノ様にそれをお教え頂いたから、わたくしは変われたんですわ。どうすれば幸せになれるのか、今ならはっきりと分かります。ジーノ様。わたくしが幸せになるには、ジーノ様もお幸せになって頂く必要があります。ですから必ず、お幸せにしてみせますわ。わたくし、自分の幸せは諦めないんですの」

　誓約書にサインした時点で感慨深いものがあり、お互い既に涙を零していた。それがこのやり取りで酷《ひど》くなり、二人ともますます大粒の涙を流し始める。

涙を流しながら私たちは見詰め合う。無言でアナを抱き寄せ、唇を重ねる。アナも抵抗はせず、それどころか私を抱き締め返し、私が唇を落とす前には目を瞑《つぶ》った。

「な、な、何をしとるかあああああ‼」

「あら。まあ」

公爵が怒鳴り声を上げて私をアナから引き剥《は》がし、義母上は面白そうに驚いた顔をする。

「若いとは、素晴らしいことだのう」

「ええ。本当に」

国王陛下と教皇猊下はそう語り合う。

「まるで恋愛劇のハイライトシーンですわ！　さすがですわ！　お義兄様！」

「すごいですわあ！　そんけいしますわあ！」

義妹たちは大喜びだ。

婚約式は婚前の式典であり、純潔性を神に示す場だ。式典の最中、婚約者同士は身体的な接触をしてはならない。大聖堂という荘厳な場所で国王陛下や王太后陛下もご列席の中、教会の権威の体現者たる教皇猊下の前で口付けを交わすという禁を私が犯したため、アドルニー家の面々はショックの余り次々に卒倒する。からからと笑っているのは姉上だけだった。

◆◆◆

「お、お待たせしました。ジーノ様」

婚礼衣装に身を包んだアナが輝くように現れる。顔は目に見えて緊張している。純白のドレスはプリンセスラインであり、夜空の星のように数多《あまた》の金剛石《ダイヤモンド》が配《あしら》われている。

以前のアナは瘤《こぶ》を気にして首元まで隠すドレスを着ていた。だが呪《のろ》いは解かれ、瘤と緑の肌は消えた。今日のアナは、胸元までのドレスで大胆に肩を出している。

白磁のように艶《なま》めかしい肌の前には、アナが手の持つ可憐《かれん》な花を集めた白を基調としたブーケがある。その様子は、清楚《せいそ》さと妖艶《ようえん》さが同居しているようだった。

セブンズワース家は戴冠《たいかん》が許される大貴族だ。歴代の令嬢たちが結婚式で冠《かぶ》った由緒正しいアナのティアラは、まるで花飾りだ。白金《プラチナ》の茎、大粒の宝石を惜しげもなくカットして創られた沢山の花弁、その精巧さは生花のようだ。荘厳な気品と可憐さを併せ持ち、まるでアナのようだった。

輝く銀髪も、豪奢《ごうしゃ》なティアラも、清楚さを表すような白を基調としたブーケも、そしてアナの美貌も、鏤《ちりば》められた無数の金剛石が輝くベールの淡い白によって今は儚《はかな》く霞んでいる。

「……アナ……綺麗だ……」

気付いたらソファから立ち上がっていて、気付いたらそう呟いていた。

ベールで霞むアナはあまりにも綺麗過ぎて、今にも消えてしまいそうだった。

腕の中に閉じ込めてしまいたい。どこにも行かないように——そんな衝動を必死に抑える。

私も女性を見れば美醜の程度は分かる。だが女性の美しさに感動することは、久しく無かった。

それはアナに対しても同じだった。顔中瘤だらけでも気になることは無かったが、瘤が消えてもその美貌《びぼう》に心が動くことは無かった。

しかし今日のアナの美しさは、永久凍土を一瞬にして融かしてしまうような、天変地異のような衝撃だった。

「……ありがとう存じます。綺麗と仰って下さったのは初めてですわね。ジーノ様も……とても素敵ですわ」

照れるようにアナが笑う。

確かにその通りだ。これまでアナを「可愛い」と言ったことは数え切れない。だが「綺麗だ」と言ったのは、これが初めてだ。アナが私を癒やしてくれたので、私の心の歪《ゆが》みも正されたのだろうか。これまではドット絵のようだった女性も、最近は生きた人間だと感じることも多くなった。

アナが癒やしてくれるほど、アナへの愛《いと》おしさも膨れ上がる。


この人と出逢い、この人に尽くすために私は存在している。

それが私の運命だ。

運命は、信じる信じないというものではなく、当たり前に存在するものだ。


自然とそう思えた。

「新郎様、新婦様。ご入場をお願いします」

神官にそう言われ、私はアナをエスコートして大聖堂を二人で進む。広大な大聖堂には、セブンズワース家の結婚式ということもあり多くの列席者がいた。彼らの目線が一斉にこちらを向く。

この世界の結婚式はシンプルだ。新郎新婦が揃《そろ》って入場して、立会人の教会関係者の前で宣誓する。それから立会人が祝福の魔法を掛けるので、そのときに誓いの言葉を交わして誓いのキスをする。それだけだ。時間にすれば二十分程度だろう。

立会人の教皇猊下からの問い掛けに私は「誓います」と答える。アナもまた同様に答える。そして二人並んで宣誓書に署名をする。

聖歌隊が歌い始め、教皇猊下は祝福の魔法を唱える。魔法が完成すると、光が空から雪のように舞い降り、屋根をすり抜けて大聖堂内にも降り注ぐ。祝福開始を知らせる教会の鐘の音が聞こえる。大聖堂を任せられる主座司教となるために必要な資格の一つが、王都クラスの大都市全域に祝福の魔法を届けられることだ。更に位階が高い教皇の祝福なのだから、光の雪は最低でも王都全域に舞い降りているはずだ。

降り注ぐ光の雪の中、私とアナは虹色《にじいろ》の光の柱に包まれる。光の柱は大聖堂の天井にまで届いている。あれもまた、天井をすり抜け天高くまで立ち昇っているはずだ。

私はアナと向き合う。ここで新郎新婦は、誓いの言葉を交わし合う。誓いの言葉は新郎新婦が自由に決められる。私も、自分の想《おも》いを込めた言葉を選んだ。

「アナ、愛している。これからずっと、生まれ変わってもずっと、君を愛し続けると神々に誓おう」

「ジーノ様。心からお慕いしています。永遠《とわ》にお慕いし続けると神々に誓いますわ」

感動で涙が止まらない。アナもまた、ぽろぽろと涙を零《こぼ》しながら私を見詰めている。

アナが目を瞑る。

私はアナにキスをする。

光の柱が虹色から真っ白に変わり、目を瞑っていてもその光の変化を感じる。

私たちを包む柱が一際《ひときわ》強烈な光を放つと、光の柱と光の雪は消える。

それを合図に私はアナから唇を離し、アナを抱き締める。

「神の御名《みな》の下、ここに結婚が成立し、一組の夫婦が誕生したことを立会人・教皇オルマケリウス四世が宣言する」

教会の鐘が鳴る。結婚成立を知らせる独特の鳴らし方の鐘だ。参列者が立ち上がって拍手をすると同時に、教会の外からステンドグラスがビリビリと振動するほどの歓声が聞こえる。鐘の音によって私たちの結婚成立を知った民衆の歓声だ。

これで私はアナと夫婦に成った！　遂に、私はアナを生涯の伴侶《はんりょ》にすることが出来た！

言葉が出ない……感動が胸いっぱいだ。


結婚式が終わったら次は王都でのパレードだ。王族の結婚式ではパレードが行われるのが普通だ。経済振興のためだ。この手のイベントは民の財布《さいふ》の紐《ひも》を緩める。アナも陛下の姪《めい》で、順位こそ低いが王位継承権も持っている。だからパレードが行われる。

「凄《すご》い人ね。わたくしたちの結婚式のときより凄いわ」

大聖堂の門の内側に用意された馬車に私たちが乗り込む前、義母上は観衆を見て驚く。

「うむ。儂《わし》の結婚式のときより遥《はる》かに多いな。王太子時代の儂の結婚式よりも人が多いとはのう。うーむ」

義母上の横にいる国王陛下は、自分のときよりも人が集まっていることに納得がいかないようだ。

「『ゴブリン令嬢』の人気が原因ですよ。近隣の街はもちろん、隣国からも一目見るために観光客

が大勢来ています」

陛下付きの近衛騎士《このえ》がそう言う。不満気な顔の国王陛下にフォローを入れているのだろう。

いくつかの例外的な施設を除き、通常平民が王族や王位継承資格者に会う場合は平伏《ひれふ》して足元以外を見てはならない。だがパレードは見せるためのイベントだ。例外的に平伏が免除されている。

平民の『ゴブリン令嬢』ファンからすれば、本物のアナをしっかりと見られる唯一の機会だろう。

パレードが始まり、私とアナは屋根の無い馬車に並んで立ち王都の大通りを埋め尽くす民衆に手を振る。

本当に凄い数の人だ。大通りの路上はもちろん、通り沿いの建物の窓も人の顔でいっぱいだし、屋根の上まで人が溢《あふ》れている。屋根から縄を垂らして壁に張り付いている人も沢山いる。

「うわあああ！　『ゴブリン令嬢』のお姫様きれーー！」

父親に肩車されている女の子が大興奮で叫ぶ。

「来たわ！　来たわよ！　あの方が『ゴブリン令嬢』よ！　すごいわ！　すごい美人よ！」

「うわっ！　本物のジノヴァ様すごい！　ものすごい美形よ！」

「お幸せにー！　お二人の恋を応援してまーす！」

口々に市民が声援を送ってくれる。通常平民からは王位継承資格者に話し掛けられないが、今日は自由に声を掛けることが出来る。観衆の声援に私たちは手を振って応《こた》える。

嘗《かつ》て『ゴブリン令嬢』はアナを侮辱する言葉だった。それが今は、アナを賞賛する言葉へと変わっている。公爵や義母上の協力の下、アナ自身がその言葉の意味を変えてしまったのだ。並大抵のことではない。強い意志と深い優しさを持つアナだからこそ成し遂げられた偉業だ。

すぐ隣のアナを見ると、ドレスに鏤《ちりば》められた無数の金剛石《ダイヤモンド》が陽《ひ》の光に当たってキラキラと輝いている。アナの艶《つや》やかな銀髪もまた陽の光の下できらきらと輝く。陽の光の下のアナの笑顔もまた晴れやかで、輝いていた。

なんて美しい人だろう……。

「アナ。凄く綺麗だ」

言葉だけでは気持ちが収まらず、衝動的にアナの頬《ほお》に口付けをしてしまう。

「「「「キャアアアアアア」」」」

観衆の女性たちからまるで悲鳴のような歓声が上がる。人が多いのでまるで地鳴りのようだ。

多くの人の前でキスをされ、アナは振っていた手を下ろしてしまう。そして顔を真《ま》っ赤《か》にして俯《うつむ》いてしまう。

そんな可愛《かわい》らしいアナを見て観衆はまた大きな歓声を上げ、割れんばかりの拍手が響く。

拍手と歓声を聞いて、アナは羞恥《しゅうち》で目を回したのかふらふらと揺れだす。慌てて彼女の肩を抱いて支えると、それを見た観衆が喜び、また雷鳴のように歓声が轟く。

アナの肩を抱きながら思う。

確かにアナは綺麗だ。今日それは実感した。

だが、それ以上に！

圧倒的に！

絶対的に！

究極に！

アナは可愛い！
生涯守り続けよう。
この可愛らしい人を。

あとがき

こんにちは。新天新地《しんてんしんち》です。一巻に引き続き二巻もお手に取って頂きありがとうございます。皆様の応援のおかげで二巻を発売することが出来ました。購入して下さった皆様、販売サイトで評価をして下さったり感想を書いて下さった皆様、SNSや個人サイトで感想を書いて下さった皆様、動画や放送などで作品を取り上げて下さった皆様……。本当にありがとうございます。続刊は私一人の力ではどうにもなりません。皆様が応援してくれたからこそ成し遂げられたことです。

ちなみに、有名な販売サイトの感想は全部読んでます。高名な先生の傑作小説を買って来てすぐに読みたいときでも、自分の作品の感想を見付けたら先にその感想を読んでしまいます。作品を書いた私にとって、一番読みたい文章は自分の作品の感想なんです。

設定上、アナは醜い女の子です。でも、そんなアナを可愛《かわい》いと褒めてくれる人も多くて、そういう感想を見掛ける度に嬉《うれ》しくて一人ニマニマしてしまいます。

ジーノも、前世の記憶が原因で異世界系恋愛小説のヒーローとは思えない格好悪い面があります。それでもジーノに好感を持ってくれる人も多くて、そういう感想も嬉しいです。

私が見付けた別世界の人たちを好きになってくれる人を見るのは、作者としてこの上ない楽しみです。

もちろん厳しいご意見もあります。そういう感想でも、やっぱり嬉しいです。書いたものが読んで貰《もら》えて何か反応が貰えるのって、たとえ批判でも私にとっては嬉しいことなんです。

さて、二巻とWEB版の違いについてです。これも一巻と同じく、ずばり大量のサブエピソードです。書き下ろしの分量は一巻と同じぐらいです。文字数を具体的に言うと「もう別作品でしょ？」と言われかねないほど加筆してます。

でも、これが本来のお話です。WEB版はさらりと読めるように元のお話を削って短くしたものなんです。音楽で言うならWEB版はサビだけで書籍版は一曲全部、しっかり楽しむならやっぱり書籍版って感想を書いてくれた人がいましたけど、上手《うま》い表現だなあって思いました。私もそのつもりで書きました。

書き下ろしエピソードですが、ジーノの奮闘としては、ジーノが冒険者ギルドなどに行ってこの世界の真実を知ろうとするお話、ジーノが『王国五剣』や魔物と戦うお話などが追加されてます。ジーノが頑張るのは、この巻でも一貫してアナのためです。

アナもまた、第一王子と対決したりしてジーノのために頑張ります。

それ以外に、WEB版では出てこなかった人たちとの関わりも多いです。エカテリーナと一緒に街に出たアナが偶然アンソニーたちと会ってみんなでお悩み相談会をするお話、ジーノの実姉のヴィヴィアナが上京するお話、貧民街でのジーノの様子、ケイトとアナとジーノの商会でのお話などが新たに収録されています。

アナとジーノの甘々なお話も、博物館にデートに行ったり、アナがジーノのカウンセリングをしたりでWEB版には無いお話が盛りだくさんです。

今回も絵はとき間《ま》先生が描いてくれました。優しくて綺麗《きれい》で、作品の世界観にもぴったりの素敵な絵です。ぜひご覧になってみて下さいませ。

それから、この作品の漫画が連載開始になります！　漫画家は風守《かざもり》いなぎ先生です。アナとジーノの会話も、アナとアナのお母様とのやりとりも、漫画という形になると本当に生き生きとしていて絵を見ているだけで楽しくなります。ジーノの格好良さもアナの可愛らしさも、漫画だと倍増です。ジーノの指輪も、とっても素敵なデザインでした。ぜひぜひお手に取って読んでみて下さいませ！

一巻に続いて二巻でも、物語には書かれなかったことについてあとがきでお話ししたいと思います。

今回はジーノの指輪についてです。基本的にしているのは左手の人差し指ですが、突き指などをしてしまったときは右手の人差し指にしています。

幅が広い金属部分は黒ですが、よく見ると銀色の金属で装飾が入っています。手袋をしてもしてなくても着けられるようにアーム下部にはサイズ調整のための切れ目があります。

石は薄紫で、十枚の花弁を持つ花の形をしています。黒い金属部分と薄紫の石の形から、アナは黒氷花《こくひょうか》がモチーフだと考えました。ですがジーノとしては黒氷花をモチーフにしたつもりはありません。石部分は二重五芒星《ごぼうせい》という名称の魔術回路で、その形状がたまたま黒氷花に似ていただけです。石が薄紫なのも、時空間操作に向く魔結晶ウェハーが薄紫色のものだったからです。金属部の装飾も、魔術回路の一部です。花をモチーフにした繊細な装飾の指輪を作るほど、ジーノはお洒落《しゃれ》じゃありません。

魔道具には二種類あります。魔道具それ自体が動力源を持つものと、術者の魔力を動力源として稼働するものです。ジーノの指輪は後者です。使用者が指輪の内側から混元魔力を流すことにより魔法を発現させます。混元魔力とは、気と魔力を練り合わせたものです。

ジーノがこの指輪を作ったのは、時空間干渉のための魔術回路が即座に描けないほど複雑なためです。石の部分はぱっと見では薄紫の宝石ですが、石の内部には顕微鏡で見ないと分からないような細かい魔術回路が刻んであります。魔術回路はもう出来ているので、あとはそこに混元魔力を流せば魔法を使えます。

理論的には、魔術回路に適合する混元魔力をこの指輪に流し込めば誰《だれ》でも時間加速の魔法が使えます。ですが、複雑な魔術回路には複雑な混元魔力が必要になり、時空間操作のための混元魔力生成にはかなりの技術が必要です。ジーノの前世でも、時空間操作は大学院レベルの実力がないと出来ませんでした。ですので、魔法文明の遅れたこの世界では実質ジーノ専用です。他の人が盗んでも魔法は使えません。

ちなみにこの世界では、物体それぞれで個別に時間場を持っています。人それぞれ、物それぞれ、星それぞれで異なる時間が流れています。大質量星と小石ほどの質量差ならその時間差を計測出来ますが、地球と人間程度では差が小さすぎて計測出来ません。同一の時間が流れているようにしか見えません。ですが、厳密にはそれぞれ質量に応じた時間場を持っていて別の時間が流れています。

指輪が操作するのは、術者に流れる個別時間です。

この作品を読んだ方が優しい気持ちになってくれたら、というのが私の願いです。周りの人に優しくしようって、ほんの少しでも思ってくれたら作品を書いた甲斐《かい》があります。

三巻はもしかしたら出るかもしれません。そのときはまた、この物語にお付き合いしてくれたら嬉しいです。

お便りはこちらまで

〒102－8177
カドカワBOOKS編集部　気付
新天新地（様）宛
とき間（様）宛

カドカワBOOKS

ゴブリン令嬢《れいじょう》と転生《てんせい》貴族《きぞく》が幸《しあわ》せになるまで２
婚約者《こんやくしゃ》の彼女《かのじょ》のための前世《ぜんせ》知識《ちしき》の上手《じょうず》な使《つか》い方《かた》

2023年３月10日　初版発行

著者／新天新地《しんてんしんち》

発行者／山下直久

発行／株式会社KADOKAWA

〒102-8177
東京都千代田区富士見2-13-3
電話／0570-002-301（ナビダイヤル）

編集／カドカワBOOKS編集部

印刷所／暁印刷

製本所／本間製本

Printed in Japan
ISBN 978-4-04-074492-6 C0093

新文芸宣言

かつて「知」と「美」は特権階級の所有物でした。

15世紀、グーテンベルクが発明した活版印刷技術は、特権階級から「知」と「美」を解放し、ルネサンスや宗教改革を導きました。市民革命や産業革命も、大衆に「知」と「美」が広まらなければ起こりえませんでした。人間は、本を読むことにより、自由と平等を獲得していったのです。

21世紀、インターネット技術により、第二の「知」と「美」の解放が起こりました。一部の選ばれた才能を持つ者だけが文章や絵、映像を発表できる時代は終わり、誰もがネット上で自己表現を出来る時代がやってきました。

UGC（ユーザージェネレイテッドコンテンツ）の波は、今世界を席巻しています。UGCから生まれた小説は、一般大衆からの批評を取り込みながら内容を充実させて行きます。受け手と送り手の情報の交換によって、UGCは量的な評価を獲得し、爆発的にその数を増やしているのです。

こうしたUGCから生まれた小説群を、私たちは「新文芸」と名付けました。

新文芸は、インターネットによる新しい「知」と「美」の形です。

2015年10月10日

井上伸一郎

歩くたび増えていく
新しい出会い、新しいスキル
この世界で、
のんびり旅はじめます。
講談社
マンガアプリ
「マガジンポケット」にて
コミカライズ
決定!!
漫画：小川慧

依空まつり　イラスト／藤実なんな

無詠唱魔術を使える世界唯一の魔術師〈沈黙の魔女〉モニカは、超がつく人見知り!?　人前で喋りたくないというだけで無詠唱を使う引きこもり天才魔女、正体を隠して第二王子に迫る悪をこっそり裁く極秘任務に挑む！

カドカワBOOKS